本书获中国社会科学院老年科研基金资助

《漱玉词》
笺译·心解·选评

李清照　原著
陈祖美　译解

中国社会科学出版社

图书在版编目（CIP）数据

《漱玉词》笺译·心解·选评／李清照原著、陈祖美译解.
—北京：中国社会科学出版社，2013.3
ISBN 978-7-5161-2168-9

Ⅰ.①漱… Ⅱ.①李…②陈… Ⅲ.①宋词—选集②宋词—文学评论 Ⅳ.①I222.844②I207.23

中国版本图书馆 CIP 数据核字（2013）第 039729 号

出 版 人	赵剑英
责任编辑	张　林
责任校对	王洪强
责任印制	戴　宽

出　　版	中国社会科学出版社
社　　址	北京鼓楼西大街甲 158 号（邮编 100720）
网　　址	http://www.csspw.cn
	中文域名：中国社科网　　010-64070619
发 行 部	010-84083685
门 市 部	010-84029450
经　　销	新华书店及其他书店
印　　刷	北京君升印刷有限公司
装　　订	廊坊市广阳区广增装订厂
版　　次	2013 年 3 月第 1 版
印　　次	2013 年 3 月第 1 次印刷
开　　本	710×1000　1/16
印　　张	16.25
字　　数	251 千字
定　　价	46.00 元

凡购买中国社会科学出版社图书，如有质量问题请与本社联系调换
电话：010-64009791
版权所有　侵权必究

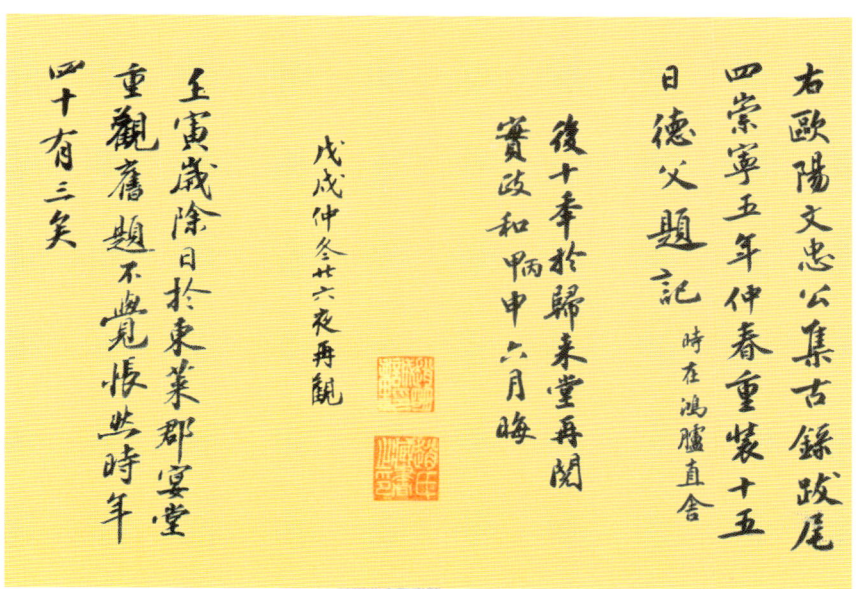

赵明诚手迹四则

李清照青州故居归来堂　　　　孙雪霄 摄

青州李清照纪念祠　　　　　　　　　孙雪霄　摄

目 录

导言 ………………………………………………………（1）
如梦令（尝记溪亭日暮）………………………………（11）
如梦令（昨夜雨疏风骤）………………………………（15）
双调忆王孙（湖上风来波浩渺）………………………（21）
浣溪沙（小院闲窗春色深）……………………………（25）
浣溪沙（淡荡春光寒食天）……………………………（29）
浣溪沙（髻子伤春懒更梳）……………………………（33）
浣溪沙（莫许杯深琥珀浓）……………………………（36）
点绛唇（蹴罢秋千）……………………………………（41）
渔家傲（雪里已知春信至）……………………………（44）
庆清朝（禁幄低张）……………………………………（48）
鹧鸪天（暗淡轻黄体性柔）……………………………（53）
减字木兰花（卖花担上）………………………………（57）
瑞鹧鸪（风韵雍容未甚都）……………………………（60）
一剪梅（红藕香残玉簟秋）……………………………（63）
醉花阴（薄雾浓云愁永昼）……………………………（68）
玉楼春（红酥肯放琼苞碎）……………………………（73）
行香子（草际鸣蛩）……………………………………（79）
小重山（春到长门春草青）……………………………（84）
满庭芳（小阁藏春）……………………………………（87）
多丽（小楼寒）…………………………………………（93）
新荷叶（薄露初零）……………………………………（98）
凤凰台上忆吹箫（香冷金猊）…………………………（103）

1

《漱玉词》笺译·心解·选评

念奴娇（萧条庭院） …………………………………… （111）
点绛唇（寂寞深闺） …………………………………… （119）
蝶恋花（暖雨晴风初破冻） …………………………… （123）
蝶恋花（泪湿罗衣脂粉满） …………………………… （128）
蝶恋花（永夜恹恹欢意少） …………………………… （134）
声声慢（寻寻觅觅） …………………………………… （139）
临江仙（云窗雾阁常扃） ……………………………… （149）
临江仙（云窗雾阁春迟） ……………………………… （155）
诉衷情（夜来沉醉卸妆迟） …………………………… （159）
鹧鸪天（寒日萧萧上琐窗） …………………………… （165）
菩萨蛮（风柔日薄春犹早） …………………………… （169）
菩萨蛮（归鸿声断残云碧） …………………………… （173）
南歌子（天上星河转） ………………………………… （177）
忆秦娥（临高阁） ……………………………………… （183）
渔家傲（天接云涛连晓雾） …………………………… （187）
好事近（风定落花深） ………………………………… （194）
摊破浣溪沙（病起萧萧两鬓华） ……………………… （198）
摊破浣溪沙（揉破黄金万点轻） ……………………… （202）
武陵春（风住尘香花已尽） …………………………… （207）
转调满庭芳（芳草池塘） ……………………………… （216）
长寿乐（微寒应候） …………………………………… （220）
永遇乐（落日熔金） …………………………………… （224）
孤雁儿（藤床纸帐朝眠起） …………………………… （237）
添字丑奴儿（窗前谁种芭蕉树） ……………………… （245）
清平乐（年年雪里） …………………………………… （251）

附录：对于《漱玉词》现存篇目的几点定夺 ………………… （256）

导　言

导　言

早在春秋时代的古人就有"年五十，而有四十九年非"[1]的浩叹。看来李清照对此颇有同感，所以在她的文章中加以撮引[2]。在这里，我也不完全是东施效颦，且不说对于自己人生的顺逆和整个专业的成败得失，具体到本人关于李清照其人其作的数本拙编著，当我在着手编撰第十一本的过程中，不时感到已经出版的十本[3]，存在着一言难尽的诸多不足，乃至一些不应有的差错。这类差错，倒是在几本拙著有的改版、有的一再重印的良机中得以逐渐纠正。而至今深感歉疚的主要是对于《漱玉词》的鉴赏和讲解，或有不够到位，或是大而化之、甚至想当然，以及自以为是等弊病。我越是上了年纪，越觉得这类弊病变成了自己的一块心病，不加以治疗的话，不仅愧对广大读者，还可能造成误人子弟之愆尤。所以这些年来，我不时地为此冥思苦想，努力寻求弥补办法。

大约在六七年前，我把新出版的、上衣口袋大小的一本《李清照词》赠送给了几位老同学，其中有一位在大学时代做过学生会工作，毕业后被分配到一支当时大名鼎鼎的部队，起初任文化教员，后来成为这支部队后身的领导成员，前前后后干了三四十年，对于不同层次文化水平人员的文学胃口，可以说了如指掌。记得这位老同学对我说过大意是这样一段话：你这本书倒是便于携带，但却仍然不那么容易读懂，比如〔注释〕，应该把引经据典变成你自己的口气，用通俗易懂的文字表达出来。关键是在自己透彻理解作品的前提下，使它变成一看就懂的当代口语……在这一中肯意见的启发下，除了在注释方面，尽量变某些生涩的文言引文为流畅省净的语句之外，我还想到了对于词的今译。

是啊，词与诗文不一样，它是把作者难以告人的心里话，用曲折委婉的文字出之，有时文字的表层语义竟是其内心独白的反话，像李清照这样命运多舛的女作者尤其如此。虽然我不是不知道，这种"今译"，对于词学修养很高，又有一定悟性的人来说，基本是多余的，有时甚至是令人讨厌的。但是，在有关李清照的撰著中，我走的是普及与提高相结合的路子。这是根据我个人作为专业的社科研究者和业馀作家的具体条件选定的，也是有所师承的。当年我的老师把艰深难懂的《文心雕龙》加以今译，这不仅使有志于古文论的学子受益匪浅，而我本人除了从中学到一手半手之外，还在注重译文的顺口押韵等方面，下了一番功夫，在译词方面自信尚有某种优势，这才敢于斗胆一试。

然而，不试不知道，那真是举步维艰。以味觉为例，起初，五味中仿佛只剩下了自己一向望而生畏的苦和辣，前几首完全是硬着头皮翻译的，采取的主要是以勤补拙的笨办法，那真叫字斟句酌、不厌其烦地一遍遍翻阅各种工具书，反复品味每一个字的每一个义项。再者，对于《漱玉词》的名篇，无论在编年、主旨以及词人所用典事等，本人多有与前人和他人很不相同的理解，将这一切诉诸一目了然的译文，谈何容易！比如，李清照对文字的驾驭既遵守规则又非常灵活。其诗文用语多取意于汉字的基本义项，只要你认识那个字，就知道在她的诗文中当什么讲；而《漱玉词》的用语，除了往往取意于最不起眼的义项外，她经常选取的则是某个语词的引申义，这是其语言新颖和魅力之所在。将这种语言译成白话，不仅要一一斟酌其选用义项，对其所用引申义的把握更是难上加难，因为除了人们对某一语词公认的引申义之外，李清照对于语词往往有自己极为独特的理解和引申。对她这一语言特点的正确把握，哪怕你的文字功力再怎么强，也是一个不小的难题。在这里又没有任何捷径可走，哪个汉字至少都有三五个义项，多则可以达到一二十个义项，一一定夺选取，哪能不绞尽脑汁？前十本拙编著因为没有今译，对此体会不深，这一次可以说受到了一种莫大"洗礼"！

对于这种"洗礼"，有的读者或许质疑道：你的译文中，既无多

导　言

么出色之句，更无甚惊人之语，平平淡淡而已，有什么值得变相自诩的，又叫的哪门子苦？不错，拙今译除了文从字顺，一眼看不出它有多少长处！如果你设身处地想一想，我把《双调忆王孙》的"眠沙鸥鹭"译为"沙滩上趴伏的水鸟"，把《浣溪沙》的"倚楼无语理瑶琴"译为"独依绣楼无言无语，温习曲谱弹奏珍爱的古琴"，把《满庭芳》的"无限"译为"总是"，把"雨藉"的"藉"笺注为"践踏"、"欺凌"，把《念奴娇》的"又斜风细雨"译为"况且不是冷风就是阴雨"，把《蝶恋花》的"好把音书凭过雁"译为"彼此的音讯幸好可请托来往的大雁"，把《渔家傲》的"风鹏正举"译为"大鹏鸟借正在劲吹的风势南飞"，把《摊破浣溪沙》的"病起萧萧两鬓华"译为"得病后浓发变得稀疏不雅，两鬓又黑白间杂"，等等，您不认为来之不易吗？简而言之，把"眠"译为"趴伏"，把"理"译为"温习"、"弹奏"，把"凭"译为"请托"，把"举"译为"起飞"，把"病起"译为"得病"，等等，既不违背作品原意，又是谨遵训诂规则的，此等译文谓之难能可取，即使有老王卖瓜之嫌，我也认了。因为这其中的甘苦，只有寸心知。

多年来一直关注拙著的读者朋友，不难发现，此次对于《玉楼春》和《渔家傲·记梦》等作品的理解，有较大的改变。这种改变，虽然也是一种前后有所矛盾的出尔反尔，但却不是那种反面意义上的反复无常，因为这确实是我认识到自己以往有大而化之、想当然和自以为是等弊病而加以纠正的具体表现。至于这种改变和纠正，能够在多大程度上得到读者的认可，虽然眼下尚不得而知，但是我却始终抱着对读者负责的虔诚态度。

话说回来，在自己的文笔生涯中，虽然有"悟已往之不谏"的一面，但也不是像民间故事所讲的黑瞎子掰棒子那样，掰一个丢一个。仅就李清照研究这一课题而言，已经出版的十本拙编著，虽然不能称其为十面玲珑，但我一直视其为十级台阶。没有那十级，就不会有今天的这第十一级。没有自己所亲身经历的种种磨难，甚至可以说是劫难，更不会有今天的这十一级收获。而这当中的有些"故事"，恐怕是读者朋友们无法想得到的。为了提供一点便于阅读的知人论世

3

《漱玉词》笺译·心解·选评

的参考资料,试将自己记忆犹新的一段"故事",略撮梗概如下:

说来话长,开头的"故事"是发生在二十多年前的1982年8月。一家刊物发表了题为《读李清照作品心解》的拙文④,在当时颇得好评。谁知还不等我为此有所"喜形于色",编辑部便收到了大意是这样的一封"读者来信":"我是北京一所大学的教师、贵刊的忠实读者。贵刊所发表的文章水平一般都较高,但是今年第四期关于李清照的文章却过于一般,这样的文章怎么会刊发出来……"得知这样一封信,对一个习作者来说,不能不说是当头一棒。如果这一棒全打在我自己身上,可能还好受些,而此信的醉翁之意则在于"这样的文章怎么会刊发出来"一句所含的对于编辑部的问责之意。问题明摆着,虽说这是一箭双雕,但始作俑者是那篇拙文。如果我不把此文交给这家刊物就不会发生此类事情,显然是我连累了编辑部,至少是为之招惹了麻烦,深感自己对不住有关负责人。在这种负疚感的驱使下,我首先想到的是要为编辑部洗刷一下。谁知事情又应在了"福无双至,祸不单行"上——那天参观完宋庆龄故居(当时此一票极为难求)中午回家,收到了"父病重速归"的电报。那时买火车票必须排长队,而我手上还有至少数十个页码的刊物校样必须尽快校改完。买票和校对无法兼顾,只得让刚上小学的孩子代劳。打发那么小的孩子乘公共汽车去买票,一个做母亲的心情可想而知。正在我左右为难时,突然下起了瓢泼大雨。在罕见的暴雨中,不用说是小孩子,我本人也无法出门。好在暴雨不多会儿变成了细雨,孩子和小伙伴一起撑着雨伞说笑着买票去了,我便聚精会神地看起了校样。票买回来,校样快看完,雨也停了,空气变得很清新。此时我想起了那封信上的落款是:本市牛街某某号林平。当时我家住在王府井北头的黄图岗胡同,离牛街也就十来华里,何不亲自去弄个水落石出,也好对编辑部有个交代。

当我蹬着自行车路过天安门、人民大会堂、革命烈士纪念碑、毛主席纪念堂,出正阳门,到达牛街虽然已是晚上十时左右,但天上秋河耿耿,街上灯光闪烁,不少人还光着臂膀在各家门口乘凉。先按门牌号找去,人们七嘴八舌,话却说得很恳切:诸如"我家好几辈子

4

导 言

都住在这里,压根儿就没有姓林的";"不用说这个院儿,整条街怕是也没有姓林的"。左右的几个院落,我也一一问遍了,回话大同小异。恰巧派出所在这条街很醒目的地方,我找到了值班民警,央求他查对了户籍簿。最后那位小同志无奈地对我说:"你看哪有姓林的?更不要说是大学老师了!"将近夜里十二点了,当我十分疲惫地蹬着车子再次路过正阳门内侧那许多庄严的景点时,人非木石,万千思绪至今记忆犹新,三天三夜也书写不完。而当我坐在硬座车厢往返于京青之间、当我守护在父亲病榻之前的十数个日日夜夜,每逢夜深人静时,泪水不知不觉地流个不停,直到迷迷糊糊地睡了过去……

  与以上化名写信等截然不同的是,新时期以来,在李清照研究持续升温的背景下,不同意我的某些观点的亦不乏其人,有的还是我多年的朋友。对学术上的不同意见,特别是批评意见,当然应该力求做到"有则改之,无则加勉"[⑤]。对拙著一贯支持、由衷鼓励,甚至写成诗文加以称许者亦大有人在,一次我收到来自南方的一包邮件,寄件人的地址是陌生的,而字迹却令人感到赏心悦目,于是急忙小心拆开来,一面拆一面在想:这是谁对自己的著作如此爱惜,在第一层正面洁白、反面呈紫蓝色的防潮硬壳包装里面是一层透明软塑料袋,再里面是一封来信和一本书,而这本书不是寄件人的作品,反倒是我十分熟悉的、书脊是粉色的1995年第一次印刷的拙著——《李清照评传》!原来这位先生是"托付鸿雁,奉上尊著,恭请题辞……"这又是一种多么暖人的世相人心!正因为有了来自方方面面种种可贵的精神支撑,我才没有被上述那种看来"可畏"的"人言"所左右,从而却步乃至放弃。对于这封来信我看得很重,但因没有征得本人同意,在此不便披露于世,兹将本人的回函附录于下,或许从中可以体悟相应的志趣所在:

某某先生:您好!

  多年以来,虽然陆续收到不少读者来信、从中受益良多,但像您这样郑重"反馈"拙著函嘱"题辞",历时十馀年,对拙著竟然还加以"重品"……这一切洵为读书界的一段佳话。大函中把拙著称之为不像生猛海鲜那样昂贵的五谷杂粮，为此我既感荣幸，又颇为汗颜，越发觉得自己愧对您对拙著的称赏，尤其捧读您的这一文笔兼胜的来函，更使我模糊了"读者"和"学者"的界限。是啊，自古以来，哪位"学者"不是从"读者"中来？所以我不是把您看成只是一位"读者"，而是一位实至名归的良师益友。

所谓愧对云云，绝非表面文章，而是由衷感到，您在十多年前所解囊购置的那一本《李清照评传》，尽管汇聚了从主编到责编老中青三代中不少人的关注、指教、鼓励、开导，也包括我本人从中年到老年的不懈努力，但是作为具体撰著者自己深感不无失职之处，尤其是最后的校阅过于匆忙，不仅多处失校，甚至仍有一些不应有的疏误。多亏这是一种常销书，在1998年重印前作了一些校改的基础上，去年第四次印刷之前，我又尽全力作了不少校订，自认全书面貌有所改观，也减轻了一些内心愧疚。所以先把这一本郑重题赠您于便中加以指正，同时也作为我对自己以往文事怨误的自赎。

对于郑重寄来嘱题的您的这本藏书，我也很替您珍重，并将亲自到邮局挂号寄回。惟因近期诸事猬丛，祈加宽限一段时日。

顺祝

时祺

陈祖美敬上
2008年5月

正如不少事物具有两面性一样，化名信云云虽然曾使我流过不少眼泪[6]，现在看来，它也有积极的一面，如果当年没有特定心情下的牛街之行、没有相应的思索，每发表一篇文章，自己所听到的主要是肯定和称赏，这对于当时的我，不是没有飘飘然的可能。这样的话，对于像韩退之、秦少游、李易安、陆放翁、辛稼轩等，有着坎坷人生经历和丰富内心世界的研究对象，很可能人云亦云，浅尝辄止。回想起来，那当头一棒之后所生发的无尽思绪，到头来仿佛凝聚成了某种

导 言

决心和灵感,而泪水则有可能化作热血和良知。至今我仍然不时反躬自问:包括李清照研究在内的20余种拙编著、百余篇学术论文,受老中青三代人之托为他(她)们精心撰写的若干书评、序跋,一时难以数计的、各式各样的作品鉴赏,以及某些学术性的散文、随笔……所有这一切,难道不是上述思绪和眼泪在一定意义上的"物化"和旁证!

一个人的才情有高低、能力有强弱,而我自己肯定是属于才情不够高、能力不算强的那种类型,以上提到的自己所取得的一些学术成果,既是相对的,更是某些客观条件所玉成的,比如:从上小学不久,我就代祖母给离家在外的父亲写信,几乎每封信都受到父亲用心良苦的"点评",我的作文常常受到老师由衷的鼓励;青少年时代我随父母住在铁路职工宿舍,不少技术工人长年在离家很远的地方施工,留守的妻儿不会写信,记得在修建武汉长江大桥期间,一位身怀绝技的职工家属没有如期收到丈夫的来信和生活费误认为他变了心,向我母亲诉说,家母便叫我替她给丈夫写信,当时小小年纪的我竟然用上了"一日夫妻百日恩"这样的词儿,果然不久就收到了来信和生活费,类似的事情干多了,经常受到邻居们的夸奖;考大学的相对高分可能主要是靠作文,所以入学不久就被指定为全年级写作科研组的负责人,在老师的指导下,作为一个低年级的学生,由我执笔写的文章竟然发表在档次不低的刊物上,曾被中文系有的师生戏称为"科级干部";研究生毕业后,学校又把我分配到中国作家协会这种高层次的写作单位,所以我内心深处很感恩——既感谢有关的编辑出版者,更感谢青睐拙著的广大读者。所以多年来我一直致力于古典文学的通俗化,写一些尽量使人们喜闻乐见的小册子,这本小书就是更为典型的既有一定的学术含量,又较为通俗的读物。

鉴于在以往出版的有关拙编著中,对李清照的生平业绩已经作过较为详尽的论述,这里只作简明介绍如下:

李清照(1084?—1155年?),自号易安居士,北宋齐州(今山东济南章丘明水)人。父亲李格非官至礼部员外郎;生母当系宋神宗元丰年间宰相王珪的长女。生母早逝多年后，父亲再娶北宋名臣王拱辰孙女为妻，她是李清照的继母，所生李迒是清照的异母小弟。在北宋新旧党争中，李格非被诬为"元祐奸党"，李清照受到株连，新婚后一度被迫离京返回明水原籍。她初嫁的"快婿"，是宋徽宗崇宁年间宰相之一赵挺之最小的儿子赵明诚。明诚新婚燕尔之际还是一名太学生，两年后毕业遂任京中清要之职鸿胪少卿，无"负笈远游"之经历，倒是李清照因被迫与丈夫作新婚之别后，遂有过"婕妤之叹"⑦和"庄姜之悲"⑧。赵明诚不仅是著名的金石学家，南宋初年一度任军事重镇江宁知府，因失职被罢官，不久病逝于建康府。是年明诚49岁、清照约47岁。

前夫病故后，李清照在流寓浙东期间，于重病不省人事之际，由少不更事的"弱弟"撮合误嫁伪君子张汝舟，一百天后与之离异。晚年的李清照为避难，乘舟于富春江溯流而上、过严滩至金华，大约十个月后返回杭州。不久杭州更名临安，成为南宋实际上的国都，这更加触动了李清照忧国怀乡之内衷，在孤独寂寞中与世长辞。

李清照虽然是诗词文赋兼擅的著名文学家，其文集至迟在南宋即被刊行于世，但是，大约在明末清初的战乱中，她的作品几乎散失殆尽，现存《李清照集》则是后人的辑本，存词约五十阕（另有存疑数阕）；诗十五六首；完整和较完整的文赋五六篇。而此书则只对她的词加以译解。译文不仅一律使用较为顺口而省净的大众语言、力求用原韵或其近韵，并且还将适度借助一点当时的口语。译文中间空两格，以表示原词的上下片之分。

这本小书的编撰，距离我正式迈进关于李清照的研究领域已经三十多年，从中青年到老年，我一直感到李清照其人其作常读常新，这或许就是人们常说的她的魅力所在。有机会为这样的人物扬名立传，洵为幸事。惟因受到自身水平所限，自己笔下的李清照，与她的成就和对于人类文化的贡献恐有不够相称之处。这也难怪，她的灵魂在"天上"⑨，我的躯体在地上，对于"压倒须眉"的李易安来说，我无论在生前还是身后，都将保持着仰望的姿态。

导 言

注释：

① 《淮南子·原道训》："故蘧伯玉年五十，而有四十九年非。"蘧伯玉，名瑗，春秋卫国大夫。

② 见《〈金石录〉后序》的最后一小段。

③ 此前的十本拙编著是：《李清照作品赏析集》（巴蜀书社1992年版）、《中国思想家评传丛书·李清照评传（附赵明诚传）》（南京大学出版社1995年版）、《中国诗苑英华·李清照卷》（山东大学出版社1997年版）、《李清照新传》（北京出版社2001年版）、《新世纪古典文学经典读本·李清照诗词文选评》（上海古籍出版社2002年版）、《李清照词新释辑评》（中国书店出版社2003年版）、《李清照词》（人民文学出版社2005年版）、《齐鲁文化经典文库·漱玉词注》（齐鲁书社2009年版）、《远东经典·古代卷〈李清照诗词文选注〉》（上海远东出版社2011年版）、《中国古代文史经典读本·李清照诗词文选评》（上海古籍出版社2011年版）。

④ 现在看来，此文的长处是个别观点较为新颖，一些段落的行文中似乎带有某种"灵气"，而整体上与所得好评不尽相称，特别是对于李清照其人其作的某些理解，仍然带有一定的打有时代烙印的成见。

⑤ 在对待学术上的不同见解和他人所长方面，下述事例或许能说明一些问题，比如一位现居新疆的章丘籍读者来信指出，拙著对章丘的地理位置描述得有出入、编辑过《全宋文》的曾枣庄教授曾对拙著所云李格非的行迹加以质疑等，所言均有可取；张宏生教授较早对拙著的某种论点的不同见解，对我多有启发；于中航先生《李清照年谱》所提供的关于赵明诚的多次仰天山之行、李清照《乌江》诗的写作背景等，都曾为拙著所借鉴。

⑥ 这种泪水还说明，其一当时的我对于世相的"侧面"和"背面"所知甚少；其二恐怕是齐女好哭的遗传基因在起作用——根据新的说法，孟姜女是齐国人，她哭倒的是齐长城而不应该是秦长城；其三，以孟姜女和李清照为代表的山东籍的女子泪水多，至今仍然是即目可见的事实。

⑦ 简而言之，这是指被弃女子的慨叹。婕妤，原是班彪（《汉书》作者班固及续者、后妃师、《女诫》作者班昭兄妹之父）姑母的官职，遂以之代名。她渊博多才，初为汉成帝刘骜宠幸，后被赵飞燕诬陷和取代，退居东宫。相传班婕妤曾作《怨歌行》，抒其像纨扇那样，炎夏承爱、秋凉被弃的"中道"失幸之怨。后来将这种慨叹称为"婕妤之叹"。对李清照来说，这只是

《漱玉词》笺译·心解·选评

一种比喻，而比喻则无须全方位吻合。

⑧ 简而言之，就是齐女庄姜因为被丈夫疏远而无子嗣所生的悲怨。庄姜是春秋前期人，她是齐庄公的女儿，嫁与卫庄公。周朝的齐国为姜姓，故称卫庄姜。她是我国第一个独自抒写其隐衷的女诗人。庄姜美而无子，庄公又娶陈国厉妫、戴妫姊妹。戴妫生子名完，庄姜以为己子，完被立为太子。卫庄公另有宠妾，生子州吁。州吁好兵，其母恃宠骄横。庄姜贤而被疏，终以无子。其所作《绿衣》，以黄、绿二色颠倒，喻其被庄公小妾僭越之怨。卫庄公死后，太子完继位，即为卫桓公。州吁骄纵，为桓公所废逃亡国外。后纠集流亡卫人回国杀死桓公，自立为卫君。桓公被杀后，其母戴妫被遣归陈国，时值三四月间，庄姜为戴妫送行之际，正莺燕纷飞之时，她托物寄兴，赋《燕燕》篇，其首句"燕燕于飞"，是我国首屈一指的送别名篇名句。《诗经》的《终风》篇，就是庄姜所作的、抒写其被疏无嗣之苦的，其首句"终风且暴"的意思是：破晓时分刮起了大风。此意为李清照《声声慢》的"晓来风急"所借取，以曲折尽其庄姜之苦。

⑨ 在太阳系的九大行星中，虽说水星（中国古代也叫辰星）离太阳最近，但我的凡胎肉眼却很难见到它。然而在水星表面的诸多环形山中，有一座是被国际天文学联合会以李清照的名字命名的，她岂非已在九天之上！

如梦令[1]

尝记溪亭日暮[2]。沉醉不知归路。兴尽晚回舟,误入藕花深处[3]。争渡[4],争渡。惊起一滩鸥鹭[5]。

笺注:

① 如梦令:五代后唐庄宗李存勖所作《忆仙姿》词云:"曾宴桃源深洞。一曲清歌舞凤。长记欲别时,和泪出门相送。如梦,如梦。残月落花烟重。"苏轼嫌词名不雅,改为《如梦令》。后周邦彦又改为《宴桃源》。此首当作于李清照十六七岁时,初到汴京而回忆在故乡的郊游趣事。
② 尝记:曾经记得。 溪亭:对此虽然有多种不同说法,这里以为指词人原籍附近的一处游览景点。
③ 藕花:荷花。
④ 争渡:怎渡。
⑤ 鸥鹭:泛指水鸟。

译文:

溪亭之游真叫酷。一直玩耍到日暮。留恋迷醉好风光,竟然不知回归路。待到耍够天色晚,归舟误入荷深处。怎么渡啊,怎么渡?手忙脚乱,惊起一群水鸟是鸥鹭。

心解:

此词是作者十六七岁时初到汴京、回忆她在故乡趣事的处女作。它还有个题目作"酒兴",有的版本想当然地将此词置于苏轼、吕洞宾名下,足见这是一首带有

《漱玉词》笺译·心解·选评

"仙气"的豪迈小词。它的作者被人称为:"易安倜傥,有丈夫气,乃闺阁中之苏、辛,非秦、柳也。"(沈曾植语)

　　李清照的词风,总体上属于婉约派,但在她现存的全部词作中,不仅没有那种"雌男儿"笔下的脂粉气,有些还可以划入豪放之列。这其中除了《渔家傲·记梦》以外,一些抒写山川风物的词,如这首只有三十三字一气呵成的《如梦令》,其景象之开阔、情辞之酣畅,几令人叹为观止!作品的这种豪迈气度,固然与作者具有的丈夫之气、文士之豪的气质有关,但气质则不仅仅是天生的。壮丽的齐鲁山川,遍布故乡明水珍珠般翻滚的活水甘泉,既涵育了她的胸襟怀抱,更为她提供了驰骋豪兴遐想的前提。作者的那种独有的钟情于山水风物的童心和投身大自然的志趣,与其充满豪情逸兴的作品,岂非相映成趣?

　　通过对这首小词的品味,还可以获得对词人内心世界和思致情趣的较为全面的认识——即使在她少女时代,其内心和视野既不单调,其作品也不只是表达所谓恋花惜春的闺情,她的生活志趣往往更在闺房之外,当她的小舟驶入"藕花深处"时,也会像"惊起一滩鸥鹭"一样,给当时的词坛带来一股清风。事实上,李清照有一些体物、纪游、抒怀词,不论就题材的选择,还是由此所表现出来的艺术建构,都给人耳目一新之感,遂被口碑相传为"独树一帜"(陈廷焯语)。

　　这首小令的魅力还在于,它的语言明白如话,堪称一读就懂,而又百读不厌。由此所体现的"易安体"的基本特征,还可归纳为:它创造了一种比人籁更进一步的天籁境界,也就是不事雕琢,得自然之趣。人籁、天籁,原是《庄子·齐物论》的用语,前者指由人口吹奏管籥发出的声音,后者是指自然界的音响。不是吗?天黑下来了,人也沉醉了。当小舟在黑暗中漂离水道,误入荷花丛时,在万籁俱寂而又空旷"无边"的水面上,猛然听到一群水鸟扑棱棱惊飞四散。刹那惊悸之余,又会令人感到多么欣喜有趣,以致时隔经年,还深印在这位游赏者的潜意识之中。到了京城,或被类似的景致所诱发,兴文成篇,为后世留下了这一别具一格的、豪迈倜傥的小词。

选评:

一、唐圭璋:……纵观近日选本,凡选清照此词者无不作"常记",试思常为经常,尝为曾经,作"常"必误无疑,不知何以竟无人深思词意,沿误作"常",以讹传讹,贻误来学,影响甚大。希望以后选清照此词者,务必以《全芳备祖》为据,改"常"作"尝"。(《百家唐宋词新话》,四川文艺出版社1989年版)

二、吴小如《诗词札丛》(北京出版社1988年版):我以为"争"应作另一种解释,即"怎"的同义字。这在宋词中是屡见不鲜的。"争渡"即"怎渡",这一叠句乃形容泛舟人心情焦灼,千方百计想着怎样才能把船从荷花丛中划出来,正如我们平时遇到棘手的事情辄呼"怎么办"、"怎么办"的口吻。

三、林东海:《唐宋诸贤绝妙词选》题作"酒兴"。其实"酒兴"二字并不怎么切题,看来是后人所加。此词确切地说不是写酒兴,而是写"游兴"。……全词叙事写景交织成文,记录了女词人青年时期的一个生活片断。……在词坛上,一般都认为唐之李后主,宋之李清照,最为擅场。李清照对于词的修养是多方面的,而在摄取"瞬间"的表现"永恒"这方面尤为突出。……这首《如梦令》最善于从各个角度抓住生活片断的一瞬间。我们读了这首词后,仿佛看到她沉醉的瞬间神情,其醉也,既在酒,亦在山水之间。其情真,其兴逸,而且带点真趣和野味;仿佛看到回舟误入荷花丛中的瞬间动作。之所以"误",是酒意未尽?是游兴未尽?是暮色迷眼?是回归心急?这一切或者是兼而有之,却都在偶然一"误"的动作中表现出来了……全词以悠闲的游兴始,中经溪亭沉醉,急切回舟,误入藕花,最后惊起鸥鹭,动作和情绪,起伏变化,很富于节奏感。最后一切都统一在白色鸥鹭苍茫暮色的大自然景色之中。瞬时的神情,瞬时的动作,瞬时的音容,瞬时的景色,联成一个有机的整体,一个极富立体感的生活画面。这是一个永恒的活生生的生活画面。这画面在清新之景中渗透了野逸之情。(《李清照作品赏析集》,巴蜀书社1992年版,以下出版社及出版时间相同者,只出书名)

如梦令

昨夜雨疏风骤,浓睡不消残酒。试问卷帘人①,却道"海棠依旧"②。"知否,知否?应是绿肥红瘦。"

笺注:

① 卷帘人:当指闺中小姐的侍女。
② 却道:(她——侍女)竟说。

译文:
昨晚窗外声响很急骤,实则雨点稀疏狂风怒吼。为图痛快喝个够,一夜酣睡尚未全醒酒。探问卷帘的小丫头,她却说:"盛开的海棠还依旧。""傻丫头你知道否,知道否?肯定是绿叶肥硕红花瘦,就像这美好的年华似水流走。"

心解:
在我们景仰的前辈学人中,曾有把"卷帘人"视为作者的丈夫赵明诚者,进而认为词中的对话完全是一种闺房昵语。而"绿肥红瘦"与杜牧的"绿叶成阴子满枝"只有雅、俗之别。那么,这就等于说赵明诚认为妻子已经身怀六甲。对此,我的看法有所不同,理由如下:

一是,古人曾指出"赵君(明诚)无嗣",现在看,赵、李不仅没有儿子,想必连女儿也没有,所以在

《漱玉词》笺译·心解·选评

李清照的作品中,不大可能有与杜牧上述"绿叶"句相联系的语意。

二是,此词既含孟浩然《春晓》诗意,更是对韩偓《懒起》诗中的"昨夜三更雨,今朝一阵寒。海棠花在否,侧卧卷帘看"句意的隐括。从整首韩诗判断,主人公更像是一位少女,她与李清照所演之词的人物身份应该是相同的。因为作为"贵家""新妇"的词人,恐怕难得那么无拘无束地饮酒、睡懒觉。即使丈夫百般娇惯她,还有公婆和两位妯娌呢!看来把"卷帘人"视为小姐的丫鬟更妥。

三是,这首轰动朝野的小词的写作和传播,既是奠定李清照"词女"地位的基础,也是赵、李两姓联姻的媒介,惟其婚前所作,才能使赵明诚为之大做相思"词女"之梦。

由此看来,词中的"红"花,不论是指嫣红的海棠,还是喻指少女,二者皆为惜春而"瘦",所以还是应该把此词视为"口气宛然"地表达少女伤春之作。

这首小词虽然写的是所谓花木琐事,而其对"花事"的关切,也就是对青春的珍惜。作者把这种多情善感,以貌似闲淡的景语出之,这既是词家的秘钥所在,也是此词成功的关键所系,谓其所得好评如潮,毫不夸张。

选评:

一、宋胡仔《苕溪渔隐丛话》前集卷六十:近时妇人能文词,如李易安,颇多佳句,小词云:"昨夜雨疏风骤,浓睡不消残酒。试问卷帘人,却道海棠依旧。知否,知否?应是绿肥红瘦。""绿肥红瘦",此语甚新。

二、宋陈郁《藏一话腴》内篇卷下:李易安工造语,《如梦令》"绿肥红瘦"之句,天下称之。

三、明蒋一葵《尧山堂外记》卷五四:李易安又有《如梦令》云"(词略)。"当时文士莫不击节称赏,未有能道之者。

四、明沈际飞《草堂诗馀正集》卷一:"知否"二字,叠得可味。"绿肥红瘦"创获自妇人,大奇。

五、明徐士俊《古今词统》卷四:《花间集》云:作词安顿二叠语最难。"知否,知否",口气宛然。若他"人静,人静"、"无寐,无寐",便不浑成。

六、明徐伯龄《蟫精隽》:当时赵明诚妻李氏,号易安居士,诗词尤独步,缙绅咸推重之。其"绿肥红瘦"之句暨"人与黄花俱瘦"之语传播古今。

七、清王士禛《花草蒙拾》:前辈谓史梅溪之句法,吴梦窗之字面,固是确论,尤须雕组而不失天然。如"绿肥红瘦"、"宠柳娇花",人工天巧,可称绝唱。

八、清黄蓼园《蓼园词选》:按:一问极有情,答以"依旧",答得极澹,跌出"知否"二句来。而"绿肥红瘦",无限凄婉,却又妙在含蓄。短幅中藏无数曲折,自是圣于词者。

九、清陈廷焯《云韶集》(署名陈世焜)卷十:只数语中,层次曲折有味。世徒称其"绿肥红瘦"一语,犹是皮相。

十、吴熊和:浓睡醒来,宿醉未消,就担心地询问经过一宵风雨窗前的海棠花怎么样了。卷帘人不免粗心,告慰说,幸好,无恙。但凭着敏感的心灵,她已感到经雨之后必然绿叶丰润而红花憔悴了。宋人爱海棠。陆游曾有"为爱名花抵死狂"、"海棠已过不成春"(《花时遍游诸家园》)等句。这首词表现了对花事和春光的爱惜以及女性特有的关切和敏感。全词仅三十三字,巧妙地写了同卷帘人的问答,问者情多,答者意

《漱玉词》笺译·心解·选评

淡,因而逼出"知否,知否"二句,写得灵活而多情致。词中造语工巧,"雨疏"、"风骤"、"浓睡"、"残酒"都是当句对;"绿肥红瘦"这句中,以绿代叶、以红代花,虽为过去诗词中常见(如唐僧齐己诗"红残绿满海棠枝"),但把"红"同"瘦"联在一起,以"瘦"字状海棠的由繁丽而憔悴零落,显得凄婉,炼字亦甚精,在修辞上有所新创。(《唐宋诗词探胜》,浙江文艺出版社 1983 年版)

十一、吴小如《诗词札丛》:……原来此词乃作者以清新淡雅之笔写秾丽艳冶之情,词中所写悉为闺房昵语,所谓有甚于画眉者是也,所以绝对不许第三人介入。头两句固是写实,却隐兼比兴。金圣叹批《水浒》,每提醒读者切不可被著书人瞒过;吾意读者读易安居士此词,亦切勿被她瞒过才好。及至第二天清晨,这位少妇还倦卧未起,便开口问正在卷帘的丈夫,外面的春光怎么样了?答语是海棠依旧盛开,并未被风雨摧损。这里表面上是在用韩偓《懒起》诗末四句:"昨夜三更雨,今朝(一作'临明')一阵寒,海棠花在否?侧卧卷帘看"的语意,实则惜花之意正是恋人之心。丈夫对妻子说"海棠依旧"者,正隐喻妻子容颜依然娇好,是温存体贴之辞。但妻子却说,不见得吧,她该是"绿肥红瘦",叶茂花残,只怕青春即将消失了。这比起杜牧的"绿叶成阴子满枝"来,雅俗之间判若霄壤,故知易安居士为不可及也。"知否"叠句,正写少妇自家心事不为丈夫所知。可见后半虽亦写实,仍旧隐兼比兴。如果是一位阔小姐或少奶奶同丫鬟对话,那真未免大杀风景,索然寡味了。

十二、朱德才:词写惜春敏感心理,并无深意,全凭高超的表现技巧和优美的艺术形象取胜。一曰独特的表现形式。孟浩然《春晓》:"春眠不觉晓,处处闻啼鸟。夜来风雨声，花落知多少。"韩偓《懒起》："昨夜三更雨，临明一阵寒。海棠花在否？侧卧卷帘看。"一经对比，当知"风雨"与"落花"间的联想，对花事春色的敏感实为孟、韩两家诗所先有，而采用与侍女问答法，则为女词人所独创。换言之，传统的题材，由她匠心独运，找到了最能充分体现其惜春心理的独特的艺术形式，从而焕发异彩，引人注目。二曰"短幅中藏无数曲折"（《蓼园词选》）。令词体小，难于翻腾变化。此词却既含蓄隽永，又尽波澜起伏之能事。词从忆昨切入，起两句平起铺垫。"雨疏风骤"为"落花"张本，"不消残酒"为"惜春"伏笔。以下与侍女问答。问得何其殷勤急切，答得何其清淡冷漠；于冷热对照中，备见跳跃跌宕之趣。"知否"一叠，为词脉发展之必然转折，然叠得韵味无穷，那埋怨责怪、启发诱导的声情神态，惟妙惟肖，如在耳目。结拍"绿肥红瘦"，逼出题旨，收水到渠成之功。且回应篇首，针线严密，浑然一体。三曰"绿肥红瘦"，自铸新词。孟诗"花落知多少"，自然流畅；李词"绿肥红瘦"，含蓄精艳，形象优美而富于暗示性。与柳永"红衰翠减"相比，显然以语工意新取胜。李词造语工巧者，尚有"宠柳娇花"之类。由此可见，李词虽以"明白如话"为其基本风貌，然亦不乏锻字炼句之功力。（《百家唐宋词新话》）

十三、程千帆、张宏生：李清照的这首《如梦令》，写女主人早上起身后的一个生活片断。起二句是对昨夜情事的追忆。显然，这一夜，词人倾听着不断入耳的风声、雨声，感受着大自然的变化，睡得并不安稳。何况，她还未"消残酒"呢。所谓"浓睡"云云，不过是为了烘托经过一夜后的鲜明对比，以点出变化的突然。实际上，这也是对主人公伤春意绪的侧面描写。正因为词人整夜都在为这场风雨所引起的节物变化而担忧,所以,她一早起来,不顾残酒未消,便迫不及待地向侍女发问……这首词的另一特色,是作者通过对话,揭示出人物生活感受和审美感受的层次区别,从而塑造出两个生动的形象:女主人和她的侍女。(《李清照作品赏析集》)

双调忆王孙[①]

　　湖上风来波浩渺。秋已暮、红稀香少。水光山色与人亲,说不尽、无穷好。　　莲子已成荷叶老。清露洗、蘋花汀草[②]。眠沙鸥鹭不回头,似也恨、人归早。

笺注:

① 此首调名原被误作《怨王孙》,改正过程见选评二。忆王孙:又名《豆叶黄》。此调始见于李重元《忆王孙·春词》云:"萋萋芳草忆王孙。柳外楼高空断魂。杜宇声声不忍闻。欲黄昏。雨打梨花深闭门。"(此词被误作秦观词,《全宋词》等作李重元词,兹从之。)《忆王孙》之双调亦见于与李清照同时的周紫芝词。

② 蘋:亦称田字草,多年生浅水草本蕨类植物。

　　译文:
　　风吹湖面起波涛,广阔无边啊水势浩渺。时在深秋,红花稀疏香气减少。山水与我多亲近,风光无限好,说不尽也忘不了。　　莲子成熟荷叶变老。晨露清洗了,水边正在开花的田字草。沙滩上趴伏的水鸟头也不回,好像在埋怨我回去太早。

　　心解:
　　这首词的编年颇费斟酌。从素材看,它与第一首类似写的都是故乡明水风物;从心理背景分析,又像是处在悲喜交替之中,而近似于新旧党争时松时紧的境况。

《漱玉词》笺译·心解·选评

也就是说,前后的时间误差大约有三五年左右。如果是婚前所写,表达的无疑是观赏秋景的喜悦和归去时的留恋心情;如果是写于婚后受到党争株连之际,又未必不是借助壮美的秋日景物散散心。不论是喜悦、留恋或是为散心而欣赏,都没有传统意义上的悲秋成分。实际上她写的不是秋荷的枯枝败叶,而是令人赏心悦目仿佛散发着清香的成熟而饱满的莲子,在她的笔下,"水光山色"、"蘋花汀草"、"眠沙鸥鹭",无不令人感到是那么可亲、可爱、可喜,这在北宋词坛上,几乎是一种绝无仅有的新颖笔调。

从风格上看,此词基本保持了婉约词的当行本色,比如作者把自己钟爱湖山的感情,说成"水光山色与人亲",把留恋美景的心情,用"眠沙鸥鹭不回头,似也恨、人归早"来表达,可谓曲尽人意。但是此词又不同于一般婉约词的缠绵蕴藉,而直说"秋已暮",径夸"无穷好"。如此写来,既不隐晦,又无甚直露之嫌;既有景物的描绘,又有感情的抒发。这种含义明白又不一一点破的写法,丰富了婉约词的表达方式,使其既有隽永深长之味,又有畅亮欢快之情。

如果说"用浅俗之语,发清新之思"(清彭孙遹语),是"易安体"的一种基本特色的话,那么此词便集中地体现了这一特色。其用语极为浅显通俗,而所流露的审美感受却很新颖,不落窠臼,比如写秋风无萧瑟之气,状秋情无悲伤之意。在"红稀香少"、"莲子已成荷叶老"、"清露洗、蘋花汀草"等,一连串明白省净的语句中,人们看到词人不是在为"秋已暮"、"荷叶老"而伤感,而是在为"水光山色"、莲子荷叶和湖畔花草而欢歌不已。此词不仅比被作者批评的柳永的某些"词语尘下"的作品,要清新健康得多,就是在有词以来的全部作品中,也是别具一格的,它给人以清新

双调忆王孙

向上、愉悦充实的审美享受。

选评：

一、王璠：《一幅绚烂夺目的秋景图》：李词从红稀香少、莲熟叶老中生发出水光山色、蘋花汀草、鸥鹭眠沙来，顿使生气蓬勃，景色鲜妍，充满着热情爽朗的朝气，跃动着青春的活力，体现出词人少年时期的那种积极的、开阔的胸怀和乐观进取的精神。（《李清照研究丛稿》，内蒙古人民出版社1987年版）

二、周笃文：《怨王孙》，"怨"，当为"忆"字之讹。考此词之平仄韵式均同《忆王孙》，而与《怨王孙》迥异。按周紫芝之《双调忆王孙》："梅子生时春渐老，红满地、落花谁扫？旧年池馆不归来，又绿尽、今年草。　　思量千里乡关道，山共水、几时得到。杜鹃只解怨残春，也不管、人烦恼。"与此《怨王孙》词纤悉无殊，可证其误……这首秋日湖上之作，写得笔致清妍，含情吐媚。它既没有无计排遣的相思情绪，也没有哀世伤时的悲苦印记，通篇都洋溢着欢快的青春旋律。从风格学上考察，它应是一个不识愁滋味的少女献给大自然的一曲赞美之歌……这首词从句律上讲，下片是上片的重复，故谓之《双调忆王孙》。从内容上看，则谋篇立意，颇具匠心。上片写秋湖对景的喜悦，视界开阔，取神远处，下片则写归去时的依恋心情。纤笔细描，近似特写镜头。于此可见出章法与层次来，并不显得平直……发端两句写水乡的浓酣秋色，以少总多，颇具气象。"湖上风来波浩渺"，着一"上"字，就与用"面"字之类不同，点出了词人的具体位置不是徜徉堤畔，而是一舟容与，摇荡波心了……词的下片用笔甚细，花鸟露珠，一一摄入，与上片之取境宏阔者正相对映，可见出笔墨之变化来。"莲子"句上应"红稀香

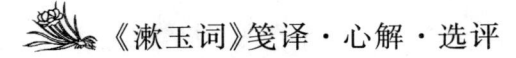

少",亦承亦转,是深化主题的转捩之笔。女词人不去叹息衰败的残荷,而是透过一层,从成实的莲子上看到了支新去故的生命突进的过程,并从中发掘出丰盈充实的美的品格来。这就比寻常的悲秋伤春之咏叹,高出一大截了。晨露,特别是如珠的秋露——这大自然的沉瀣之气,本来就是诗家的"爱物",用清露洗出的蘋花汀草,映衬着清碧如水的莲蓬以及绿云般的荷叶,还有那晶莹圆转万颗荷珠。这画面、境界和意趣,真令人淬尘消尽腑膈俱清了……抒情性是诗歌的第一生命。从这首小词里我们处处可以感受到女词人热爱生活的芬芳绵渺的深情。琼枝寸寸玉,沉檀节节香,余于此词亦作如是观。(《李清照作品赏析集》)

浣溪沙①

春　景

小院闲窗春色深②。重帘未卷影沉沉③，倚楼无语理瑶琴④。　　远岫出云催薄暮⑤，细风吹雨弄轻阴。梨花欲谢恐难禁。

笺注：

① 浣溪沙：此调一名《小庭花》，系取张泌词"露浓香繁小庭花"句；一名《醉木犀》，是由韩淲词"一曲西风醉木犀"而来。风格宛转，语音清脆，宜于写景抒情。李清照此词颇近本意。在《全宋词》中，这是使用频率最高的一种词调，共用七百七十多次。其中最著名或写得最好的莫过于晏殊的首句作"一曲新词酒一杯"和苏轼的"山下兰芽短浸溪"、"西塞山边白鹭飞"等数首。
② 闲窗：装有护栏的窗子。
③ 沉沉：形容深邃的样子。
④ 瑶琴：饰玉的琴，即玉琴。也作为琴的美称，泛指古琴。
⑤ 岫：山峰。　薄暮：指太阳将要落山的时候。

译文：

小院里春意缤纷，闺房中闲窗闷人。一层层的帘幛尚未卷起，我被遮挡得深而又深。独倚绣楼无言无语，温习曲谱弹奏珍爱的古琴。　　云从远山飘出，使得天色将暮；轻风吹拂雨丝，仿佛在薄云层中戏耍开心。浓浓春色中梨花盛开，一旦凋谢，怎不叫我难忍又伤神。

《漱玉词》笺译·心解·选评

心解：

首句"春色深"的"深"字，字面上既有"甚"的意思，也有"浓"的意思。前者是春色过甚，后者言春色正浓。联系下片的"细风"，其原意当属后者，即"小院"中春色正浓。然而主人公的闺房不仅窗户紧闭，连一层层的窗帘都没有打开，所以闺房显得黑洞洞阴沉沉的。接下去的"倚楼无语理瑶琴"句，意谓这位闺秀以专心致志地弹奏古琴，来排遣其难以名状的一腔愁绪。

下片的"远岫出云催薄暮"前四字，当是对"窗中列远岫"（谢朓诗句）和"云无心以出岫"（陶潜文句）的隐括，全句意谓云霓从远处的山峦飘起，加速了暮色的降临。"细风"句承上启下，意谓云行风起暮雨纷纷，寒气袭来。结拍"梨花欲谢恐难禁"的表层语义是：似这般晚来风雨的侵袭，到了梨花飘落之时所引发的伤感将是难以承受的！所以，整首词的言外之意当是，在这种封闭阴雨的环境中，一个春心勃发的少女该是多么难堪！

有的版本将这首小令误作欧阳修、周邦彦词，或不署撰人姓名。这是此词传播过程中的一种发人深思的现象，当初的情形莫非是这样的——李清照于待字之年，从原籍明水来到京都，她的才华深受词坛高手晁补之等"前辈"的赏识，从而激起了她的创作灵感，遂以记忆中的溪亭之游等感受为素材写了一首首令词。学识渊博的李格非虽然自己不擅此道，但他深感女儿的小词出手不凡，便故掩其名，并与其侄李迥分别将这些小词携至朝中和太学。果然不出所料，一时争相传阅，人见人爱，朝野为之轰动。或有好事者，将其中那首格调豪迈并带有"仙气"的溪亭纪游词，说成是苏轼或吕洞宾

26

浣溪沙

所作,而认为这首《浣溪沙》是出自欧阳修或周邦彦之手。此说虽属猜测,但却不是空穴来风,主要是受到某些不同版本和当时人的不少评论和赞语的启发所致。

在这批小词的众多热心读者中,有一位才学出众的太学生,他自幼酷爱金石书画并稔悉苏轼等书法大家的笔迹,乍一看他也曾认为是苏轼所写,细审字体,虽有须眉般的遒劲之势,而笔意则不时透着女子的娟秀之气,遂自言自语道:"此系词女所为!"这"词女"二字,刹那间使得芸芸众生恍然大悟,人们也就不约而同地想到了这些绝妙好词的真正作者——李清照!而揭开这一谜底的不是别人,正是当朝敢作敢为的高官赵挺之的小儿子赵明诚。他对于李清照的几首所谓怀春之作,洵为心有灵犀一点通。

选评:

一、明杨慎《草堂诗馀》卷一(评"远岫出云催薄暮"句)景语,丽语。

二、吴熊和:这是一首惜春的词。春色已深,梨花欲谢,不胜惋惜。言外还流露出对人生的淡淡伤感……"倚楼无语理瑶琴",既以解闷,又以寄怀。此时的"无语",是一种特殊的心境,是心有所感、情思缭乱,但又难以言传的心理状态。默默无言之中,实饱含脉脉欲语的深情,因而托之于如怨如慕的瑶琴一弄了。陆游有一首《鹧鸪天》词说:"情知言语难传恨,不似琵琶道得真。"瑶琴诉心,琵琶传恨,有时比之言语确实更便于细诉衷曲,尤其是那种不甚分明而又令人迷惘的闺中春情……末句"梨花欲谢恐难禁",既有深情的惋惜与眷恋,又有无如之何、难与为力的叹息与怅惘,与晏殊的"无可奈何花落去",同其蕴藉,都是理智(花开花谢本自然)与感情(逝者如斯,青春不返)圆融的名句。不过李清照此句，似乎更侧重于感情，所以沈际飞评曰："欲谢难禁，淡语中致语"（《草堂诗馀》正集卷一），比晏殊之"无可奈何"，感情上更为沉至……杜牧诗："砌下梨花一堆雪，明年谁此倚阑干。"苏轼诗："梨花淡白柳深青，柳絮飞时花满城。惆怅东栏一株雪，人生看得几清明？"自来咏梨花者，常借此而发出人生的感喟。李清照此词，或许也含有这层意思。对于梨花的"欲谢难禁"，一个多愁善感的女子很容易因青春的渐渐消逝而联想到自身的命运，不禁引起深心的怅触。不过此词风格轻淡，这层有关人生的感喟在词中也很轻淡，也在有意无意、若存若亡之间。别具会心者才赏其"淡语"中有"致语"。（《李清照词鉴赏》，齐鲁书社1986年版）

浣溪沙

　　淡荡春光寒食天①。玉炉沉水袅残烟②,梦回山枕隐花钿③。　　海燕未来人斗草④,江梅已过柳生绵⑤。黄昏疏雨湿秋千⑥。

笺注:

① 淡荡:和舒的样子。多用于形容春天的景物。　寒食:节令名,在清明前一二日。相传春秋时,介之推辅佐晋文公由国后,隐于山中,晋文公烧山逼他出来,之推抱树焚死。为悼念他,遂定于是日禁火寒食。《荆楚岁时记》:"去冬节一百五日,即有疾风甚雨,谓之寒食,禁火三日。"
② 玉炉:对香炉的美称。　沉水:指名贵的沉香。
③ 山枕:两端隆起如山形的凹枕。一说只是指高枕。　花钿:用金片镶嵌成花形的首饰。
④ 斗草:一种竞采百草、比赛优胜的游戏。
⑤ 江梅:指梅的一种优良品种,非专指生于江边或水边之梅。　柳绵:即柳絮。柳树的种子带有白色绒毛,故称。
⑥ 秋千:相传春秋时,齐桓公由北方山戎引入。在高高的木架上悬挂两绳,下拴横板。玩者在板上或坐或站,两手握绳,使前后摆动。技高胆大者可腾空而起,也可双人并戏。一说秋千起于汉武帝时,武帝愿千秋万岁,宫中因作千秋之戏,后倒读为秋千。详见《事物纪原》卷八。

译文:
　　春日的景物好舒展,寒食节在清明前。玉炉中名贵的熏香剩下一点点,袅袅轻烟还在燃。梦中醒来,首饰脱落,高枕无忧睡得安。　　小姐妹斗草比优胜,南去的燕子还未归还，梅花已开过，柳絮飞满天。黄昏时稀疏的雨点，打湿了花园里高高的秋千。

心解：

李清照少女时代的诗词，堪称一鸣惊人，也好比一石激起千重浪，曾引起了各种反响。她从晁补之、张耒等"前辈"那里得到的是鼓励、奖掖和逢人"说项"；缙绅、文士对她的作品虽然也击节称赏，但真正为之动心的只有一个人，他就是赵明诚！赵明诚不仅激赏李清照的诗词，这位"词女"的一切无不使他倾倒。别人对"词女"，左不过口碑之誉，赵明诚却为之寝食难安，于是便有这样一个"昼梦"佳话的广泛流传：赵明诚幼时，其父将为择妇。明诚昼寝，梦诵一书，醒来惟忆三句云"言与司合，安上已脱，芝芙草拔"。以告其父。其父为他圆梦说："汝待得能文词妇也。'言与司合'，是'词'字，'安上已脱'，是'女'字。'芝芙草拔'，是'之夫'二字，非谓汝为词女之夫乎？"后来李格非将他的爱女嫁给赵明诚，她就是李易安啊，果然文章出众。托名元伊世珍《琅嬛记》卷中所引《外传》的这一煞有介事的记载，再生动不过地说明，赵家父子对"词女"李清照当初有多么心仪！然而起初这却是赵家的单相思，在得到父母之命、媒妁之言以前，李清照则被蒙在鼓里，否则她的几首"怀春"之什，为何写得那么低调和伤感呢？

清明，一向被称为女儿节，这里写的又是一首寒食即景词。而被唐玄宗呼为"半仙戏"的、深受宫中妃嫔和民间少女喜爱的秋千，在这首词中，却成了苦风凄雨中的一个孤寂物件，况且还不只是"秋千"——那原本是一个令人赏心悦目的美好季节，主人公却闷在卧室里春困。名贵的香料快要燃尽，只有残烟袅袅。她一觉醒来，贵重的首饰已脱离秀发隐藏在凹形的枕头里。春日昼眠，莫非她与赵明诚不约而同地也在做"昼梦"？

词的下片所写的少女生活和感受很像是话中有话，别有所指：眼看就来到春光明媚的清明佳节，成双成对的海燕竟然还没有从南方飞来，词人只好又加入到小女孩的行列去做斗草的游戏。她心不在焉地四处观望，看到江梅已经开过，只有颠狂柳絮随风飘舞。结句的"黄昏疏雨湿秋千"，是常常为人提及的好句，它既好在与清明时节的对景上，更好在恰如其分地表达出"幽居之女，非无怀春之情"（陆机《演连珠》）的待字少女的特有心态。

选评：

一、徐培均《李清照》：词中既写了时令，也写了人物。从上半阕到下半阕，词中的天气由晴转阴，心情也由娇慵转入凄清。"黄昏疏雨湿秋千"是一个很富于意境的句子，前人评价说"可与'丝雨湿流光'、'波底夕阳红湿''湿'字争胜"（黄了翁《蓼园词选》）。在这里，一位少女的伤春情怀，仅着一字，而神情毕现。其内心世界，令人可以想见。看来词人自己也快由天真无邪的少女走向多愁善感的盛年了。（上海古籍出版社1981年版）

二、陈邦炎：就这首词的艺术结构而言，除了以"梦回"一句为中心，上阕逆挽，下阕顺写，使全词既见错综变化而又层次分明、脉络井然外，还有一些值得拈出之处。如前所述，全词六句，显示了六个画面。每个画面所描画的又不止一物一事，而是两三种事物的组合。如首句写了春光与寒食；次句写了玉炉、沉水、残烟；第三句写了春梦、山枕、花钿；第四句写了燕未来与人斗草；第五句写了梅已过与柳生绵；末句写了黄昏、疏雨、秋千。词人把这么多的事物收集入词，却使人读来并无拼凑庞杂之感，只觉事物与事物间、字句与字句间融合无间，构成了一幅完整而和谐的画面。(《李清照词鉴赏集》)

浣溪沙

　　髻子伤春懒更梳①，晚风庭院落梅初②。淡云来往月疏疏③。　　玉鸭熏炉闲瑞脑④，朱樱斗帐掩流苏⑤。遗犀还解辟寒无⑥。

笺注：

① 髻子：梳在头顶两旁的盘辫，俗称抓髻。　懒：一作慵。而"懒"字合律。
② "晚风"句：与李煜《浪淘沙·往事只堪哀》第三句"秋风庭院藓侵阶"之用语，虽有相近之处，或为偶合，或对之所取用，均系合情合理。
③ 疏疏：形容月光稀疏，时有时无。
④ 玉鸭熏炉：鸭形熏炉。　玉鸭：鸭之美称。　闲：在这里当做"静谧"解（详见"心解"）。　瑞脑：隋唐时，由东南亚等地传入我国的一种名贵香料，又称瑞龙香或龙脑香。
⑤ 朱樱：被视为珍果的红色的樱桃。这里借以形容幔帐的颜色和形状。　斗帐：覆斗形的帐子。　流苏：用丝线或彩色羽毛制成的下垂的穗子，用以装饰幕帐等物。
⑥ "遗犀"句：《开元天宝遗事》卷上云："开元二年冬至，交趾国进犀一株，色黄似金。使者请以金盘置于殿中，温温然有暖气袭人。上问其故，使者对曰：'此辟寒犀也。项自隋文帝时，本国曾进一株，直至今日。'"　辟：通避。　无：同"否"、"么"。一说犀即镇帷犀。见苏轼《四时词》其四。

　　译文：
　　伤春时节懒得将发髻梳，晚风吹来院中梅花飘落于最初。云彩往来遮挡，月光稀稀疏疏。　鸭形熏炉燃烧着名香瑞龙脑，深红幔帐装饰着流苏。曩日之遗犀，

33

如今还能避寒无?

心解:

此系作者在汴京待字之际所写的一首深闺春情词。起拍的"髻子",是古代女子梳在头顶两旁的、未婚少女的一种发式。所谓"髻子伤春",显然是狡黠之辞,实际上是梳着"髻子"的那个闺女在"伤春"。而"伤春"的表层语意是面对春天的景物而伤感。那么,她又为何伤感呢?是"为赋新词强说愁"吗?这当然有可能。但是更大的可能性是"伤春"被作为"怀春"的替身,也就是说,此时此刻作者的内心隐秘,正如她所熟悉的《诗·召南》有云:"有女怀春,吉士诱之。"人品才学兼优的太学生赵明诚为她大作相思梦,她又怎么不为之春情萌动呢?作为"幽居之女",其生发"怀春之情",是自然而然的。

紧接起拍的"晚风庭院落梅初",可以进一步证实此词作者的少女身份,因为这里的景物,就是《漱玉词》中交替出现的"小院"、"小阁"、"小楼",这显然不是作者婚后一度居住的赵相府邸,而是在她六七岁那年其父就已租赁的汴京"经衢之西"的一处宅第,也就是晁补之所说的"有竹堂"所在的院落。至于"落梅",则正是作者到汴京后,所"手植"的那株"江梅"的落英。

对于此词下片之首句"玉鸭熏炉闲瑞脑",在此需略加赘言的是其中的"闲"字。此字在以往有关析文中,或被略而不提,或被作毫无训诂根据的引申。而我在此次"笺译"时,对其在此句中应作何解释作了反复推敲,从而在此字的十个义项中,选取了"安静"。想来,这与整首词的意境、氛围是吻合一致的。

综观整首词中所描绘的事物,不论是淡云疏月,还是静静燃烧着的名香,抑或装饰考究而缺少温馨的卧榻,无不给人一种冷寂的感受。特别是结拍关于"遗犀"的诘问，说明从居室到内心是多么的冷清和令人伤感！

或曰：李清照前半生美满无比，怎么会如此伤感？这是一种想当然的说法，实际上，她襁褓丧母，父亲、继母等亲人对她再好，也往往难比生母知心，特别是在择婿、待嫁这类涉及少女内心隐秘的问题上，心里话怎好轻易对父亲和继母讲呢？对于多情善感的李清照来说，诉诸歌词当是排遣"有女怀春"之愁思的最好途径。

选评：

一、明沈际飞《草堂诗馀续集》卷上：话头好。渊然。

二、清周济《介存斋论词杂著》：闺秀词惟清照最优，究苦无骨，存一篇尤清出者。

三、清谭献《复堂词话》：易安居士独此篇有唐调，选家炉冶，遂标此奇。

四、清陈世焜（即陈廷焯）《云韶集》卷十：清丽之句（指"淡云"句）。宛约（指"遗犀"句）。

五、蔡厚示：整首词写得如泣，如诉，如怨，如慕。在表面平静的叙述中，蕴藏着极为丰富、复杂而又细腻的感情。末尾一句，更迸出了强烈的呼喊，发为直叩人心的诘问。（《李清照词鉴赏》，齐鲁书社1986年版）

六、刘瑜《李清照词欣赏》："瑞脑"，是一种熏香的名字。前面冠之以"闲"字，说明这种香料是放置熏炉里，没有点燃。"瑞脑"应该点燃而不点，这反映女主人打不起精神，对周围的事物都不感兴趣的百无聊赖的情态。平时女主人喜燃熏香，喜欢观赏景物，然而现在却一反常态，这说明女主人的心事沉重，思想活动的激烈……（民族出版社1997年版）

浣溪沙

莫许杯深琥珀浓①,未成沉醉意先融②。疏钟已应晚来风③。　　瑞脑香消魂梦断④,辟寒金小髻鬟松⑤。醒时空对烛花红。

笺注:

① 莫许:当为"莫诉"。"许"、"诉"形近而误。"诉"有辞酒不饮之义,如韦庄有《离筵诉酒》诗:"感君情重惜分离,送我殷勤酒满卮。不是不能判酩酊,却忧前路酒醒时。"诗旨紧扣诗题,即离筵莫贪杯,婉辞不饮。韦庄又有《菩萨蛮·劝君今夜须沉醉》词,其下片起拍"须愁春漏短,莫诉金杯满"之下句,当系清照此词首句之所本。又两宋词人如欧阳修、黄庭坚、陆游诸位的多首词作,或作"休诉"、或作"莫诉","诉"皆作辞酒解。　琥珀:对酒的美称。
② 融:有和乐、恬适之义,此处引申为适度饮酒带给人的快感。
③ 疏钟:《四部丛刊·乐府雅词》等多本此处均为阙文。惟文津阁《四库全书·乐府雅词》有此二字,疑系四库馆臣所臆补。对"疏钟"二字,人云意有未妥,拙谓聊胜于无。
④ 辟寒金:相传昆明国有一种异鸟,常吐金屑如粟,铸之可以为器。王嘉《拾遗记》卷七:"宫人争以鸟吐之金,用饰钗佩,谓之辟寒金。"这里借指首饰。　辟寒金小:犹云簪、钗等头饰小。

译文:
　　不要推辞这满杯的醇美酒,它色泽明亮香味浓浓。所饮无多便感到心满意足,其乐融融。稀疏的钟声应和着阵阵晚风。　　瑞脑燃尽香气全消,梦魂仿佛被折断,束发的钗、簪太小,抓髻疏松。醒来时,只能对着烛花的一点绯红。

心解:

以上四首同调词的写作时空及题旨基本相同,故拟统称之为"少女怀春之什"。此四首中,除了首句为"小院闲窗"和"淡荡春光"两首偶有论者提及外,不是关于《漱玉词》的专著,均不受青睐且不说,偶有论列,往往被误说成是什么"少妇"、"思念丈夫"云云。尤其是对这一首,我不止一次地"知难而退"。后来拜读了吴熊和教授的有关文章,深感吴文对词旨、异文、阙文、补文等的阐发与训释,既到位又有分寸,对于正确解读少年时代的李清照及其词作,大有裨益(吴说详见本词"选评"二,兹不赘述)。

经过反复解读之后,词中的"遗犀"、"辟寒金"等贵重饰物,终于使我意识到,小家碧玉者恐难知晓此为何物,更不可能拥有它。即使词人的父亲和翁舅官职已经不算低的情况下,她还说"赵李族寒,素贫俭"(《〈金石录〉后序》),这是因为在她的亲属中尚有更高层次的显宦。比如词人的外祖父王珪曾在神宗朝执政十六年,官至宰相。王珪以文学进身,极为神宗赏识,不时被赐予珠宝珍玩等。李格非的前妻是王珪的长女,应是这类赐予之物的实际享用者。她早逝后,在其留给长女李清照的遗物中,说不定就包括一些贵重的御赐之物。在词人心情不佳之时,看到这些遗物,很容易勾起对已故母亲的思念。由此看来,这四首词中,几乎都不乏"女大当嫁"的暗示,但又不像是那种单纯的求偶之想,而给人留有含蓄高雅的印象。

选评：

一、王学初《李清照集校注》卷一：（疏钟二字）据文津阁《四库全书》本《乐府雅词》补。此二字不妥，疑亦臆补。（人民文学出版社 1979 年版）

二、吴熊和：莫许：当是"莫诉"之讹，形近而误。"诉"，辞酒的意思，唐宋词中常用此义。韦庄《菩萨蛮》："须愁春漏短，莫诉金杯满。"欧阳修《定风波》："把酒花前欲问公，对花何事诉金钟。"黄庭坚《定风波》："且共玉人斟玉醑，休诉，笙歌一曲黛眉低。"陆游《蝶恋花》："鹦鹉杯深君莫诉，他时相遇知何处。"又《杏花天》："金杯到手君休诉，看着春光又暮。"皆是其例。李清照此句正与韦庄"莫诉金杯满"词意相同，当作"莫诉"，作"莫许"则无义。……疏钟：这二字仅见于文津阁《四库全书》本《乐府雅词》，在这之前的各种《乐府雅词》本子于此皆为阙文，疑"疏钟"二字为四库馆臣所臆补，于词意并不甚妥。按李清照这首《浣溪沙》，除《乐府雅词》外，宋元时其他词的总集选集都未予选录，故亦无从校补。……这是一首闺情词，过去称之为"闲情"，是青春期因深闺寂寞而产生的一种朦胧而难以辨析的情绪。词中所写，既似怀人，又非怀人，但为这种情绪所困，心儿不宁，甚至醉也不成，梦也不成，不知如何排遣。当是李清照前期的作品。……这首词抒写闺情，重在深婉含蓄的心理刻画。在愁思困扰的永日长夜中，几乎不言不语，百无聊赖，甚至连低微的叹息和内心的独白也难以令人听到。但这种愁思盘纡心曲，郁结未伸，日间求醉而沉醉未成，夜间求梦而魂梦又断，实际上无可摆脱而又无可遏止，深深陷入了一种五中无主、如醉如梦、不可自拔的精神境地。这样的心理描写,把深藏不露的幽闺之情写得极其深沉。这种闺情虽无形迹可求,却有心神可感,自然具有感染力。(《李清照词鉴赏》,齐鲁书社1986年版)

三、赵慧文:……全词在语言锤炼上也是颇见功力的。首先是精炼、形象、表现力强。如"莫许杯深琥珀浓"的"深"、"浓"两字,形象地勾出词中人即将豪饮之态。又如"应"、"空"是两个普通字眼儿,在这里却有极强蕴含力。"应"不仅写出钟声、风声相互应和的声响,而且暗示出女主人公深夜不寐之态,披露出人的脉脉愁情;一个"空"字又带出了词中人的多少寂寥哀怨。"香消魂梦断"一句中两个动词,用得也极为精炼、形象,它生动地勾画出女主人公梦寐难成之状。"辟寒金小髻鬟松"句中的"小"、"松"是一对形容词,而且又是相反相成,鬟愈松,钗愈小,颇有点思辨的味道,以此生动地描绘出词中人辗转床侧的情态。此句着此二形容词,大大增强了表现力,它使读者通过头饰的描写,不仅看到人物的情态,而且体察到人物的内心世界。如此精炼、生动的笔墨,令人叹服。其二,通俗的口语与典雅的用事自然和谐地统一于作品中。"琥珀"、"瑞脑"、"辟寒金"均是典雅富丽之辞,而"杯深"、"晚来风"、"香消魂梦断"、"髻鬟松"、"烛花红"等等,又是极为通俗、明白如话的口语,这些口语经过锤炼加工,使其与典雅的用语相和谐,体现了"易安体"的显著特色。(《李清照作品赏析集》,巴蜀书社1992年版)

四、孙崇恩《李清照诗词选》:这是一首以色淡高雅、寄情深微而见胜的闺情词,它可能是李清照前期的作品……上阕描写白天对酒独酌,酒未醉人人自醉的情景。看似平淡,无味可寻,实则淡中有味,发人深思。

下阕描写长夜空对烛花，黯然神伤的情景。看似生活细事，索然寡味，仔细品求，含情深微。整首词含蓄丽雅，婉曲工致，细腻地表现了女词人怀远的孤苦之情。
（人民文学出版社 1994 年版）

点绛唇[①]

　　蹴罢秋千[②]，起来慵整纤纤手[③]。露浓花瘦，薄汗轻衣透。　　见客入来，袜刬金钗溜[④]。和羞走，倚门回首[⑤]，却把青梅嗅。

笺注：

① 点绛唇：南朝宋江淹《咏美人春游》诗有"白雪凝琼貌，明珠点绛唇"之句，这一调名本此。此调另有《点樱桃》等多种别名，五代冯延巳是最早用此调填词者，《词谱》以其"荫绿围红"一首为正体。
② 蹴：踏。这里指打秋千。
③ 慵：懒，困倦。此系清照习用之字，如"慵自梳头"、"玉栏杆慵倚"，等等。
④ 袜刬：指跑掉鞋子以袜着地。　金钗溜：快跑时首饰从头上掉下来。
⑤ 倚门回首：指靠着门回头看的意思，不必有何出典，更与"倚门卖笑"无关。"倚门卖笑"是后人的演绎，以之形容妓女生涯是晚至元代和清代的事。

译文：

　　打过秋千，起身时，懒得擦一擦柔细的手。浓重的露水挂满了枝头，花儿显得很消瘦。细微的汗水，也能将轻软的绸衣沁透。　　看见不速之客进门来，慌忙间，鞋子跑掉袜着地，首饰也从发间往下溜。满脸羞怯快快跑，躲藏起来，倚着房门回头瞅。还把那清香的青梅闻个够。

心解：

　　虽然《全宋词》未收此词，王学初《李清照集校注》也颇持怀疑态度，而我拟站在替李清照维权者一边，并进而认为是她婚前所作。其理由至少有以下几点：

第一，这是待字少女李清照歌词创作的惯用手法，即其屡演韩偓《香奁集》的有关作品，这首《点绛唇》则是对韩偓《偶见》诗"秋千打困解罗裙，指点醍醐索一尊。见客入来和笑走，手搓梅子映中门"的精心隐括。韩诗写的是一个打秋千打得很困乏的少女，她随手宽衣解下"罗裙"，还点名索要一壶琼浆般的高档饮料。她看到有客人过来，便带笑向"中门"跑去。躲到暗处后，她一面用手揉搓着青梅，一面观察客人的动静。比之韩诗，李词中的主人公更加不拘小节、更富挑战性，这不正是活脱脱的作者本人吗？

第二，这位不速之客是有原型的，他不是别人，而应该是那位正在为她大做"昼梦"的铁杆粉丝——赵明诚。

第三，在宋代有"相媳妇"的风俗。对未来的新娘，男方有亲自过目的"特权"，况且赵明诚前往李府，有着更为充足而冠冕堂皇的理由——李格非曾是太学学官，赵明诚前去拜访和请益都是很自然的。

第四，即使按照对李清照其人其词大为不满的王灼所指斥她的"……闾巷荒淫之语，肆意落笔。自古缙绅之家能文妇女，未见如此无顾藉也……其风至闺房妇女，夸张笔墨，无所羞畏……"（《碧鸡漫志》卷二），这不正好可以从反面印证这类有涉于"闾巷"的"通俗歌曲"式的小词，正是出自一向爱赏新生事物的李清照之手！何况这类词又是青年男女真实心态的写照。于此求之尚且难得，轻易将它从《漱玉词》中袪除，岂非失算？

第五，这首词的意义还在于，其作者不但没有端起大家闺秀的酸腐架子，反倒极为生动传神地向世人展示她作为待字少女的内心世界，比起所演韩诗来，多有青蓝之胜。

选评：

一、明潘游龙等《古今诗馀醉》卷一二："和羞走"下，如画。

二、赵万里辑《漱玉词》：案词意浅薄，不似他作。未知升庵何据？

三、詹安泰《读词偶记》：女儿情态，曲曲绘出，非易安不能为此。求之宋人，未见其匹，耆卿、美成尚隔一尘。

四、马兴荣：有人大约就是以封建社会的深闺少女总是遵守"礼"的、温顺的、循规蹈矩的、羞答答的这个尺度来衡量李清照《点绛唇》这首词，所以怀疑它不像大家闺秀李清照的作品。我想，追求自由的李清照假如地下有知的话，她是会笑这些人未免太封建了。（《中国古典文学鉴赏丛刊·唐宋词鉴赏集》，人民文学出版社1983年版）

五、裴斐：（此首）当是易安早期作品。由前片"慵整纤纤手"到后片"袜刬金钗溜"再到"倚门回首，却把青梅嗅"，整首均为铺叙，极有层次，从而活脱出一个妩媚、敏感而矜持的少女，既见其外表情态，亦见其内心世界。历代词人当中，再没谁能如李清照那样善于表达自己了！而这种表达，无论欢快或悲苦，均很少直接倾诉，而总是截取日常生活中一段情节加以铺叙，使你如闻其声，如见其人，深受其情绪感染。（《百家唐宋词新话》，第303页）

渔家傲[①]

雪里已知春信至。寒梅点缀琼枝腻[②]。香脸半开娇旖旎[③],当庭际、玉人浴出新妆洗[④]。　　造化可能偏有意[⑤],故叫明月玲珑地[⑥]。共赏金尊沉绿蚁[⑦],莫辞醉、此花不与群花比。

笺注:

① 渔家傲:这一词调始见于宋晏殊《珠玉词》,其中不仅有十四首咏荷联章体的《渔家傲》,就连这一调名也是出自晏殊的这一联章体首章的"神仙一曲渔家傲"之句。而在宋词中,以此调所作的最好的当推范仲淹的"塞下秋来风景异"和陆游的"东望山阴何处是",等等。根据宋元人的诸多描绘,《渔家傲》本来是一种响遏行云,声情高昂的词调,而李清照的这首蜡梅词却是典型的含蓄蕴藉、格调缠绵的婉约词。
② 寒梅:此指蜡梅。　琼枝腻:蜡梅枝条清瘦,着雪而丰腴。　腻:肥。
③ 旖旎:柔和美好的样子。
④ 玉人:美人。这里喻指蜡梅。
⑤ 造化:指天地、自然界。
⑥ 玲珑:明澈。
⑦ 绿蚁:酒的代称。

译文:
瑞雪纷飞,报知春天回到大地。花蕾装点裹雪的干枝,它变得丰满而俏丽。像少女脸上擦了香粉,那含苞欲放的蜡梅犹如美女的脸蛋儿娇嫩、柔和、精致。在此时的庭院里,"她"就像是一位初浴美人精心化了新妆，亭亭玉立。　或许天地神明有偏爱，故意叫月色如此明澈照耀大地。为了与这株美人似的蜡梅共同畅饮这杯好酒绿蚁。不要怕喝得酩酊大醉，这一即将盛开的蜡梅，"她"是别的许许多多花木无法比拟的。

心解：

在现存约五十首《漱玉词》中，这是一首少见的欢愉之词。它虽属咏梅之什，但所咏却不是隶属蔷薇科的果梅或"春梅"，而是属于蜡梅科的蜡梅，而蜡梅并不是梅的别种。鉴于古今诗词中，对此每每混淆不清，兹加辨析，祈请留意。

此词所咏虽属可以在我国北方山东一带生长的蜡梅，而其写作时空则应在词人出嫁前夕的汴京。此时此地，她的父亲官礼部员外郎，未来的翁舅时任吏部侍郎，她本人又是神宗朝已故宰相王珪的外孙女，家庭环境相当优裕，好花美酒任其享用，身价地位几无伦比，其自得之意溢于言表，以此娇贵之梅自况之意甚明。这时的词人可谓良辰、美景、赏心、乐事四者兼并。

上半阕的"香脸半开"，当系双关之语，它像是兼指蜡梅的含苞欲放和待字少女的即将"开脸"出嫁。在李清照原籍的齐鲁之邦的女子出嫁前夕，娘家特延聘本家或邻里中心灵手巧的半老妇人，用细线绳将待嫁之女脸上的寒毛绞净、将鬓角修齐，叫做"开脸"。将这一民俗暗寓词中，使"拟人"这一修辞方式更加逼真生动，使蜡梅所幻化成的"玉人"，也就更加接近了作者本人的身世现状，使雪中报春的蜡梅更加人格化，词作也就更具韵味。

下片的"造化可能偏有意"和"此花不与群花比"二句，其表层语义是蜡梅得天独厚、无与伦比地胜过其

45

他花木，而深层语义则当是指姣好无比、出人头地的作者自己。

在《漱玉词》中，这一首并非是有篇或有句的名作，但它在咏梅诗词中却有着承前启后的特殊作用。林逋大约是李清照曾祖辈的咏梅名家，他的《梅花》诗，尤其是其中的"天与清香似有私"，岂非"造化可能偏有意"之所本？而林逋另一首《山园小梅》尾联的"幸有微吟可相狎，不须檀板与金樽"，又被她反意隐括为"共赏金尊沉绿蚁"诸句。

王十朋可算是李易安的儿孙之辈，其五绝《红梅》"园林尽摇落，冰雪独相宜。预报春消息，花中第一枝"，说它由这首《渔家傲》脱胎，恐不是无稽之谈。至于善效"易安体"的辛稼轩，其调寄《念奴娇》的"题梅词"，于李之同类词正反均多有借取。只是这几家所咏之"梅"，或有蜡梅与果梅之分。

选评：

一、杨恩成《读〈渔家傲〉》：李清照认为，词不仅要"主情致"，而且要表现出"妍丽丰逸"的"富贵态"。这首咏梅词，可以说充分地体现了她的这种主张。她从一个贵妇人的立场、情趣出发，体物言情，无不带着一种优裕、高雅的情趣，既贴切地描绘出"庭际"梅花的状貌，又把自己高雅、悠娴（闲）的志趣，倾注入梅花，不即不离、情景相因，托兴深远。同时，作者又用"雪"、"月"作背景，成功地映衬出梅花的高洁与孤傲的品格。形神俱似，体物超妙。(《李清照词鉴赏》)

二、孙崇恩《李清照诗词选》：这首词不是单纯地像前人以描写和点染梅花形态美为能事，而是写梅也写

渔家傲

人，赏梅也自赏，并把寒梅的形神美和词人的心灵美、感情美融为一体，构成了词的艺术美，塑造了鲜明的艺术形象，创造了深美的艺术意境，吟咏了高洁美好的情怀，可谓格调清新，境界开阔，含蓄有味。（人民文学出版社 1994 年版）

《漱玉词》笺译·心解·选评

庆清朝①

禁幄低张②,彤阑巧护③,就中独占残春。容华淡伫,绰约俱见天真④。待得群花过后,一番风露晓妆新。妖娆艳态,妒风笑月,长殢东君⑤。　　东城边,南陌上,正日烘池馆,竞走香轮⑥。绮筵散日⑦,谁人可继芳尘⑧。更好明光宫殿⑨,几枝先近日边匀⑩。金尊倒,拼了尽烛,不管黄昏。

笺注:

① 庆清朝:此词调名他本多作《庆清朝慢》,疑误。《词谱》以王观《庆清朝慢·踏青》为正格,李清照此词为变体。而王、李二词字数、句读均有所不同,调名亦应不同,兹作《庆清朝》。又说《庆清朝》,即《庆清朝慢》。而李宏模《庆清朝·木芙蓉》则系仄韵体。

② 禁幄低张:宫禁中矮矮的护花帷幕。

③ 彤阑:红色的栏杆。

④ "容华"二句:意谓素淡的芍药犹如一位不加雕饰的美女。　伫:久立。这里以之形容花色淡雅。　绰约:姿态柔美。在汉唐人所著的《神农本草经》和《新修本草》等中药学书籍中,即以"绰约"形容芍药。由此可见,此首系咏芍药,而非如有些论、注者所云为吟咏牡丹之作。

⑤ "妖娆"三句:意谓娇媚的芍药惹得春风妒嫉,明月为之绽开笑脸。芍药花期滞后,因而能把春天久久留住。　殢:滞留。

⑥ 香轮:即香车,指妇女所乘坐的车子。

⑦ 绮筵:豪华而丰盛的酒席。

⑧ 芳尘:语涉双关。一则是对"香轮"车尘的美称,其意与"戢流波于桂水兮,起芳尘于沉泥"(陆云《喜霁赋》)差同;二则当指词人所欣赏的这种

庆清朝

入禁赏花的高雅活动，其意与"振芳尘于后"（《宋书·谢灵运传》）相近，指某种名声、风气。

⑨ 明光宫殿：汉代宫殿名。明光宫：武帝太初四年秋起，在长乐宫中（见《三辅黄图》卷三）。明光殿：《三辅黄图》卷二："未央宫渐台西有桂宫，中有明光殿，皆金玉珠玑为帘箔，处处明月珠，金陛玉阶，昼夜光明。"这里借指北宋汴京的宫殿。

⑩ 日边：太阳的旁边。这里比喻在皇帝身边。

译文：

　　帏帘低低开张，围栏巧妙保护，惟独此花开在晚春。它容貌姣好淡雅，姿态柔美又天真。群花开过后，它像是被风露洗涤了一番，又像是刚化过的晨妆，是那么雅洁清新。它何等娇媚，又有一副鲜艳的姿态，被春风所妒，令明月含笑，它的娇媚留住了春神东君。　　不论东城之边，还是南边的街道上，太阳暖暖地照着供人游赏的池馆，到处竞相奔驰着女眷乘坐的香轮。在豪华而丰盛的筵会散席之日，还有何人可延续这种风气步其后尘？在富丽堂皇，像汉朝明光宫那样昼夜放光的宫殿里，有几枝靠近日边向阳的，先期开放得很均匀。金杯倾倒，燃尽了灯烛，不管它更深和黄昏。

心解：

　　这首词大致是在作者结婚一周年的前夕所填。前此约一年的绮陌游赏，极有可能是与丈夫偕行。崇宁元年（1102年）前后的汴京景观，还是以自然风光和四时花卉为主，营造艮岳（后称万寿山）等豪侈宫观园林，那是在崇宁末年徽宗听任蔡京的主张大兴"花石纲"之后，那时赵、李夫妇早已远离汴京、"屏居"青州了。

49

以往颇有论者误以为此词所吟咏的是号称"国色天香"的牡丹。其实，李清照所咏花卉不外江梅、岩桂、藕花、白菊，等等。它们都好比是人中之雅士，恬淡高洁，未见她对雍容华贵的牡丹有何好感。这恐怕与词人的审美情趣、品格爱好不无关系。这首《庆清朝》绝不是咏牡丹，而是咏芍药！

何以见得呢？词中有"就中独占残春"句，可作内证，也就是说此花在春末夏初开放。又说它"待得群花过后，一番风露晓妆新……长殢东君"，即又一次交代此花开在"群花"之后，能把春天留住。这不是芍药是什么？

鉴于词人的父亲李格非撰有传世的《洛阳名园记》，书中不仅记述了洛阳十九处名园的历史变迁、亭榭布置，还涉及各种花木体性等。这类著作不仅可能增加女儿的园林知识，亦可能影响其兴趣。《漱玉词》中吟咏花卉的篇章可以说明，李清照不仅熟悉各种花卉的"物理"体性，还能准确把握它们的神韵。仅以"容华淡伫，绰约俱见天真"为例，十个字既创造性地刻画出芍药的特性，又不是恣意杜撰。她很可能读过《神农本草经》和《新修本草》等汉唐人所撰的中药学典籍，因为这类书中就以"绰约"形容芍药。而"丰姿绰约"，又是人们心目中美女的形象，词人又可能是以"绰约俱见天真"、"妒风笑月"的芍药自况。

从词的结拍三句，又可以窥见词人当时生活得多么优雅潇洒。为了观赏芍药，她与诗伴爱侣，不仅乘着华美的车子游遍了"东城"、"南陌"，享尽了珍馐华筵，他们还可以到御花园中去，观赏"日边"那几枝先期开放的名贵花朵。白天游览，晚上在宫殿中设宴款待，个个喝了个酩酊大醉，"玉山倾倒"，从黄昏直到深夜，游玩得好不快活！

庆清朝

选评：

一、黄墨谷《重辑李清照集》：此词各本无题，细玩词意，有"就中独占残春"，乃咏芍药之作。苏东坡诗："一声啼鸩画楼东，魏紫姚黄扫地空。多谢画工怜寂寞，尚留芍药殿春风"；王十朋芍药诗："千叶扬州种，春深霸众芳。"（齐鲁书社1981年版）

二、岳国钧《略论李清照的词》：这是一首咏芍药的词，作者把芍药的生长环境写在御花园中，是有明显用意的。她笔下的芍药，格调虽然不高，但却"独占残春"，赢得君王的宠爱和看花者的追慕，显极一时。（《李清照研究论文集》，中华书局1984年版）

三、喻朝刚《宋词精华新解》：这首词以咏物为主，同时也具有很浓的抒情气氛。词中对芍药花的描绘，可以说是惟妙惟肖，生动传神。作者不仅形象地刻画了它那千姿百态的外貌，而且将其拟人化，赋予它以丰富的感情和美好的品格。展现在读者眼前的，既是珍贵的名花，仿佛又是一位端丽敬重的贵族少女。词人对芍药的咏赞，寄托了她的审美理想，融入了自己早年生活的体验和情愫。在艺术构思方面，本篇层次井然，脉络清晰。上片绘景状物，下片叙事抒情。全词虽未出现芍药二字，但无论正面描写还是侧面烘托，处处都是围绕着"独占残春"的芍药花而展开的，含蓄蕴藉，馀味无穷，给人以美的享受。（吉林大学出版社1988年版）

四、靳极苍：这首词咏的是什么？自来没人明确过。主题不明，当然理解为难。我认为按前三句"禁幄低张，彤阑巧护，就中独占残春"，该确定为牡丹。因"禁幄低张"可见不是高大的花木。"彤阑巧护"，可见是很宝贵的花木。尤其"就中独占残春"，只有牡

丹是残春时独占的。(《百家唐宋词新话》,四川文艺出版社1989年版)

五、孙崇恩《李清照诗词选》:上阕描写宫内禁苑牡丹的容姿。起笔"禁幄"三句,写牡丹所处的环境,表现其高贵,突出咏花本题,运笔工巧,如烘云托月。紧接着刻画牡丹形象,"容华"二句,写牡丹的神姿;"待得"二句,写牡丹的品格;"妖娆"三句,写牡丹的魅力,"妒"、"笑"、"瓣"三字把风、月、日拟人化,写来生动传神,形神毕现。下阕描写宫廷内外赏花的情景。换头笔势转折,"东城边"四句,写赏花盛况;紧接着再度跌宕,"绮筵"二句,抒赏花之情,含伤春之感;"更好"二句,又见跌宕,突出禁苑赏花;结尾笔锋挺拔,洒脱不羁,"金尊倒"三句,抒惜春赏花情怀。全词状物抒怀,笔致工雅,层层铺陈,宕而有序,蕴藉含蓄,表现了一派繁荣升平景象,抒发了女词人一腔赏花惜春之情。(人民文学出版社1994年版)

鹧鸪天[①]

暗淡轻黄体性柔，情疏迹远只香留。何须浅碧深红色，自是花中第一流。　　梅定妒，菊应羞，画阑开处冠中秋[②]。骚人可煞无情思，何事当年不见收[③]。

笺注：

① 鹧鸪天：又名《思佳客》、《第一花》等。虽然明杨慎《词品》卷一说，这一调名是取自唐郑嵎诗的"春游鸡鹿塞，家在鹧鸪天"，但是，这一词调中的名作除了晏几道的"彩袖殷勤捧玉钟"一整首，还有辛弃疾的"壮岁旌旗拥万夫"全词及结拍两句为"城中桃李愁风雨，春在溪头荠菜花"，等等。

② "画阑"句：化用李贺《金铜仙人辞汉歌》的"画栏桂树悬秋香"之句意，是说桂花为中秋时节首屈一指的花木。

③ "骚人"二句：取意于陈与义《清平乐·木犀》的"楚人未识孤妍，《离骚》遗恨千年"句意。楚人、骚人均指屈原。可煞：疑问词，"可是"的意思。　　情思：情意。何事：为何。此二句的意思是《离骚》中多写花木名称却没有桂花。

译文：
此花浅黄而清幽，形貌温顺又娇羞。性情萧疏远离尘世，它的浓香却久久存留。无须用浅绿或大红的色相去招摇炫弄，它本来就是花中的第一流。　　梅花肯定妒忌它，而它又足以令迟开的菊花感到害羞。在装有华丽护栏的花园里，它在中秋的应时花木中无双无俦。大诗人屈原啊，可真叫无情无义，在写到诸多花木的

《离骚》里,为何岩桂不被收?

心解:
　　这大约是写于作者出嫁后不久的一首咏桂词。其旨在于以岩桂的色淡香浓,来喻示人的内在美更为可贵。别看桂花貌不惊人,但它的清高和香甜,足以使它成为"花中第一流"。这层意思溢于言表,不难解读。不易读出的是这样一种深层寓意,即词人自知其出身并不显赫,比起朝廷中的诸多名公大臣,她一直认为其父、祖的地位是低下的,就像是自然界的岩桂,虽然其名位不能同御花园中"浅碧深红色"的牡丹、芍药相比,但它的清高脱俗、宜人香气,以及它作为八月佳节的应时之花,又足以使它成为中秋之冠,惹来过期之梅和晚开之菊的种种妒忌。

　　尚须略作解释的是,在这里词人并不是要贬低她一向喜爱的梅和菊,也不是说她家的门第多么低下,而是她想通过对以香取胜的桂花的褒扬,将自家祖、父及本身的内美昭著于世。但却不是那种狭隘意义上的自卖自夸,而是她日后为其父祖所发出的"位下名高"之叹以及她本人不拘于所谓"女子无才便是德"之类的封建闺范的逻辑起点。

　　对于此词最后两句曾有论者解释为:李清照是在借咏花发泄自己才能被埋没的不平。看来这未免求之过深。首先,她的才能并未被埋没,相反已名满京城;其次,对于当时的一个贵家新妇来说,不大可能具有经世致用之想。何况,正在优雅地体察桂花的她,心中会有什么大不了的不平呢?反倒有可能是她在写作见解上充满自信的一种表现——她可能认为屈原的审美情趣不如自己,竟没有把桂花写进注重内美的《离骚》。总之,此词自始至终表达的是一种带有自得自负的情绪,谈不上对"社会"有何不平。

鹧鸪天

选评:

一、蒋哲伦《读〈鹧鸪天〉》:《漱玉词》向以白描见长,而本篇却以议论取胜。但成功的经验不在于理性的思辨,而仍归于形象的辨析和强烈主观感情色彩,且二者的基础和出发点都离不开形象的描绘,也就是说,如果没有第一、二句对桂花外形特质的成功的描绘,为全词的议论奠定基础,那么,由此生发出来的议论,无论是正面的品评,还是侧面的比衬,或是无理的质问,都成了无根之木,无源之水。至于议论或发问更不带丝毫的书卷气或头巾气,这样方能妙趣横生,令人叹服。(《李清照词鉴赏》)

二、朱德才:咏物诗词一般以咏物抒情为主,绝少议论。李清照的这首咏桂词一反传统,以议论入词,又托物抒怀。咏物既不乏形象,议论也能充满诗意,堪称别开生面。"暗淡轻黄体性柔,情疏迹远只香留。"短短十四字却形神兼备,写出了桂花的独特风韵。上句重在赋"色",兼及体性;下句重在咏怀,突出"香"字。据有关记载,桂树花白者名银桂,黄者名金桂,红者为丹桂。它常生于高山之上,冬夏常青,以同类为邻,间无杂树。又秋天开花者为多,其花香味浓郁。色黄而冠之以"轻",再加上"暗淡"二字,说明她不以明亮炫目的光泽和秾艳娇媚的颜色取悦于人。虽色淡光暗,却秉性温雅柔和,像一位恬静的淑女,自有其独特的动人风韵,令人爱慕不已。她又情怀疏淡,远迹深山,惟将浓郁的芳香常飘人间,犹如一位隐居的君子,以其高尚的德行情操,赢得了世人的敬佩。李清照的这首咏物词咏物而不滞于物。其间或以群花作比,或以梅菊陪衬,或评骘古人,从多层次的议论中,形象地展现了她那超尘脱俗的美学观点和对桂花由衷的赞美和崇敬。那么，李清照何以对貌不出众、色不诱人的桂花如此推崇备至呢？言为心声，其中自有特定的情怀寓焉。由于北宋末年党争的牵累，李清照的公公赵挺之死后，她曾随丈夫赵明诚屏居乡里约十年之久。摆脱了官场上的钩心斗角，离开了都市的喧嚣纷扰，归来堂上悉心研玩金石书画，易安室中畅怀对饮、唱和嬉戏，给他们的隐退生活带来了蓬勃的生机和无穷的乐趣。他们攻读而忘名，自乐而远利，双双沉醉于美好、和谐的艺术天地中。此情此境，和桂花那种"暗淡轻黄"、"情疏迹远"、但求馥香自芳的韵致是何等的相似啊！（《唐宋词鉴赏辞典——唐·五代·北宋》，上海辞书出版社1988年版）

三、汤高才：……"情疏迹远"，写桂树生高山而独秀、无杂树而成林的特性，不过，词人把桂花人格化了，赞美她情怀疏淡，远迹深山，惟将浓郁的芳香长留人间。从"咏物"来说，这开头两句写桂花，可说是达到了形神兼备的艺术境界。更妙的是，这两句看是咏桂花，又似咏人，似在歌颂一种内在的精神的美，语意蕴藉，耐人寻味。（《花鸟诗歌鉴赏辞典》，中国旅游出版社1990年版）

四、孙崇恩《李清照诗词选》：上阕咏物抒怀。首二句写桂花的颜色资质，赞美它淡雅、高洁、柔和的品性，形神兼备，独有风韵；接着议论抒情，直言桂花不需群花那样的"色"美，亦"自是花中第一流"。下阕深入一层赞美桂花为群芳之冠，先从节令上看，以梅菊衬比，桂花为中秋之冠；结尾评议屈原多以珍贵花草喻君子美德，惟独未写桂花之美引为憾事，再度突出桂花的高雅。全词咏物不滞于物，或以群花作比，或以梅菊衬比，或评骘古人，层层议论，连连抒怀，步步宕开，议中含情，情中见意，情调激扬，气势豪放，表现了女词人重内在美、素质美和崇尚淡雅高洁的情怀。

减字木兰花①

卖花担上,买得一枝春欲放②。泪染轻匀③,犹带彤霞晓露痕。　　怕郎猜道,奴面不如花面好④。云鬓斜簪⑤,徒要教郎比并看⑥。

笺注:

① 减字木兰花:有时简称《减兰》,又名《木兰春》等。双调四十四字,即就宋词《木兰花》的一、三、五、七句各减三字。上下阕各二句仄韵转二句平韵。《词谱》卷五所列此调是欧阳修所作首句为"歌檀敛袂"。李清照此词悉同欧法。
② 春:这里指生机盎然的样子。
③ 泪:指花枝上的形似眼泪的晶莹露珠。
④ 奴:词人自称。
⑤ 云鬓:形容鬓发多而美。
⑥ 徒:只、但。　郎:在古代既是妇女对丈夫的称呼,也是对她所爱男子的称呼。这里是指前者。　比并:对比。此句的意思是自己比花更好看。

译文:

各种花儿都摆放在卖花人的担子上,我买到的这一枝鲜嫩又明亮。花枝上露珠浸润得轻巧又均匀,这枝带着晨露痕迹的红花,何等动人。　　怕对夫君产生误导,以为我的面容不如红花那么姣好。我把簪子斜插在鬓角边,只是为了叫新郎对比一下,是红花好看还是新娘更美观。

心解：

这一首大约是写于词人新婚燕尔之际。生活是文艺的源泉。沐浴在爱河中的李清照，在她婚后一段时间的词作，几乎是清一色的闺房昵意、伉俪相娱。但由于好景不常，这类"欢愉之辞"为数很少，现存只有这首《减兰》和另一首《瑞鹧鸪》等少数词作。而这又是两首历来很有争议的词，以前者为例，词人仿佛是"秀才遇到兵"，她的这类词时而被骂作浅俗不堪，时而被剥夺了著作权，来回都是她吃亏。

对《漱玉词》极尽攻击之能事者，莫过于王灼及其《碧鸡漫志》，但却道出了一个事实，即李清照的词中确有几首所谓浅俗轻巧之作，这一首就较典型。问题是对这类具有所谓闾巷、市井意味的作品，今天不应再多所非议。"女为悦己者容"，主人公为取悦于新郎，故意让他品评：是带露的红花好看，还是新娘的如花容颜更美。作为"闺房之事"，新娘此举不为过分，亦无甚低俗可言。时至今日，不应再以类似于道学的面孔，将此类词屏于《漱玉词》之外，因为它比"正统"的"易安体"，更能体现词人对于旧礼教的冲撞，而这种冲撞本身，正体现了一种新进的思想意识，也是词人"压倒须眉"（李调元语）的实质所在。

有趣的是下半阕的"云鬓斜簪"所包容的意蕴，在词人四十多岁于江宁（今南京）所作《蝶恋花》结拍二句的"醉莫插花花莫笑，可怜春似人将老"中，得到了反意照应。进而发现，《漱玉词》的立意，往往在时隔多年后，尚有前后照应，如《清平乐》（年年雪里）既是对此首，也是对《诉衷情》有关揉搓"残蕊"诸句的照应。这不又从另一角度证明此词确为李清照所作吗？

减字木兰花

选评：

一、王学初《李清照集校注》卷一：按以词意判断真伪，恐不甚妥，兹仍作清照词，不列入存疑词内。（人民文学出版社 1979 年版）

二、徐培均：上片写买花。宋朝都市常有卖花担子，一肩春色，串街走巷，把盎然生趣送进千家万户。蒋捷曾有《昭君怨》一词写卖花人云："担子挑春虽小，红红白白都好。卖过巷东家，巷西家。帘外一声声叫，窗里鸦鬟入报。问道买梅花，买杏花。"与此词上阕对读，我们即可得出全面印象……总的来讲，此词乐而不淫，轻而不俗，与李清照的思想性格颇为相符。全篇通过买花、赏花、戴花、比花，生动地表现了年轻词人天真的态度、爱美的心情和好胜的脾性。读后颇觉生动活泼，富有浓郁的生活气息。（《唐宋词鉴赏辞典——唐·五代·北宋》）

三、孙崇恩《李清照诗词选》：全词写花也写人，写人也写花，人与花，花与人虚实相映，蕴藉含蓄，形象鲜明，妙趣横生，表现了年轻女词人天真爱美和纯洁好胜的心情。

瑞鹧鸪[①]

双银杏

　　风韵雍容未甚都[②]，尊前柑橘可为奴[③]。谁怜流落江湖上，玉骨冰肌未肯枯[④]。　　谁教并蒂连枝摘，醉后明皇倚太真[⑤]。居士擘开真有意[⑥]，要吟风味两家新。

笺注：

① 瑞鹧鸪：又名《鹧鸪词》、《舞春风》等。始见于五代冯延巳《阳春集》，作《舞春风》。关于此调多所争议（下详）。

② "风韵"句：《史记·司马相如传》："相如至临邛，从车骑，雍容闲雅甚都。"此系反意隐括。 都：姣好，美盛。

③ 柑橘可为奴：柑橘别称木奴（详见《三国志·吴志·孙休传》注引《襄阳记》）。

④ 玉骨冰肌：语似苏轼《洞仙歌》之首句。此处以肤色之洁净清澈，比喻银杏之质地。

⑤ "醉后"句：周勋初《唐人遗事汇编》卷二："明皇与贵妃幸华清宫。因宿酒初醒，凭妃子肩同看木芍药。上亲折一枝，与妃子同嗅其艳。"太真、贵妃均指杨玉环。此句意谓双银杏的并蒂相连，犹如唐明皇和杨贵妃倚倚靠靠亲密无间。

⑥ 居士：这里当系自命清高者之自指。

译文：
　　双银杏的风度仪态，虽然还不是那么美盛姣好，亦即"未甚都",而酒杯前的柑橘难以与之相比,应了其别称木奴。谁会可怜银杏流落到江湖之上,它尽管被剥离母体,却仍然玲珑剔透并未干枯。　　是谁叫人把这并蒂连枝双双采摘,就像当年喝醉了的唐明皇偎倚着贵妃太真。居士之将双银杏擘开有其真实的用意,她希望夫妇间,有着彼此永不分离的两颗真心。

心解:

此首录自《花草粹编》卷六,概作于词人新婚不久的一首伉俪相娱之词。对于此词颇多异议:其一,说它不是词。而我对这一问题的理解大致是这样的——《瑞鹧鸪》作为词牌,又名《舞拍》、《舞春风》、《鹧鸪词》等,它本来是七言律诗,因唐人谱为歌词,遂成词调。到了宋代的晏殊和柳永,此调又分别衍变为六十四字和八十八字。李清照这首五十六字体,虽在字数方面保留着七言律诗的特点,但它仍然应该是一首词。因为在李清照前后的杜安世和侯寘等人的同调五十六字体,也都是词而未被算作诗。

关于此词的另一疑问,是有关第三句的"居士"二字。诘问者云:既然把这首《瑞鹧鸪》视为词人新婚不久所作,岂不与她在二十四五岁屏居青州时始用"易安居士"之号的事实相龃龉?回答是否定的!因为"易安居士",只有屏居后才能引以为号,"居士"则可泛指自命清高者。而新婚燕尔时的李清照最为清高自许,十八九岁自称"居士",亦无不可。

更值得一提的是,词之下片结拍的"居士擘开真有意,要吟风味两家新"二句,意谓将并蒂而生的双银杏擘开一看,它就像莲子生有薏蕊一样,其"心"中也有意(薏);而"两家新"谐喻"两颗心"。接连上文就是说,主人公与其丈夫之间,犹如当年唐明皇之于杨贵妃,彼此心心相印,爱怜有意。这不仅表现了词人夫妇相得之欢,还体现出此词作者对于李、杨关系的看法不囿于成见,岂非说明李清照关于历史和爱情的观念,比历代的许多"须眉"更具新见?

选评:

一、赵万里辑《漱玉词》:按虞、真二部,诗余绝少通叶。极似七言绝句,与《瑞鹧鸪》词体不合。

二、王学初《李清照集校注》卷一:按:上海新编《李清照集》以为此首乃历来怀疑不是李清照之作品,未知何据。赵万里仅疑其非词而已。

三、《济南名士丛书·李清照全集评注》:清照此词,不仅前后押两韵部,其中间四句,既不对仗,而且上下阕衔接处,亦不粘连,明为两首绝句。有人据此怀疑非清照作品,则证据不足。盖本为两首绝句,误抄一起,《花草粹编》编者遽加《瑞鹧鸪》名,并妄题为"双银杏"耳。(济南出版社1990年版)

一剪梅①

红藕香残玉簟秋②。轻解罗裳,独上兰舟③。云中谁寄锦书来④,雁字回时,月满西楼。　　花自飘零水自流。一种相思,两处闲愁。此情无计可消除,才下眉头,却上心头。

笺注:

① 一剪梅:这一调名虽然被认为出自周邦彦《清真集》中同调词的"一剪梅花万样娇"、《词谱》又将其与吴文英的"远目伤心楼上山"同列为正体,但是其又名《玉簟秋》则当源于李清照此词之首句。事实上,以此调所作的唐宋词中,恐怕难以找到比李清照的这一首和蒋捷的"一片春愁待酒浇"更好的作品了。
② 玉簟秋:意谓时至深秋,精美的竹席已嫌清凉。
③ 兰舟:一说是对舟船的美称;一说这里的"兰舟"特指睡眠的床榻。看来,后说宜从。
④ 锦书:对书信的一种美称。

译文:
　　红荷香残绿叶难久留,榻上竹席凉飕飕。轻轻把罗裙脱下来,独自睡在榻上满腹忧愁。高天流云,他能否寄来书信没准头。传书的鸿雁回来的时候,明月当空照西楼。　　落花自个飘零,水也单独奔流。同样的相思,天各一方彼此心忧。相思之情最缠人,毫无办法祛除尽,把它赶下眉头,它又跑到人的心里头。

心解：

以往几乎都认为这是一首"本事"词。而所谓"本事"就是："易安结缡未久，明诚即负笈远游。易安殊不忍别，觅锦帕书《一剪梅》词以送之。"《琅嬛记》卷中引《外传》的这段话说得煞有介事，实则似是而非，理由主要有以下几点：

第一，《琅嬛记》是托名元伊世珍的伪作，所记难以为凭。

第二，所谓"易安结缡未久"，也就是说她结婚不久，实际上她婚后两年之内，丈夫一直在太学作学生。"负笈"是读书，太学在汴京，他用不着"远游"求学。所以绝不是赵明诚离京外出，而是李清照在婚后不久的崇宁年间，其父被诬为"元祐奸党"，对于"党人子弟"，朝廷有令不得居京，一则她难以幸免；二则公公与生父属于你死我活的新、旧两党，公公又拒绝儿媳的请求，不肯搭救这位蒙冤的亲家。这样一来，作为"新妇"的李清照，她在丞相府第赵家的处境之尴尬，不言而喻。因此，回到原籍躲避政治风波和赵家的冷眼，势必成为她不得已的选择。

第三，李清照《〈金石录〉后序》所云"（明诚）出仕宦"，对此不能理解为他到远方去做官，而只是说他从太学毕业，走上了仕宦之路，也就是出来做官的意思。事实上，赵明诚于崇宁四年（1105年）十月，就以荫封而就任鸿胪少卿这一朝廷清要之职。翌年仲春，赵明诚不但仍在汴京，且在鸿胪直舍。此事有他留存至今的跋《集古录跋尾四》的珍贵手泽为证。

第四，基于以上理由，这首《一剪梅》，也就不是那种一般的思妇念远的离情词。如果是因为丈夫外出求学或做官所造成的"离情"而伤感，何至于严重到

"此情无计可消除,才下眉头,却上心头"?这一名句是由词人独特的遭遇所形成的独特的思想情怀和心理状态,特别是其心中藏有的难以化解的政治块垒等——诸般人生之大不幸凝结而成的。

有关李清照此词,还有一点向未被提及者,即其所受张耒(字文潜)《风流子》一词的影响,兹将张耒词之下片转录于下,以供辨析:"玉容,知安否,香笺共锦字,两处悠悠。空恨碧云离合,青鸟沉浮。向风前懊恼,芳心一点,寸眉两叶,禁甚闲愁。情到不堪言处,分付东流。"(见《乐府雅词拾遗》卷下或《全宋词》一第593页)

选评:

一、清况周颐《〈漱玉词〉笺》:玉梅词隐云,易安精研宫律,所作何至出韵。周美成倚声传家,为南北宋关键,其《一剪梅》第四句均不用韵,讵皆出韵耶?窃谓《一剪梅》调当以第四句不用韵一体为最早,晚近作者,好为靡靡之音,徒事和畅,乃添入此叶耳。

二、王学初《李清照集校注》卷一:又按,清照适赵明诚时,两家俱在汴京,明诚正为太学生,无负笈远游事。

三、陈邦炎:……"一种相思,两处闲愁"二句,在写自己的相思之苦、闲愁之深的同时,由己身推想到对方,深知这种相思与闲愁不是单方面的,而是双方面的,以见两心之相印。这两句也是上阕"云中"句的补充和引申,说明尽管天长水远,锦书未来,而两地相思之情初无二致,足证双方情爱之笃与彼此信任之深。前人作品中也时有写两地相思的句子,如罗邺的《雁二首》之二"江南江北多离别,忍报年年两地愁"、韩偓的《青春》诗"樱桃花谢梨花发,断肠青春两处愁"。这两句词可能即自这些诗句化出，而一经熔铸、剪裁为两个句式整齐、词意鲜明的四字句，就取得脱胎换骨、点铁成金的效果。(《李清照词鉴赏》)

四、谢桃坊：此是清照名篇，前人评论颇多，以为其"离情欲泪"，"香弱脆溜，自是正宗"，但关于全词意脉，则语焉不详。关键在于上片的"兰舟"一词乃清照的自我作古，常被注家误训，如王仲闻先生云"即木兰舟"，胡云翼先生谓"独上兰舟"乃"独自坐船出游"，都与上下文义扞格。这是因为词的上片描叙抒情环境，"红藕香残"暗写季节变化；"玉簟秋"谓竹席已有秋凉之意；"雁字回时"为秋雁南飞之时；"月满西楼"，西楼为女主人公住处，月照楼上，自然是夜深了。若以"兰舟"为木兰舟，为何女主人公深夜还要坐船出游呢？而且她"独上兰舟"时，为何还要"轻解罗裳"呢？这样解释显然与整个环境是矛盾的。清照有一首《浣溪沙》（应为《南歌子》）与《一剪梅》的抒情环境很相似，其上阕云："天上星河转，人间帘幕垂。凉生枕簟泪痕滋。起解罗衣，聊问夜何其。""凉生枕簟"与"玉簟秋"，"起解罗衣"与"轻解罗裳"，"夜何其"与"月满西楼"，两词意象都相似或相同。两词的上片都是写女主人公秋夜在卧室里准备入睡的情形。此时她绝不可能忽然"独自坐船出游"的。"兰舟"只能理解为床榻，"轻解罗裳，独上兰舟"，既是她解卸衣裳，独自一人上床榻准备睡眠了。"玉簟秋"乃睡时的感觉，听到雁声，见到月光满楼，更增秋夜孤寂之感，于是词的下片书写对丈夫的思念便是全词意脉必然的发展了。(《百家唐宋词新话》)

五、吴功正："才下眉头，却上心头。"这两句是绝妙好词！是女词人笔底甩出的"豹尾"……从审美内容上分析这两句词，是女词人对相思之情的独特体验和捕捉。相思之情，特别是心心相印的相思情，是人类最普遍的情感之一。它"剪不断，理还乱"，一旦萌发，难以消遏；它铭心刻骨，像游丝一般地附着、粘着。它可以从外在情态的"眉头"上消除，却又会不自禁地钻入"心头"。李清照对这种情感作了独特、深细的体察和把握。从美学结构上分析这两句词，词人一路写来，或融情于景，或景中寓情，意象或隐或显，时露时藏，于结尾处猛然一甩，如群山的高峰、塔顶的装饰、爆亮的灯芯，给读者强烈的美感刺激，使之震动、深思、遐想，体验个中三昧。女词人以她独特的方式感知到人类最普遍存在的一种情感，又以她独特的技巧表达出这一情感，凝为审美的晶体，这首词就产生了永久的艺术魅力。（《李清照作品赏析集》）

六、刘乃昌《宋词三百首新编》：此词当为李清照与其夫别后所作，是写情人相思的名篇。上片写别后独处感受，下片写刻骨相思心态。起句由室内外景物暗示清秋节令，接写白昼泛舟、深夜望月。"独上"暗逗离思，"谁寄"明写惦念。"雁字"耳所闻，"月满"目所睹。深夜怀人境况灼然可见。换头即景取喻，引出内心独白。"一种"、"两处"由己及人，兼写对方，见出两情无猜。结拍三句由范仲淹"眉间心上，无计相回避"（《御街行》）脱胎。"眉头"、"心头"，内外相通；"才下"、"却上"，钩连起伏。构思极巧，故王士禛称誉李词"特工"。（岳麓书社1994年版）

醉花阴①

薄雾浓云愁永昼,瑞脑销金兽②。佳节又重阳③,玉枕纱厨④,半夜凉初透。　东篱把酒黄昏后,有暗香盈袖⑤。莫道不销魂⑥,帘卷西风,人似黄花瘦。

笺注:

① 醉花阴:在词史上,多以毛滂和李清照的同调词为代表作。其实在略早于李清照的毛滂之前,舒亶、仲殊早已以此调填词。在李清照之前、同时以及稍后,虽然共有十馀首《醉花阴》,但是在立意、题旨上,李清照此词所步武的则是张耒《秋蕊香》(张耒此词云:"帘幕疏疏风透,一线香飘金兽。朱阑倚遍黄昏后,廊上月华如昼。　别离滋味浓于酒,惹人瘦。此情不及墙东柳,春色年年如旧。")
② 金兽:这里指兽形的金属香炉。
③ 重阳:阴历九月九日为重阳节,又称重九、九日。
④ 纱厨:橱形的纱帐,夏季用以避蚊虫。
⑤ 暗香盈袖:当取意于《古诗·庭中有奇树》的"馨香盈怀袖,路远莫致之"等句。
⑥ 销魂:古代把人的精灵叫做"魂"。因过度刺激而神思茫然,仿佛"魂"将离体。常常用以形容悲伤愁苦时的情形。

译文:
　　雾薄云厚,一整天愁肠依旧。燃着名香的炉子,是金属铸造的禽兽。重阳佳节九月九,玉雕的枕头、薄薄的纱帐,睡到半夜凉气开始往里透。　黄昏以后,独

醉花阴

自到东篱去饮酒。秋菊的幽香沾满了衣袖。这怎能不叫人神魂颠倒，恼人的西风吹卷帘帐，我也将与秋风中的黄花相类似，一天比一天消瘦。

心解：

词坛上不翼而飞的掌故中，"黄花比瘦"几乎是知名度最高的，其载体《醉花阴》这首词，千百年来也便被广泛地口传笔录，也或许是因为当年作者本人对于此词的反复润色修改，总之它的异文很多。但是作为《漱玉词》最早的好版本《乐府雅词》，其卷下所收此词，凡有异文的字词，如"浓云"不作"浓雾"、"金兽"不作"香兽"、"人似"不作"人比"。值得特别关注的是"人似"和"人比"，这是一处非常重要的异文！虽然后世的不少版本此句作"人比黄花瘦"，但南宋曾慥所编《乐府雅词》作"人似黄花瘦"、《琅嬛记》所引《外传》等元朝和明朝的一些有关载籍，此句亦作"人似黄花瘦"。本书之所以取"似"字而屏"比"字，除了服膺版本上择善而从的重要原则以外，更重要的还在于下述考虑：

我着重考虑的是词的立意，在这里词人不是要把"人"（作者自指）和"黄花"对立起来，而是将黄花拟人化，二者是合二为一的，这其中并不存在程度上的对比问题。何况新婚不久，年方二十出头的李清照，犹如"重九"之日应时而开的黄花，此时它刚刚开放，不但尚未消瘦，而且是"有暗香盈袖"。但如果党争的"西风"不止，它卷帘而入，使自己继续蒙冤受株连，不能回京与丈夫团聚、父亲得不到昭雪，那么自己的命运也会像自然界西风中的黄花一样，不堪设想。所以"帘卷西风，人似黄花瘦"似可今译为：自己被迫离京而产生的离愁别恨对于"人"的折磨，犹如风霜对黄花的侵袭，新旧党争的忧患给主人公所带来的体损神伤，就像黄花将在秋风中枯萎一样，怎不令人为之丢魂失魄！

如此说来，使词人为之"销魂"的，不仅仅是离愁和悲秋，那只是一种幌子。词人心中真正的块垒是生父的蒙冤、爱情的失落……其借"东篱把酒"所抒发的主要是对未来命运的忧虑，绝不仅仅是因为与丈夫"小别"的缘故。

选评：

一、元伊世珍《琅嬛记》卷中引《外传》：易安以《重阳·醉花阴》词函致明诚。明诚叹赏，自愧弗逮，务欲胜之。一切谢客，忘食忘寝者三日夜，得五十阕，杂易安作，以示友人陆德夫。德夫玩之再三，曰："只三句绝佳。"明诚诘之。曰："莫道不销魂，帘卷西风，人似黄花瘦。"正易安作也。

二、明瞿佑《香台集·易安乐府》：又《九日》词"帘卷西风，人似黄花瘦"，亦妇人所难到也。

三、清万树《词律》卷七按：《词谱》以毛泽民一首注云：换头第四字疑韵，如杨无咎词之"扑人飞絮浑无数"。李清照词之"东篱把酒黄昏后"，"絮"字"酒"字俱韵，此即《乐府指迷》所谓"藏短韵于句内"者。然宋词如此者亦少遵此。"酒"字应注叶。

四、清许宝善《自怡轩词谱》卷二：幽细凄清，声情双绝。

五、清许昂霄《词综偶评》：结句亦从"人与绿杨俱瘦"脱出，但语意较工妙耳。

六、清王闿运《湘绮楼词选》前编：此语若非出女子自写照，则无意致。"比"字各本皆作"似"，类书引，反不误。

醉花阴

七、清陈世焜（廷焯）《云韶集》卷十：无一字不秀雅，深情苦调，元人词曲往往宗之。

八、王学初《李清照集校注》卷一：按赵明诚喜金石刻，平生专力于此，不以词章名。《琅嬛记》所引《外传》，不知何书，殆出自捏造。所云："明诚欲胜之。"必非事实。

九、夏承焘《唐宋词欣赏》：在诗词中，作为警句，一般是不轻易拿出来的。这句"人比黄花瘦"之所以能给人深刻的印象，除了它本身运用比喻，描写出鲜明的人物形象之外，句子安排得妥当，也是其原因之一。她在这个结句的前面，先用一句"莫道不消魂"带动宕语气的句子作引，再加一句写动态的"帘卷西风"，这以后，才拿出"人比黄花瘦"警句来。人物到最后才出现。这警句不是孤立的，三句联成一气，前面两句环绕后面一句，起到绿叶红花的作用。经过作者的精心安排，好像电影中的一个特写镜头，形象性很强。这首词末了一个"瘦"字，归结全首词的情意，上面种种景物描写，都是为了表达这点精神，因而它确实称得上是"词眼"。以炼字来说，李清照另有《如梦令》"绿肥红瘦"之句，为人所传诵。这里她说的"人比黄花瘦"一句，也是前人未曾说过的，有它突出的创造性。（百花文艺出版社 1980 年版）

十、吴熊和：……李清照论词鄙薄柳永"词语尘下"，这（指"莫道"句以下）三句就是柳词"衣带渐宽终不悔，为伊消得人憔悴"之意，表示思念之深。但表达时屏绝浮花浪蕊，选择了不求秾丽、自甘素淡的菊花，既是重九即景，又象征着一种高雅的情操。以它自比，温柔蕴藉，又绝无浮薄之嫌，更能反衬出作者不同凡俗的高标逸韵。（《唐宋诗词探胜》，浙江文艺出版社 1983 年版）

十一、刘乃昌：全词是用洗练、本色的语言，写出经过艺术加工的真实日常生活图景，以显示自己的内心感情。上阕是写九月九日重阳佳节由白昼到深夜一整天的生活感受。(《李清照词鉴赏》)

十二、喻朝刚《宋词精华新解》：本篇写的是离愁别恨。就题材而论并无新的开掘，但由于情感真挚，语言秀雅，意象生动，风格含蓄委宛，因而在艺术上颇具特色。词中通过重阳独守空闺、深感寂寞以及黄昏把酒、东篱赏菊等生活画面，表达了词人"每逢佳节倍思亲"的思想感情。(吉林大学出版社 1988 年版)

十三、吴战垒、吴蓓：永昼，一般用来形容夏天的白昼，这首词写的是重阳，即农历九月九日，已到秋季时令，白昼越来越短，还说"永昼"，显然这只是词人的一种心理感受。时间对于欢乐与愁苦的心境分别具有相对的意义，在欢乐中时间流逝得快，在愁苦中则感到时间的步履是那样缓慢。(《李清照作品赏析集》)

玉楼春[①]

红酥肯放琼苞碎[②]。探著南枝开遍未[③]。不知酝藉几多香[④],但见包藏无限意。　　道人憔悴春窗底[⑤]。闷损阑干愁不倚。要来小酌便来休[⑥],未必明朝风不起。

笺注:

① 玉楼春:此调又名《木兰花》、《玉楼春令》等。对此调名的来源,一说源自唐白居易《长恨歌》的诗句"玉楼宴罢醉和春";一说则以为因顾夐词有"月照玉楼春漏促"、"柳映玉楼春日晚"之句而取为调名;一说还认为,早于顾夐的牛峤词已名《玉楼春》,顾夐只是取此调名以入词而已等,至今仍未达成共识的多种不同说法。

② 红酥:此处指色泽滋润的红梅。　琼苞:像玉一样温润欲放的鲜嫩梅蕊。

③ 南枝:向阳的梅枝。　未:表示询问。

④ 酝藉:原是形容人物性格的宽和有涵容。在此词中则与下句的"包藏"意思相近。

⑤ 道人:苏轼诗喜用"道人"而含义各不相同。《漱玉词》深受苏轼诗的影响于此可见一斑。至于对此词中"道人"的解释约有以下数种:一是"道人"二字均系作者自指;二是"人"为作者自指,"道"是别人这样说我、议论我的意思;三是"道人"是"知人"或"见人"的意思。这里采取的是第三种含义,即红梅看见词人的憔悴、知道她的内心苦衷。　憔悴:形容困顿委靡的样子。

⑥ 小酌:指比较随便的饮宴。　休:语助词,含有"啊"的意思。　便来休:即是招呼对方说"快来啊!"

《漱玉词》笺译·心解·选评

译文：

鲜艳而滋润的红梅，像晶莹的玉石一样即将绽开花蕾。向南伸展的枝条全都开放了未？不知道它蕴涵着多少香甜的气息，但却能够感觉到包含的无限深情厚谊。

红梅见我憔悴无比，独自一人逗留在春光映照的窗底。要是郁冈忧愁到极点，便不敢将栏杆偎依。于是红梅招呼我说，要想饮酒就快来啊，说不定明早大风一起，被摧毁的还不是我和你！

心解：

这一首与前面的《渔家傲》虽然都是咏梅之什，但却是两种自然属性很不同的"梅"。前者是蜡梅，它的习性已有所交代；这一首咏的是历史文化意蕴极为丰富而深远的果梅的蓓蕾。博古通今，又熟读《诗经》的李清照，她不会不知道梅之为物，早在上古人们的心目中，果梅即被视为"和羹"，从人文的视角看来，用以佐餐的梅子好比是位极人臣的宰相，起着调和朝廷上下各种关系的举足轻重的作用；在日常生活中，梅子同盐类似均为不可或缺的调味品，李清照本人就曾以酸梅佐餐宴请至亲好友，所以梅在古代的重要性于此可见一斑。

然而，这种梅在我国唐代以后的北方逐渐难以自然生长。据竺可桢的有关论著记载，唐代以前，黄河流域下游到处有梅树生长。相传李隆基即因其妃子江采蘋居处多梅而赐名梅妃。嗣后二三十年，元稹曾写过《赋得春雪映早梅》等诗，可证长安曲江一带仍有梅树生长。梅是亚热带植物，只能抵抗到 $-14℃$ 的寒冷。或许因此，《扪虱新话》下集卷一才有这样一段令人解颐的记载：

74

玉楼春

> 北人不识梅,南人不识雪,盖梅至北方则变而成杏,今江、湖、二浙,四五月之间,梅欲黄落而雨,谓之梅雨,转淮而北则否,亦地气然也。语曰南人不识雪,而道似杨花,然南方杨实无花,以此知北人不但不识梅,而且无梅雨……

到了北宋,气候逐渐转冷,梅在北中国的许多地方已难以越冬,在李清照的原籍今济南一带,赏梅便成了隆重之事,比如苏轼,他对在宋神宗熙宁末年路过济南被邀赏梅之事念念不忘。李清照从出生到十五六岁之前,主要生活在齐鲁一带,她自然也不识梅,所以这首词不可能写于其原籍,而是写于京都一带。因为那时在长安和洛阳皇家花园和富人府邸中,仍有春梅绽放。在宋人笔记《曲洧旧闻》中说,许昌、洛阳等地有江梅、绿萼梅等优良品种栽培。这类记载,与《漱玉词》中的咏梅之作相当吻合。

上述这一切,对于解读这首《玉楼春》来说,还只是停留在有关知识层面上的背景材料。在这些背景材料中,有一种现象颇为发人深思,即在李清照现存可靠和较为可靠的约五十首词中,咏物之作几占半数。咏物词中,又以专事咏梅者数量为最。梅不仅是李清照词作的重要主人公,还是她最好的朋友,以至是她本人的化身。其状梅之语,多系喻己之词。凡是不便明说的心里话,便托咏梅以出之。梅的命运几乎与《漱玉词》作者的命运合而为一。

朱彝尊《静志居诗话》卷十八,认为此词结拍二句"皆得此花之神"。此说的大体意思是:李清照的此二咏梅之句,犹如林逋、苏轼等人的咏梅名作,都能体现出梅的神韵。其实,李清照此词更可谓"伤心人别有怀抱"!

　　这首词大约作于宋徽宗崇宁前期、新旧党争反复无常之时；写作地点可能是词人的娘家老屋。这年早春，她的心情很不好，脸色憔悴，打不起精神。回到娘家，一头扎在她做女儿时的闺房，春天来了也懒得出门。因为自己愁闷不堪，尤其不愿再去凭栏眺望。但是对于小院中那株红梅，却一直像老朋友一样放在心上，并时不时地前来探望。

　　有一天，她发现红梅在刹那间，从花苞中绽开了亮丽的笑脸，仿佛在急于表达它对自己的"无限"情意。这首《玉楼春》不是一般的咏梅词。而是词人把梅作为与自己患难与共的朋友，向它倾吐她的内心隐秘。而此梅又仿佛是她"心有灵犀一点通"的知己。它看到窗前的她如此憔悴，竟没有心思倚栏遐想。它便招呼她说："快过来一起饮一杯酒罢，说不定明天风暴一起，你我都有可能大祸临头！"

　　选评：

　　一、邱俊鹏：这首写红梅的《玉楼春》，不论是对物象的摄取，物性的刻画，还是抒发主人公情怀的寄寓，都深深打上了作者在某种特定环境中的审美情趣和典型感受，而表现了她在艺术上的创新精神……这首词在艺术上的另一个特点，是在咏物时，既不是明确地融抒情主人公之性格特征与遭遇于所咏之物的形象和物性之中，也不取拟人化的手法，也不是简单地以所咏之物兴起抒情主人公在特定时地的思绪与联想，更不像某些通常咏物之作，上阕写物，下阕抒情。而是让所咏之物与抒情主人公精神交通，以一"探"字贯穿全词，由梅之美而"探"，由"探"而得其内蕴，而担心其飘零。物引起人之情思，人怜惜物之命运。是怜物，还是

叹已？只好让读者读后自去体会了。(《李清照词鉴赏》)

二、魏同贤：能得梅花之神自属上乘之作，这是不言而喻的，可此词的传神之句却又决不仅仅是"要来"两句。实际上，作者出手便不俗。首句以"红酥"比拟梅花花瓣的宛如红色凝脂，以"琼苞"形容梅花花苞的美好，都是抓住了梅花特征的准确用语，"肯放琼苞碎"者，是对"含苞欲放"的巧妙说法。上片皆从此句生发。(《唐宋词鉴赏辞典——唐·五代·北宋》)

三、肖瑞峰：……在无法排遣的幽伤中，作者视梅花为同调，引梅花为知己，不仅以微吟相狎，而且举杯相邀，试图共饮一醉。"未必明朝风不起"，既是邀饮的劝语，也袒露了作者对梅花及自己未来的命运的忧心：一旦狂风袭来，便不免红消香殒。既然如此，何不相对小酌，互慰愁肠，这里，表面的故作达观终究掩盖不住作者的内心怅触……作者深谙"离形得似"的艺术哲理，除上片首句点染梅花之形外，其馀都以触处生春的诗笔摹写梅花之神，将这花的精灵刻画得那样生动，仿佛在字里行间呼之欲出。而且，有异于一般的咏物诗词，作者不是简单地袭用古老的比兴手法来托物寄意，而是将梅花这一所咏之物当做自己的同类，互相敬慕，互相爱怜，即不仅将梅花人格化，而且将它个性化。至于作者之所以视梅花为知己，不言而喻，正因为高洁的梅魂与她超尘拔俗的情操两相契合。显然，在众多的咏梅诗词中，李清照此词是别具一格的。由此"一斑"，可略窥作者"尖新"的风格特征。(《李清照作品赏析集》)

四、孙崇恩《李清照诗词选》：这首《玉楼春》上阕描写红梅的形态美和内在美，赞美红梅欲放未放，含而不露的无限情意和蕴藏着沁人心脾的几多幽香；下阕描写赏梅心怀,委婉曲折地表现了女词人爱梅惜梅的心境和惜春叹春的情思。全词委婉含蓄,耐人寻味,思致巧成,使红梅的形神美和女词人的情意美融为一体,从而表现出李清照咏梅词不主故常,努力创新的艺术追求。

行香子①

七 夕

草际鸣蛩②,惊落梧桐,正人间、天上愁浓。云阶月地③,关锁千重。纵浮槎来,浮槎去,不相逢④。　　星桥鹊驾⑤,经年才见,想离情、别恨难穷。牵牛织女⑥,莫是离中。甚霎儿晴,霎儿雨,霎儿风⑦。

笺注:

① 行香子:又名《爇心香》。"行香",原为拜佛仪式,爇是点燃。一说这一调名本意为燃香做道场(详见《演繁露》)。虽然在苏轼之前的杜安世、晏几道(一说汪辅之),或与苏轼同时及稍后的王诜、晁补之等,都以此调填过词,而对此词产生影响的,当首推苏轼的同调词(详见本词"心解"部分)。这首词有的版本题作《七夕》,与词中所写牛郎、织女故事相合。牛郎、织女,简称"牛女"。

② 蛩:蟋蟀。

③ 云阶月地:指天宫。语见杜牧《七夕》诗。

④ "纵浮槎来"三句:张华《博物志》记载,天河与海可通,每年八月有浮槎,来往从不失期。有人发誓要上天宫,带了许多吃食,乘浮槎前去,航行十数天竟到达了天河。此人看到牛郎在河边饮牛,织女却在很遥远的天宫中。　浮槎:指往来于海上和天河之间的木筏。这三句是用《博物志》的上述记载,比喻词人与其丈夫的被迫分离、难以相逢之事。

⑤ 星桥鹊驾:传说七夕牛女在天河相会时,喜鹊为之搭桥,故称鹊桥。

⑥ 牵牛织女:二星宿名。相传牵牛为夫,织女为妇,夫妇天各一方,每年七

《漱玉词》笺译·心解·选评

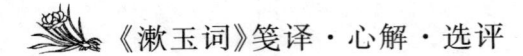

月七日才得相会一次。
⑦ 甚霎儿：甚是领字，此处含有"正"的意思。 霎儿：一会儿。

译文：

草丛中鸣叫的蟋蟀，它的又名还被称作蛩。蟋蟀的鸣声一起，受惊落叶的首先是那棵梧桐。此时人间的思妇和天上的织女，二者同样忧心忡忡。织女所居在天宫，那里是关卡锁钥上千重。海上虽有木筏可与天河通，来来往往都不能与心上人得相逢。 纵有喜鹊搭桥，一年也只能见上一面，想来离情别恨仍然是无尽又无穷。人间、天上的牛郎织女，无不处在分离之中。七夕牛女正相会，天气却常常是一会儿下雨，一会儿刮风。

心解：

自从《古诗十九首·迢迢牵牛星》以来，历代以牛女为题材的文学作品多不胜数。对于牛女的故事，《荆楚岁时记》是这样叙说的：织女是天帝的孙女，她居住在天河以东，年年辛苦纺织，制作出许多漂亮贵重的衣物。天帝可怜她很孤单，准许她嫁给河西的牵牛郎。嫁后，她不再辛勤纺织。天帝很生气，责令她回到河东。只能在每年的七月七日夜，渡河相会一次……在同一本书中，还记载了有关七夕的风俗：七月七日是牛女相会之夜。这天晚上，家家户户的妇女用彩色丝线，穿七孔针，桌上摆满瓜果。这种风俗叫做乞巧。尽管在李清照生活的时代，还有"种生"迎七夕等许多极有诗情画意的风俗，但是她的着眼点不在这里。从词中的结穴之句"甚霎儿晴，霎儿雨，霎儿风"来看，此作大致产生在这样的背景之下：

北宋末年，新、旧党之间的残酷争斗，在旧党的代

行香子

表人物苏轼去世之后，曾一度变本加厉。凡是属于旧党的人物及其子弟、亲属曾相继被逐出京城。这一争斗的结果，也表现在走马灯似的官吏升降方面。崇宁年间的这种政要的频繁更迭，活像嫔妃们一上一下地荡秋千，又像是儿童玩的跷跷板运动。"甚霎儿"三句就是对这种混乱而动荡的政治态势的极具讽刺意味的写照。其妙处在于词人能把自然界实实在在的天气变化，与社会政治风雨变幻绾合得天衣无缝。谁都知道，七夕期间，天气总是一会儿雨，一会儿晴。民间以为那是织女时哭时停的阵阵泪水洒向人间。李清照婚后不久，崇宁年间的政治风云同样变幻莫测。所以，此词结拍三句，就不单纯是修辞学上的一语双关。从社会心理层次上看，它多么巧妙地传达出词人的心声！

通过以上分析，对于此词的题旨便可作如是解——起拍三句意谓：就像那草丛中蟋蟀的叫声惊得桐叶纷纷飘落，朝廷的风吹草动也殃及了无辜者。由于党争的株连，把一对志同道合的新婚夫妇变成了常年分离的人间牛郎织女，彼此间阻隔重重，难以"相逢"。在人间的词人，她的公公很有权势，却一度使她感到失望和寒心；在天上，正因为作为织女祖父的天帝的权势至高无上，牛女才被迫分居天河东西两岸，使得两处都那么愁苦不堪。这种情况用"正人间天上愁浓"加以写照，再恰当不过。接下去的"云阶"二句，字面上是说天官中"关锁千重"，实际上，"人间"又何尝不是这样！此时作者的命运正为廷争所左右——争斗加剧，她就与娘家人一起遭殃；稍稍缓解她或许可以回到"人间"的"云阶月地"——御赐府司巷的赵相府邸。这大约就是词中"浮槎来，浮槎去"的寓意所在。

至于词人回到汴京后，为何仍与"人间"的牛郎赵明诚"不相逢"，这又可能涉及二人由亲密到疏远的感情变化。在一夫多妻制的封建社会，特别是在纳妾盛行的宋代，又怎能设想赵明诚会像"天上"的牛郎那样，永远保持着对"人间"的织女李清照的如同新婚之爱呢？这一切，恐怕就是此首《行香子》的一种可想而知的政治文化背景。这种背景还同时反映在"浮槎"数句的出典上——天上的牛女名为夫妻，实被分离。这个典故本身简直就是崇宁中期，赵、李之间实际境况的写照。

上述"笺注"中曾提到此词所受前人影响。如果说韩愈《秋怀》诗的"霜风侵梧桐"云云对于此词的影响，尚难以具体把握，那么，苏轼题作《秋兴》的同调词的"昨夜霜风，先入梧桐"，对此词的影响，则是显而易见的，都有着难以化解的块垒和伤痛，也是一个值得关注的、文学上的借鉴和嗣响的重要问题。

选评：

一、清况周颐《〈漱玉词〉笺》：《问蘧庐随笔》云，辛稼轩《三山作》"放霎时阴，霎时雨，霎时晴。"脱胎易安语也。

二、邓魁英《说〈行香子〉》：这首词据《历代诗馀》题作"七夕"，写的是牛郎织女七夕相会的事。这本是历来骚人墨客反复吟咏的题材，但李清照却能翻出新意。在词中她表达了对牛郎织女的同情，并通过写牛郎织女的会少离多，抒发了对自己丈夫赵明诚的思念之情……作者开头写鸣蛩和落叶用的是轻笔淡墨，但逗出来的下一句却是"正人间、天上愁浓"，是深厚、浓重的忧愁。秋景之清与人愁之浓，显得很不调谐，作者正是要利用这种不调谐来突出整个词的核心——"愁"的。所谓"天上"的愁，是指牛郎织女的别恨离愁；"人间"的愁，当然指的是作者的情绪了。作者因蛩鸣

行香子

和叶落而引起的愁"不是悲秋",不是因季节变异而产生对时光流逝的感叹,她同天上一样也是一种别恨离愁。在天上,牛郎织女一年才得一次短暂的相聚,所以愁;在人间,作者和她的丈夫赵明诚人分两地,不能朝夕相共,所以愁;这里,作者巧妙地把人间和天上沟通起来了,用牛郎织女隐喻自己和丈夫。因之,在下文里,说天上实际也就是在说人间,是意在强调人间夫妻也和天上的牛女一样重逢非常不易。"云阶月地,关锁千重",是说牛郎织女所住的天宫里门禁森严,那层层的关卡,他们是无法逾越的。(《李清照词鉴赏》)

三、孙崇恩《李清照诗词选》:上阕描写牛郎织女相会之难,下阕描绘牛郎织女相会机会难得的情景。上下阕结构句式排叠,具有形式美、音乐美、意境美,它以突出天气忽晴忽雨的骤然变化,隐喻时局风云的急剧动荡;借牛郎织女远隔云阶月地、莽莽星河不得相会,隐喻女词人与丈夫身处异地、心相牵念的离愁;用牛郎织女鹊桥相会、瞬间离别,隐喻女词人与丈夫在急剧变乱中的别恨,想象丰富,思致微妙,含蓄不露,发人深思。昔人咏节序,以牛郎织女故事为题材者不计其数,付之歌喉者,类多率俗。此词不落俗套,独有创新。作者以自身的真切生活感受,借七夕牛郎织女的故事,通过艺术形象把人间天上融为一体,创造了虚幻与现实相结合的优美的艺术境界,表现了人间夫妻的离愁别恨,抒发了女词人在时代变乱中离愁别恨难穷的痛苦之情。

小重山①

　　春到长门春草青②。江梅些子破③，未开匀。碧云笼碾玉成尘④。留晓梦，惊破一瓯春。　　花影压重门。疏帘铺淡月⑤，好黄昏。二年三度负东君⑥。归来也，著意过今春⑦。

笺注：

① 小重山：又名《柳色新》等，多写春景春情。《词谱》以五代薛昭蕴用此调所填首句作"春到长门春草青"一首宫怨词为正体。李清照此词不仅取用薛词之成句，其立意、题旨均有所借鉴。在此调中，写得最好的是岳飞的首句为"昨夜寒蛩不住鸣"的那一首。
② 长门：汉宫名。武帝陈皇后被废谪后，退居长门宫。后世便以"长门"用作失宠后妃居住之地。
③ 些子：少许，一点儿。此句与张耒《减字木兰花》的"只有江梅些子似"一句几乎雷同，恐非偶合，而是李学张的又一实例。
④ 碧云：此处指青绿色的团茶。　玉成尘：意谓茶饼被碾成碎末。
⑤ 疏帘：雕镂着花纹的帘栊。
⑥ 东君：本为《楚辞·九歌》篇名，古代以"东君"为日神。这里指美好的春光。
⑦ 著意：即着意，用心的意思，与《楚辞·九辩》"惟著意而得之"相同。

　　译文：
　　春天到来，长门冷宫的草色也变青。品种上乘的江梅只有少许花蕊绽放，开得还不均匀。玉一般碧绿的茶饼被碾成粉末，细得犹如飘浮的轻尘。久久存留心间的

小重山

是大白天做的那个梦,它使我心惊手颤,泼洒了这杯团茶,可惜了那诱人的香醇。　　花影下重重叠叠,还是那道熟悉的院门。淡淡的月光洒在精美讲究的帘栊上,这是一个多么令人迷醉的黄昏。两年中错过了三个春天,辜负了大好光阴。得以回到这个被迫离别整整两年的长门似的冷落住处,用心整理筹划一番,过好今年这美好的一春。

心解:

此词的写作背景大致是这样的:崇宁二年(1103年),诏禁元祐党人子弟居京。自此李清照不得不离开汴京回归原籍。至崇宁五年春,诏毁《元祐党人碑》,继而赦天下,解除党人一切之禁,李清照遂得以回京。从离京到回京,恰好历时两年,梅开三度。回到汴京的李清照,政治株连之苦得以缓解,原想快快活活地过个春天,不料又蒙受了类似于长门之怨,其况味恰与五代"花间"词人笔下的宫怨词词意相合,所以顺手拈来他人之成句,嵌入己作,借以遣怀。

对于李清照研究作出重要贡献的黄盛璋和王学初两位先生,在其各自的著作中均一再指出:赵明诚不曾"负笈远游",也没有离京外出做官;后来我又根据新发现的有关史料,提出李清照曾被迫离京的见解;二十世纪末,尊敬的启功先生将自己收藏的赵明诚手泽复制件俯允后学经眼、拍照,从而证实其新婚不久的崇宁年间赵氏确在汴京任职……

基于上述朝政及夫妻情感的某种衍变,对此词结拍二句的"归来也,著意过今春",试作如是解:此系李清照从原籍归来,并不是她"招魂"似的呼唤丈夫"快回来呀!"这两句是紧承前文的作者自诉,意谓她已经无可奈何地辜负了三个春天的大好时光,今年这个春天，在她"手植"江梅乍开还未开遍的时候，自己回到了阔别整整两年的汴京，心里多么希望好好地过个春天啊！

选评：

一、清况周颐《〈漱玉词〉笺》：《问蘧庐随笔》云，荆公《桂枝香》作名世，张东泽用易安"疏帘淡月"语填一阕，即改《桂枝香》为《疏帘淡月》。

二、林家英、庆振轩《〈小重山〉赏析》：词的下片，描写黄昏景色"花影压重门，疏帘铺淡月"，用"压"字状映照在重门之上的花影分量，用"铺"字状天边淡月透过疏帘映照内室的清辉，意蕴丰富而美妙，是词史上公认的名句。天上的月，月下的花，本来和人没有直接的联系。只是当它们介入女词人的生活氛围，花影映照重门，疏帘铺洒月色的时候，便和词心灵锐的女词人产生了感情上的交流……（《李清照词鉴赏》）

三、《济南名士丛书·李清照全集评注》：此词当为易安南渡前的作品。写女主人早春思念丈夫，盼望早日归来共度今春的迫切心情。上片含蓄，下片直率，相映成趣。情景相间，以景托情。意境开朗，感情真朴。琢炼字句精工绝妙。"花影压重门，疏帘铺淡月"，用一对偶句写黄昏的良辰美景，增加词的建筑美。虽然庭院里的梅花尚未开匀，花的影子斑斑驳驳，影在重重的门上，似乎沉沉地压下来。清淡的月光洒在稀疏的帘子上，显得那么凝重，就像铺在上面一样。"压"、"铺"两个动词用得生动形象，颇有神韵……（济南出版社1990年版）

满庭芳[1]

　　小阁藏春，闲窗锁昼[2]，画堂无限深幽[3]。篆香烧尽[4]，日影下帘钩。手种江梅渐好，又何必、临水登楼[5]。无人到，寂寥浑似[6]，何逊在扬州。
　　从来，知韵胜[7]，难堪雨藉[8]，不耐风揉。更谁家横笛[9]，吹动浓愁。莫恨香消雪减，须信道、扫迹情留[10]。难言处、良宵淡月，疏影尚风流。

笺注：

[1] 满庭芳：此调名本于唐吴融《废宅》诗"满庭芳草易黄昏"之句；又宋葛立方之同调词有"要看黄昏庭院，横斜映、霜月朦胧"句，周纯词易调名曰《满庭霜》。《全宋词》所收李清照此词即以《满庭霜》为调名。
[2] 闲窗：有护栏的窗子。
[3] 画堂：装饰华丽的厅堂。
[4] 篆香：指曲细像篆文的盘香。
[5] 临水登楼：王粲于湖北当阳"登兹楼以四望"，作《登楼赋》。
[6] 寂寥：寂寞、冷落孤独。　浑似：完全像。
[7] 韵胜：优雅。
[8] 难堪雨藉：难以承受雨打。　藉：践踏、欺凌。
[9] 横笛：汉横吹曲中有《梅花落》。
[10] 扫迹：语见孔稚珪《北山移文》："乍低枝而扫迹。"原意为扫除干净，不留痕迹。这里是反其意而用之。

　　译文：
　　春天的气息被这小楼阁藏匿，带护栏的窗子遮住了光亮把白天深深锁住，原本华丽的厅堂也总是黑黝黝。盘香燃尽，日影也不再照射窗上的挂钩。我亲手栽种的这株江梅长得越来越好，不必像当年的王粲那样，为发泄乡愁而"登兹楼""以销忧"。我的忧虑在于那个人不到这里来，使我感到像何逊在扬州所写的《咏早梅》诗中的陈阿娇和卓文君一样难受，那是一种无法排遣的心事悠悠。　　从来深知江梅傲霜斗雪，别有气韵，却难以抵挡阴雨的折磨，也经不住狂风的摧折和搓揉。更何况不知是谁吹奏起《梅花落》，笛声哀怨凄切勾起了我无法化解的忧愁。不要怨恨白雪融化、梅的香气消散，应该坚信，即使落梅被扫除，馨香和旧情仍然会有所存留。羞于夸口的是，在月色柔和的美好夜晚，这株善解人意的江梅仍然会韵味十足、仪态风流。

心解：

这首词大约写于宋徽宗崇宁四五年间，当时作者约二十五岁。她在政治上所受株连刚刚得到解脱，从原籍返回汴京后，即使不再为公公的炙手可热而寒心，但又极有可能遭到当时妇女难以避免的"婕妤之叹"（详见本书"导言"注释⑦）。于是她不得不回到在娘家居住的"小阁"。就此词的"无限"幽怨的格调而言，酷似词人为自己写的《长门赋》！

有论者或以此词所咏系残梅，而认为是作者在晚年抒发的家国之忧。这里至少有两个问题，尚须再加澄清：其一，这里所咏是尚在逐渐绽放的江梅，即类似于何逊在扬州所写的也是"早梅"诗；其二，此词字里行间所蕴藏的是"难言"的私情或称儿女之情，因为李清照的衷悃、忧国之情，基本都是诉诸其诗文。况且，这里的"典型环境"是读者所熟悉的、是她在待字少女时代所居住的闺房之陈设，如"小阁"、"篆香"

等，岂不似曾相识？至于所谓"无人到"的"人"，更是词人专用于对赵明诚的昵称，当与"念武陵人远"、"人何处"的"人"同义。"无人到"者，说穿了，就是词人埋怨丈夫应该到而不到她身边来。这从此句前后所用明暗两个典故，可以得到印证：

一个是"临水登楼"，一个是"何逊在扬州"。前者旨在强调主人公虽然心情很不好，但却不同于写《登楼赋》时的王粲。彼时，王粲的襟中块垒是怀才不遇和思乡之感。而词中的女主人公，也就是生活中的李清照的化身，那时还谈不上她对国事有多么深沉的忧虑。在汴京失陷，她由青州到江宁，产生了家国之思后所写的《鹧鸪天》，其中便说自己也有与王粲同样的"怀远"之情。因为这种感情，不存在不可告人的问题，真正叫她难以启齿的是藏在"何逊在扬州"背后的典事。词人的睿智和苦衷也恰恰表现在对这一故实的婉转借取上。

但是，以往在注释"何逊在扬州"一句时，只为它在杜甫的《和裴迪登蜀州东亭送客逢早梅相忆见寄》的一诗中，找到了出处，对它在李词中的用意却未求甚解。这就无从了解词人的心情，也找不到其"寂寥"的真正原因。如果联系作者可能有过"婕妤之叹"的苦衷加以品味，则不难发现：原来词人是借何逊的《咏早梅》诗，来表达自身的难言之隐。因为何逊诗中有这样几句："朝洒长门泣，夕驻临邛杯。应知早飘落，故逐上春来。"这类诗句，即使出自像何逊、杜甫那样著名的男性作者之手，也不外乎"美人香草"之喻，而对于女词人李清照来说，则极具真实感人的身世之慨。她此时与失宠的陈阿娇和被弃的卓文君当有某种同病相怜之处，所以她特别声明：自己的内心况味，与因其貌不扬，加之体弱，不为荆州刘表重用而产生桑梓

89

之念的王粲不同，故云"又何必、临水登楼"。在这里须务必注意，"临水"之前的"又何必"！所以，此词上片的"无人到"以下三句，似可直译为：丈夫不到身边来，使自己产生冷落、孤独的寂寞之感，简直就同何逊在扬州所写的《咏早梅》诗中的，被废居长门宫的陈皇后，和被因献赋得官欲娶茂陵女子为妾的司马相如遗弃的卓文君的心情完全一样。

词之下片的蕴寓之意大致是，谁都知道，从来都是以梅自况的作者，她也与其"手种江梅"一样，以皎洁风雅取胜而其禀性却经不起风雨的摧残。尽管如此，尽管"江梅"也有因失去白雪的映衬而香消色褪、甚至随风飘落之时，但因其浓香彻骨，即使将落花扫除，却仍留有香气和情韵。这正如一对曾经沧海的夫妻，尽管经历挫折仍不忘旧情。这一切"难言处"，待到"良宵淡月"时，其"风流"、"韵胜"，就像月色朦胧中的"江梅"、"疏影"一样，更加神采熠熠。

选评：

一、《济南名士丛书·李清照全集评注》：此词当为清照南渡前的词作，是首咏梅词。作者将梅放在人物的生活、活动中加以描写和赞颂，把相思与咏梅结合起来，托物言情，寄意遥深。用了大量的虚词："更"、"又"、"何必"、"从来"、"莫"、"须"、"尚"等呼应传神，转折达意，跌宕多姿，是此词在艺术表现方面的另一特色。

二、谢桃坊：古人爱尚雅洁的都喜焚香。篆香当是中古时代一种高级的盘香，径有二三尺，烧的时间很长。篆香烧尽，表示整日的时光已经流逝；而日影移到帘钩，说明黄昏将近了。从所描写的小阁、闲窗、画堂、篆香、帘钩等情形推测，抒情主人公是生活在上层社会中的妇女,富贵而安闲;但环境的异常冷清寂寞也透露了其生活不幸的消息……上阕词的结尾,由赏梅联想到南朝文人何逊迷恋梅花的事,使词情的发展向借物抒情的方向过渡,渐渐进入作者所要表达的主旨。何逊(约480—520年)是南朝梁代著名的文学家。他的诗情辞宛转、意味隽美,深为唐宋诗人杜甫和黄庭坚所赞赏。梁代天监年间,他曾为建安王萧伟的水曹行参军兼记室,有咏梅的佳篇《扬州法曹梅花盛开》(亦作《咏早梅》)。清人江昉刻本《何水部集》于此诗下注云:"逊为建安王水曹,王刺扬州,逊廨舍有梅花一株,日吟咏其下,赋诗云云。后居洛思之,再请其任,抵扬州,花方盛开,逊对花彷徨,终日不能去。"何逊对梅花的一片痴情,是其寂寞苦闷心情附着所致……关于这首词的写作时间,因缺乏必要的线索而无法详考,但从词中所描述的冷清寂寞"无人到"的环境和表现凋残迟暮"难言"的感伤情绪来看,它应是清照遭到家庭变故后的作品。这种变故使清照的词作具有凄凉悲苦的情调。因而在咏残梅的词里,我们不难发现作者借物咏怀,暗寓了身世之感,其主观抒情色彩十分浓厚,达到了意与境谐、情景交融的程度,故难辨它是作者的自我写照还是咏物了。它和清照那些抒写离别相思和悲苦情绪的作品一样,词语轻巧尖新,词意深婉曲折,表情细腻,音调低沉谐美,富于女性美的特征,最能体现其基本的艺术特色。这首《满庭芳》不仅是《漱玉词》中的佳作,也应是宋人咏物的佳作之一。(《李清照作品赏析集》)

三、孙崇恩《李清照诗词选》:上阕写人。"小阁藏春"以下五句,描写深暗环境,接着"手种江梅渐好"两句,抒赏梅之情;"无人到"三句,发寂寞之感。这一阕由闺房而庭院,由赏梅人的环境而抒怀,婉而有致，宕而有序。下阕咏梅。先言梅花"韵胜"，接着笔势急转，写梅花"难堪雨藉，不耐风揉"，怨恨冷风凄雨对梅花的摧残，蕴含爱梅惜梅之情；"莫恨"、"须信道"、"难言处"五句，咏叹梅花孤高不俗、潇洒不羁的风度。这一阕由爱梅、惜梅而咏梅，层层转折，跌宕生姿。全词赏梅亦自赏，咏梅亦自咏，表现了女词人坚贞不屈、鄙弃庸俗的胸怀。（人民文学出版社1994年版）

多　丽[①]

咏白菊

小楼寒，夜长帘幕低垂。恨萧萧、无情风雨，夜来揉损琼肌。也不似、贵妃醉脸[②]，也不似、孙寿愁眉[③]。韩令偷香[④]，徐娘傅粉[⑤]，莫将比拟未新奇。细看取、屈平陶令[⑥]，风韵正相宜。微风起，清芬酝藉，不减酴醾[⑦]。　　渐秋阑[⑧]、雪清玉瘦，向人无限依依。似愁凝、汉皋解佩[⑨]，似泪洒、纨扇题诗[⑩]。朗月清风[⑪]，浓烟暗雨，天教憔悴度芳姿。纵爱惜、不知从此，留得几多时。人情好，何须更忆，泽畔东篱。

笺注：

① 多丽：又名《绿头鸭》等。唐教坊曲有《绿头鸭》，或即为本调乐曲本源。《全宋词》所收最早的一首《多丽》系聂冠卿"想人生"一首仄韵（惜、得等入声）词，且此词系由作为翰林学士的作者在名公的宴会上，即席所赋。此事尝轰动一时，其对后世的影响可想而知。李清照的这首同调词的写作自然也是在这一远期背景之后。又因这首李词系五支、七齐、八微平韵，看来它亦与晁补之《绿头鸭·新秋近》（平韵十四寒等的筵、边等）一词有关，与晁端礼（字次膺）《绿头鸭·晚云收》一词所用韵均为五支等平韵。鉴于晁端礼此词曾为胡仔所揄扬，如苕溪渔隐曰："中秋词自东坡水调歌头一出，馀词尽废。然其后亦岂无佳词，如晁次膺绿头鸭一词，殊清婉。但樽俎间歌喉，以其篇长惮唱，故湮没无闻焉。"这一评语因出自成书于李

《漱玉词》笺译·心解·选评

清照身后的《苕溪渔隐丛话后集》卷三十九《长短句》，说明她是不可能在受胡仔上述见解左右的情况下，对前辈的这首好词有所接受、步武的。这一李词的写作时间差同《行香子》而稍后，词中除了含有尚未完全化解的政治块垒外，又平添了对一个少妇来说更难以承受的"婕妤之叹"。

② 贵妃醉脸：唐李浚《松窗杂录》记载，中书舍人李正封有咏牡丹花诗云："天香夜染衣，国色朝酣酒。"唐明皇很欣赏这两句诗，笑着对他的爱妃杨玉环说："妆镜台前，宜饮以一紫金盏酒，则正封之诗见矣。"意谓杨贵妃醉酒以后的脸蛋儿，就像李正封诗中的牡丹花那样娇艳动人。

③ 孙寿愁眉：《后汉书·梁冀传》："妻孙寿，色美而善为妖态，作愁眉、啼妆、堕马髻、折腰步、龋齿笑，以为媚惑。"

④ 韩令偷香：韩令：指韩寿。《晋书·贾充传》谓，韩寿本是贾充的属官，美姿容，被贾充女贾午看中，韩逾墙与贾午私通，午以晋武帝赐充奇香赠韩寿，充发觉后即以女嫁韩。

⑤ 徐娘傅粉：徐娘：指梁元帝的妃子徐昭佩。《南史·梁元帝徐妃传》："妃以帝眇一目，每知帝将至，必为半面妆以俟，帝见则大怒而去。" 傅粉：此处当指徐妃"为半面妆"之故实。

⑥ 屈平陶令：屈平是屈原的名，字原，又自名正则，字灵均。 陶令：指陶渊明，一名潜，字元亮，曾任彭泽令。

⑦ 酴醾：花名。初夏开花，花白色。

⑧ 秋阑：秋深。

⑨ 汉皋解佩：《太平御览》卷八〇三引《列仙传》云："郑交甫将往楚，道之汉皋台下，有二女，佩两珠，大如荆鸡卵。交甫与之言，曰：'欲子之佩。'二女解与之。既行返顾，二女不见，佩亦失矣。"此处当指男子有外遇。
汉皋：山名，在今湖北襄阳西北。 佩：古人衣带上的玉饰。

⑩ 纨扇题诗：班彪之姑班婕妤，有才情，初得汉成帝宠爱，后为赵飞燕所谮，退处东宫。相传曾作《怨歌行》抒发中道被弃之感。这种被弃女子的慨叹，称为"婕妤之叹"，或"婕妤之悲"。 纨扇：细绢制成的团扇。

⑪ 朗月清风：《世说新语·言语》："刘尹云：'清风朗月，辄思玄度。'"此处以天气晴好比喻朝政清明。

译文

独居小楼不胜寒，漫漫长夜帘幕低低下垂。恨那无

94

多丽

情的萧萧秋雨,昨夜损伤了白菊那姣好的琼枝玉肌。白菊的仪容既不像杨玉环的酒后醉脸,也不像东汉梁冀妻那故作妖态的愁眉。至于西晋韩寿与贾午暗中通情偷香,南朝梁元帝徐妃只化半面妆之类的典故,更不要以之与白菊相比拟,因为这些都不够新奇。仔细看来,这白菊倒与屈原、陶潜的风度韵致是那么的适合又相宜。微风吹起,白菊所蕴涵的清香犹如初夏盛开的酴醾。四季中的晚秋,用文言表达叫秋阑,此时白菊显得更加洁净而清瘦,对人有一种说不尽的相亲相依。深秋时节的白菊像是担心爱侣另有艳遇,而凝聚着深深的忧愁、又像是班婕妤流泪叹息自己命如被弃的秋扇而题诗。不论是天气晴好还是阴雨绵绵,仿佛命中注定渐渐瘦弱下去消耗令仪丰姿。即使得到爱惜,也难说这白菊还能存活几多时。自己的命运酷似这白菊,与亲人的感情如果还像从前那么好,何必再去回忆屈原行吟的湖边和陶潜采菊的东篱!

心解:

这是一首大有寄托的咏物词。其特别耐人寻味之处,一是"汉皋"以下三句所涉及的两个典故,分别指男子有外遇、女子被弃捐。二是"人情好"以下三句之寓意所在:其中"泽畔东篱"指代屈原、陶潜两位爱菊的诗人。"泽畔"语出屈原《渔夫》的"屈原既放,游于江潭,行吟泽畔,颜色憔悴"。其有关菊的诗句是:"朝饮木兰之坠露兮,夕餐秋菊之落英。""东篱"语出陶潜《饮酒》诗二十首其五的"采菊东篱下,悠然见南山"。以上三句,字面上说要是处境好,何必一而再地去回忆屈原、陶潜呢!屈原因为奸邪当道才被流放,陶潜因为不满晋宋之交的黑暗统治才辞官归隐,要是当今朝政清明,"我"又何必去回忆屈、陶!然而，词人要说的心里话还远不止这些，恐怕她是想说：要是夫妻间还像新婚时那么甜蜜美好，我何必填什么咏菊词呢，更何必在词中使用"解佩"、"纨扇"等与菊不相干的有关男遇、女叹之类的典故呢！

从表面看，此词用事用典过于堆砌，几乎成了掉书袋和獭祭鱼，实际很可能是作者故意用一些无关紧要或不相干的故实，来掩盖"泽畔东篱"和"解佩"、"纨扇"，这四个涉及她内心创伤的重要故实。

选评：

一、潘君昭《〈多丽〉赏析》：此词在《乐府雅词》本中题为"咏白菊"。李清照写这一首词，是因为白菊是高洁的象征。她所钦慕的是爱菊者屈原、陶渊明的高风亮节，并且也借此自抒襟抱，达到咏物见志之目的。(《李清照词鉴赏》，齐鲁书社1986年版)

二、陆坚、卫军英：古代咏物之作，常常有所寄托。李清照的这首咏菊词即是一例。词中所咏写的白菊具有一种人格化倾向，她高洁自爱的本质实际上也可看作是作者胸臆的自然流露。因此，作品中所塑造的"白菊"形象，就具有双重意义：既是菊，又是人。作品起句没有直接言菊，而是着笔写人，"小楼寒，夜长帘幕低垂"，是写昨夜景事。"小楼"、"帘幕"都是人的居室，讲"夜长"，讲"楼寒"，则更是人的感受。这种感受暗示出了一种辗转难眠景象，这就很自然地与下面的"恨萧萧、无情风雨，夜来揉损琼肌"相契合了。有人认为这里"琼肌"是特指白菊像玉一样的美好晶莹，虽然所说不无道理，然细加品味犹嫌过于坐实。从我们所说的形象的双重意义上来理解，这里"揉损琼肌"还含有对人彻夜难眠、辗转反侧的呼应。所以说，恨风雨之无情，正是在言人之多情。惟其多

多丽

情,方始睹物感人,把人情物态两相叠合,赋予了这首咏菊词以特别的意蕴,从而也就使得其下接连运用的一系列以人为中心的历史典故显得贴切自然、入情入理,不觉有生涩之感。(《李清照作品赏析集》,巴蜀书社1992年版)

《漱玉词》笺译·心解·选评

新荷叶①

　　薄露初零，长宵共、永昼分停②。绕水楼台，高耸万丈蓬瀛③。芝兰为寿，相辉映、簪笏盈庭④。花柔玉净，捧觞别有娉婷⑤。　　鹤瘦松青⑥，精神与、秋月争明。德行文章，素驰日下声名⑦。东山高蹈⑧，虽卿相、不足为荣。安石须起，要苏天下苍生⑨。

笺注：

① 新荷叶：又名《泛兰舟》、《折新荷引》等。元丰五年进士第一黄裳《演山先生文集》有《新荷叶·雨中泛湖》一词，其中有"一顷新荷"句，系赋调名本意，且被《词谱》列为正体。上下片各八句四平韵。李清照此词之句数、用韵悉同黄裳词。

② "薄露"二句：意谓时值薄露初降，昼、夜一般平的秋分时节。　分停：平分。

③ "绕水"二句：以传说中海上仙山喻寿主家新修葺的亭台楼阁。

④ "芝兰"二句：意谓前来祝寿的人中，既有子侄辈，亦有身居高官者，使寿诞为之生辉。　芝兰：香草。喻指佳子侄。《世说新语·言语》："谢太傅（指谢安）问诸子侄：'子弟亦何预人事，而正欲使其佳？'诸人莫有言者，车骑（指谢玄）答曰：'譬如芝兰玉树，欲使其生于阶庭耳。'"　簪笏：官吏所用的冠簪和手板。这里指代众高官。

⑤ 娉婷：此指美女。

⑥ 鹤瘦松青：鹤鸟寿长谓之仙鹤，松柏常年青翠，故合用为祝寿之辞。

⑦ 日下：指京都。详见《晋书·陆云传》。

⑧ 东山高蹈：一则以隐居会稽东山的晋人谢安比喻寿主；二则寿主晁补之的

98

新荷叶

原籍齐州,即今山东一带。在宋朝,人们习惯地把齐州一带叫做东山、东郡或东州。当年苏轼称自己知密州为"赴东郡"或"知东州"。南渡后,李清照曾有诗句"欲将血泪寄山河,去洒东山一抔土","东山"即指她的原籍今之山东。

⑨ "安石须起"二句:谢安,字安石。隐居后屡诏不仕,时人因言:"安石不肯出,将如苍生何!"(详见《世说新语·排调》)   苍生:指百姓。这里借"时人"希望谢安"东山再起",以喻词人自己企盼正在"东山"隐居的寿主复出做官。

译文:

薄薄的露珠望秋既零,秋分时节昼夜平分一般长,这叫做"分停"。被水环绕的楼阁亭台,高高耸立,就像神话传说海上神山中的蓬莱和瀛洲,简称蓬瀛。芝兰般的子侄前来祝寿,与此交相辉映的还有许多官吏,竟占满了厅堂与院落的前中后三庭。捧杯劝酒的都是如花似玉的女子,她们被称为娉婷。   祝愿像仙鹤一样长寿、像松柏那样常青,寿主的精神堪与皎洁的秋月争胜和比试光明。老人家的道德文章,向来在京都流传着有口皆碑的好声名。寿主好比当年隐居会稽东山的谢安,不管是多么高级的官员甚至是宰相都不及居士之清名光荣。谢安必须出山,以解救和复苏所有被困顿的老百姓,即天下苍生。

心解:

此首录自孔凡礼《全宋词补辑》,原见于《诗渊》第二十五册。将此词视为早期寿词当无甚异议,对其进行笺注时,首先遇到的一个颇费斟酌的问题是确定寿主。在我所编撰的《中国诗苑英华·李清照卷》于1997年4月出版之前,与此词有关的论著曾经看过一篇文章、两本书(详见"选评")。其中一文、一书将此词的寿主说成是朱敦儒;另一本书虽对将寿主视为朱氏加以质疑，但亦未明确指出寿主是何许人。我未曾苟同前二者，而对寿主作了这样一番初步认定：

宋大观元年（1107年）冬季前后，李清照随同赵明诚全家屏居青州。大观二年恰是晁补之闲居金乡的第六个年头。是年晁氏重修了他在金乡隐居的松菊堂。青州、金乡同属今山东，二地相隔不远。晁补之与李格非素有通家之谊，更是清照文学上的忘年交和"说项"者，在晁氏五十六岁生日时，清照或前往祝寿，从而写了这首词。

我之所以把寿星说成晁补之，因为除了词之下片的"德行"以下三句，极为符合晁氏为人和行实外，从上述推定的时间、地点看，此时此地很难有第二位寿星值得词人如此景仰。

今天，离上述《李清照卷》问世的十徐年之后，早已又有论者表示信从以上关于寿星其人的拙见，并从多方考订，这一寿主肯定是晁补之！

选评：

一、侯健《新发现的李清照词》：（指这首《新荷叶》）可能是写给当时的词人朱敦儒的……李清照与他有过交往，朱敦儒词集《樵歌》中，有《鹊桥仙·和李易安金鱼池莲》一首便是佐证。（《北京晚报》1982年5月22日）

二、《济南名士丛书·李清照全集评注》：此词的寿人为谁？有人说为朱敦儒。朱敦儒（1081—1159），字希真，河南洛阳人。《宋史》称其"志行高洁，虽为布衣，而有朝野之望"。又云："北宋靖康中召至京师，将处以学官。敦儒辞曰：'麋鹿之性，自乐闲旷，爵禄非所愿也。'因辞还山。"屡荐而不受。北宋灭亡，他避乱广东。宋绍兴二年（1132年），在朋友的劝说下方肯出仕,任秘书省正字等职。秦桧时被任用,为鸿胪少卿。桧殁后被罢黜。不仅原词毫无显证,而且寿主所居"高耸万丈蓬瀛",其家族之"簪笏盈庭",又以"安石再起"望之,皆与朱敦儒之中下层官员身份不类。此说不足信。

三、喻朝刚、周航《中国历代才子传丛书·旷代才女李清照全传》:李清照曾写了一首《新荷叶》为朱敦儒祝寿,希望他不要再继续隐居不出,而应像东晋时的谢安那样为"天下苍生"而起,表达了清照以国事为重的高尚情操。这首词是近年一位学者从一部明代手抄本《诗渊》中新发现的,其确切的写作年代不考。

四、徐培均《关于李清照两首词的笺证》:案,《钦定词谱》此调(指《新荷叶》)共收黄裳、赵彦端、赵抃、赵长卿四首,并在黄裳词末注云:"此调以此词及赵彦端词为正体,宋人皆如此填。若赵抃词之句读不同,赵长卿词之句读参差,皆变格也。"清照此词格律基本依黄词,然上下片第一韵,黄词作四、六两句,而清照作四、七两句,中多一"共"字。此当为别创一体……案:敦儒生日为正月十四。《樵歌》载《如梦令》云:"生日近元宵,占早烧灯欢会。"又《洞仙歌》云:"今年生日,庆一百省岁,喜趁烧灯作欢会。"又有《鹧鸪天·正月十四日夜》云:"来宵虽道十分满,未必胜如此夜明。"皆可证。而此词起二句则指生日在秋分时刻,显然不合……考《苏诗总案》卷三十五,苏轼于元祐七年三月十六日知扬州,时晁补之为州倅,轼有《次韵晁无咎学士相迎》诗。七月七日与晁端彦、补之游大明寺品泉。八月五日与晁补之、昙秀山光寺送客,不久以兵部尚书召还,至九月初离任。则八月中旬"秋分"之际,苏轼定能参与晁补之生日家宴,其贺诗"要与郎君语夜深",即词"薄露初零"

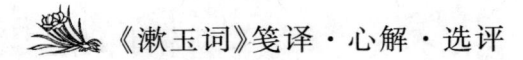

时刻。而"樽酒朋簪",亦与词中"簪笏盈庭"相合。由是可知,清照此词虽晚于苏诗十七年,而所咏内容与时令颇相近,故可定为上晁补之寿词。(济南李清照学术讨论会论文,1999年10月)

凤凰台上忆吹箫[1]

香冷金猊[2],被翻红浪[3],起来慵自梳头。任宝奁尘满[4],日上帘钩。生怕离怀别苦[5],多少事、欲说还休。新来瘦,非干病酒,不是悲秋[6]。　　休休。这回去也,千万遍《阳关》[7],也则难留。念武陵人远,烟锁秦楼[8]。惟有楼前流水,应念我、终日凝眸。凝眸处,从今又添,一段新愁。

笺注:

[1] 凤凰台上忆吹箫:又名《忆吹箫》、《忆吹箫慢》。此调始见于晁补之《晁氏琴趣外篇》题作《自金乡之济,至羊山迎次膺》一词,其事则本于《列仙传》:"萧史者,秦穆公时人也,善吹箫,能致孔雀白鹤于庭。穆公有女字弄玉,好之,公遂以女妻焉。日教弄玉作凤鸣。居数年,吹似凤声,凤凰来止其屋。公为作凤台,夫妇止其上,不下数年,一旦皆随凤凰飞去。故秦人为作凤女祠,于雍宫中时有箫声而已。"但反意取用《列仙传》萧史、弄玉典事,且将伉俪暌违之意引入此调,则当始于李清照此词。

[2] 金猊:有记载说,金猊,其形似狮,性好火烟,故立于香炉盖上。这里指狮形金属香炉。

[3] 被翻红浪:此句见于柳永《凤栖梧》一词的"鸳鸯绣被翻红浪"。

[4] 宝奁:镜匣的美称。

[5] 生怕:最怕。

[6] "新来瘦"以下三句:曾被清初著名词人纳兰成德易字踵意加以隐括为:"近来情绪,非关病酒,如何拥鼻长如醉。"(《忆桃源慢》)

[7] 阳关:王维《送元二使安西》诗云:"渭城朝雨浥轻尘,客舍青青柳色新。劝君更尽一杯酒,西出阳关无故人。"后以为送别曲。

103

⑧ 秦楼：原指秦穆公女弄玉与恋人萧史所居之楼。这里借喻李清照、赵明诚之青州居处。

译文：
炉子冷却香燃完，被子该叠不愿管，起床后，懒得打扮和梳头。听凭梳妆匣上灰尘落满，也不管它日头高高照上帘钩。最怕离别苦不堪，多少事情藏心头，几次想说却罢休。近来消瘦为哪般，不是因为病酒，也不是因为悲秋。　　什么也不要说了，罢休啊，罢休。这回他要离家去，阳关唱上千万遍，执意要走难挽留。在此避过难的武陵人已走远，好比萧史升仙，只剩下弄玉独在被烟雾笼罩的凤台楼。想来，只有那楼前流水，还应念及可怜我，知我一天到晚目不转睛地朝着他回来的路上瞅。我所凝神专注之处，从今以后所增添的这段新愁，恐怕就是不幸将被言中的"婕妤之忧"。

心解：
早先，对于这首词曾未有过较具体而确切的编年。直到 1995 年 11 月台湾商务印书馆出版了《李清照年谱》（于中航编著），我从中得知，宋徽宗宣和三年（1121 年）的四月下旬，赵明诚尚居青州就近且有仰天山之游，这有在此山水帘洞内石壁上的题名为证。此后仅三个月的八月十日，李清照已到达莱州赵明诚新任知州的所在地，这有她的《感怀》诗前的小序为证。这样一来，此词的写作时间只能在五月到七月的三个月之内，而以六月份的可能性更大。具体说来是这样的：

李清照的翁舅赵挺之与奸相蔡京争斗多年而以失败告终。赵氏举家由汴京回到早已购置的青州私宅，显然是带有避难的性质。所以词中把赵明诚称为"武陵人"；在她以后所写的《〈金石录〉后序》中把此次的回归青州叫做"屏居乡里十年",都是很得体的。大约在回青州的第三个年头,经赵氏三兄弟之母的申诉,在朝廷给这位故相"落实政策"后,其遗孀郭氏和她的长子、次子等,已于政和(1111—1118年)初年返回汴京复归仕途。而在赵明诚沉着稳健地,也是最后一个重返仕途,前往莱州就任知州时,他可以携"老妻"一同前去,而他没有这样做,对李清照来说,这是一件何等难堪和难忍的事情!

问题还在于赵、李之间向有"夫妇擅朋友之胜"的美名在外。因此,在李清照看来,她和丈夫也应像弄玉、萧史一样随凤一同飞升,但他却偏偏要她独自留在青州。为此,她可能不止一次地祈求将她带上。而他却不肯答应,她便心灰意冷,什么也不想干了:炉香熄灭了她不管,被子也不叠,太阳老高才起床。起床后,头发也懒得梳理,贵重的首饰匣上已经落满了灰尘。她口头上说最害怕的是"离怀别苦",实际上还有更加使她担心的事,话到嘴边又说不出口。她近来这么消瘦,并不是因为饮酒过多沉醉如病,也不是因为悲秋,而是因为她有难以启齿的隐衷。

至于这隐衷是什么,下片也不便直说,却又不能不说,只是隐去了她要跟他走的意思,径说为了留住他,她便反复咏唱宛转凄切的《阳关》曲。然而没有用,他执意要走,即使唱上千万遍《阳关》曲,也留不住。他已经铁了心,也就罢了!这当是"休休"二字的深层语义。按说丈夫出去做官不是坏事,她为什么这样苦苦挽留不愿让他走呢?在此,如果将"烟锁秦楼"之句的用典,理解为《陌上桑》中的好女罗敷所居之楼,那怕是错解了李清照的原意。她笔下的"秦楼",既是指萧史、弄玉所居的亦名"秦楼"的凤台,但也不是照搬萧史、弄玉的爱情故事,倒可能同时取意于李白

《凤台曲》的"曲在身不返,空馀弄玉名"。在神话故事中,弄玉和萧史共居秦楼十年后,一旦随凤比翼飞升,而李清照虽然也曾陪伴丈夫屏居十馀年,到头来,自己却像被萧史遗弃了的弄玉一样,孤单单地留住在被烟雾笼罩的"秦楼"之中。

　　李清照以萧史、弄玉故事为典,来写这样的送别词可谓用心良苦。想必她是在感化丈夫,特别是"念"字领起的下文,多么委曲动人!她拟想中盼望丈夫归来的急切心情,没人理解。她将终日痴呆呆地瞅着丈夫归来时的必经之处,那种望眼欲穿的样子,已不再是避难者的"武陵人"是不会知道的,只有"楼前流水"才是惟一的见证。

　　以下我把作为赵明诚代称的"武陵人"和"天台之遇"相联系,可能让人疑惑。这当中有几个弯子,亦即《漱玉词》的"曲折尽人意"之处。对此不妨略作诠释:"武陵",即指"武陵源",典出陶潜《桃花源记》。其中说晋太元中武陵郡渔人入桃花源事。故桃花源,又称武陵源。武陵源因与"桃花"有关,它又涉及另外一个神话传说,即刘义庆《幽明录》所载汉刘晨、阮肇入天台山采药遇仙女并与之媾和事。仙女住在河之源头的桃林之中,这片桃林又在今浙江的天台山上,所以,刘、阮与仙女相会事又称"天台之遇"。因为武陵和天台都与"桃花"有关,而"桃花",在我国古典诗词中又是代表美女的特定意象。此词"念武陵人远"的寓意,说白了就是作者担心丈夫有"天台"、"崔护"(详见《本事诗·情感》)之遇,也就是类似于今天所说的外遇或"桃花运"。丈夫的"桃花运",往往就是妻子的厄运。身为人妻者在这方面的担心,恐怕在迄今为止的任何时代都不一定是完全多馀的,更何况处在纳妾被视为天经地义、青楼冶游等于家常便饭的赵宋。那时几乎没有平等意义上的夫妻关系可言，即使像赵、李这样志同道合的夫妻，其性爱关系也难免存在着有始无终或有名无实的一面，从而可能给女词人造成沉重的心理压力。这首词的深婉之意和作者的难言之隐，恐怕正在于此。

所以，这首词的真意，既不是单纯地送别，更不是"扯后腿"，而是想跟丈夫一起走。然而他却把她甩下，自己甘做远走高飞的"武陵人"！

选评：

一、明茅暎《词的》卷四：出自然，无一字不佳。

二、明李攀龙《草堂诗馀隽》卷二（眉批）非病酒，不悲秋，都为苦别瘦。又：水无情于人，人却有情于水。（评语）写出一腔临别心神，而新瘦新愁，真如秦女楼头，声声有和鸣之奏。

三、明沈际飞《草堂诗馀正集》卷三：懒说出，妙。瘦为甚的，尤妙。"千万遍"，痛甚。转转折折，忤合万状。清风朗月，陡化为楚雨巫云；阿阁洞房，立变成离亭别墅。至文也。

四、明李廷机《草堂诗馀评林》卷三：宛转见离情别意，思致巧成。

五、清陈世焜（陈廷焯）《云韶集》卷十：此种笔墨，不减耆卿、叔原，而清俊疏朗过之。"新来瘦"三语，婉转曲折，煞是妙绝。笔致绝佳，馀韵尤胜。

六、沈祖棻《宋词赏析》：《诗经·伯兮》："自伯之东，首如飞蓬。岂无膏沐？谁适为容？"是写丈夫出征之后，妻子在家懒得梳妆打扮。这里却是写丈夫准备走，还没有走，她就已经懒得梳头，就比前文深入了一层。古代妇女是很讲究梳头的，从诗歌中描写美人每多涉及头发，可以证明。所以起来就要梳头，梳头则要费掉许多心思和时间，就当时的具体社会情况来说，是正常的。连头都不想梳，那么，其心绪不佳，就可想而知了。由于不梳头，所以镜奁也就让它盖满灰尘，不想拂拭。这时，太阳也就渐渐升高，一直可以照射到比人还高的帘钩上了。这里说了五件事：炉冷却；被掀开；头不梳；奁未拂；日已高——都是写人之"慵"。……换头用叠字起，以加重语气。休，即罢休，犹口语算了。《阳关三叠》是伤离之曲，取王维《送元二使安西》中"劝君更尽一杯酒，西出阳关无故人"之意谱成。纵使歌唱千万遍《阳关》，也无法挽回行者，那也就只好算了。分别既成定局，不可变更，因此以下就转而从别前想到别后。"武陵"，在宋词、元曲中有两个含义：一是指陶渊明《桃花源记》中的渔夫故事；一是指刘义庆《幽明录》中的刘、阮故事。如黄庭坚《水调歌头》"瑶草一何碧，春入武陵溪。溪上桃花无数，花上有黄鹂"，即用陶《记》之典。而韩琦《点绛唇》"武陵凝睇，人远波空翠"及韩元吉《六州歌头》"前度刘郎，几许风流地，花也应悲。但茫茫暮霭，目断武陵溪，往事难追"，则用刘《录》之典。（"武陵"本应专指前典，但何以与后典混同起来，将天台也称武陵，则除了两典中都有桃花之外，还找不出其他的理由。但自从宋人这样用了之后，元人戏曲中就都沿袭了……所以"武陵人远，烟锁秦楼"八字，简单说来，就是人去楼空。但不抽象地说人去楼空，而用两个著名的仙凡恋爱的故事形象地加以表达，意思就更加丰富、深刻）（上海古籍出版社1980年版）

七、刘乃昌：……柳永写离情，细密有馀，蕴藉不足。李清照吸收了柳词精微细密之长，而以典重之笔出之。如柳永《凤栖梧》中"酒力渐浓春思荡，鸳鸯绣被翻红浪"，虽刻画工致，但失之轻浮。李清照把"被翻红浪"化用入词，与"香冷金猊"相配合，不仅笔力工，含蕴厚，且词格变得蕴藉典重。词的沉挚、曲折、典重，容易导向密丽晦暗，李清照这首词却又以语言平易、意脉贯串见长。所用几个典故，既贴切自然，又如盐溶于水，浑化不涩，以此又具有疏畅的特点……（《李清照词鉴赏》）

八、徐培均：这首词写离愁，步步深入，层次井然。前片用"慵"来点染，用"瘦"来形容；后片用"念"来深化，用"痴"来烘托，由物到人，由表及里，层层开掘，揭示到人物灵魂的深处。而后片的"新愁"与前片的"新瘦"遥相激射，也十分准确地表现了"离怀别苦"的有增无已。在结构上，特别要注意"任宝奁尘满"中的"任"字，"念武陵人远"中的"念"字。这是两个去声领格字，承上启下，在词中起着关键性的转换作用。从语言上看，除了后片用了两个典故外，基本上是从生活语言中提炼出来的，自然中节，一片宫商，富有凄婉哀怨的音乐色彩。前人所谓"以浅俗之语，发清新之思"（邹祗谟《志远斋词衷》），信不虚也！（《唐宋词鉴赏辞典——唐·五代·北宋》）

九、王延梯、聂在富：情真意切是这首词艺术上取得成功的基础。词人现身说法，直抒实感，故词中妙语实为感情的自然流露、浑然天成，是"天真之词"，非"人工之词"。以离别为苦本是人之常情，而李清照夫妇恩爱至深，又多次分离，这就使她对离别之苦有更深的体会。写这首词时词人已识尽了离愁的滋味，她不是"为赋新词强说愁"。凭过去的经验，她想象得出空闺独守的寂苦，以致使她以"惜别"到"生怕"离别。过去分别虽然也愁，但她往往是不甘寂寞，或泛舟以遣愁，或借酒以浇愁，而今却是事不想做，话不愿说，只是沉默不语。感情沉静得多了，也复杂得多了，作品也

就格外含蓄曲折。(《百家唐宋词新话》)

十、蔡厚示：这首词开头还似乎是平静的叙述，女词人只倾诉她心情的慵懒。但经过极力渲染，色彩便越涂越浓，从中勾勒出一个"愁"字。一触到"愁"字，女词人便欲说还休，欲休还说；而说又不肯直说，不直说却又比直说更使人感到深沉。这样愈深愈曲，愈曲愈深。既有濒于绝望的哀鸣，又有近乎天真的痴想。处处都流露出她对丈夫的一片真情。调子虽然嫌低沉一点，但还是能使读者体会到她对生活的热爱和对幸福的向往。在当时理学家大力倡导封建礼教和漠视妇女地位的宋代，李清照敢于如此直率地表达自己的感情和欲望，不能不说是有点儿反抗性格。从语言看，这首词用了不少口语，如"起来"、"生怕"、"新来"、"这回"和"也则"等。通篇语言，既流畅、易懂；而仔细玩味，又觉得它一字一句都经过磨炼，精美、细密。如开头两句，不仅对仗工稳，而且活泼有趣；既说明女词人的心情慵懒，又渲染出她的思绪纷繁。张祖望说它"如巧匠运斤，毫无痕迹"(《古今词论》引)，确是不假。(《李清照作品赏析集》)

念奴娇①

春情

　　萧条庭院，又斜风细雨，重门须闭②。宠柳娇花寒食近，种种恼人天气。险韵诗成③，扶头酒醒，别是闲滋味④。征鸿过尽，万千心事难寄。　　楼上几日春寒，帘垂四面，玉阑干慵倚⑤。被冷香消新梦觉⑥，不许愁人不起。清露晨流，新桐初引⑦，多少游春意。日高烟敛⑧，更看今日晴未⑨。

笺注：

① 念奴娇：唐天宝年间，有一歌伎名念奴，她不仅姿容出众，歌声亦高亢无比，极为当时所重，或以其名为词调。此调两宋时，即被广泛传唱，且系音调嘹亮，响遏行云之壮腔高唱。有人统计，《全宋词》此调使用频率达四百八十馀次。其中苏轼所填首句作"大江东去"一首最为著名，故此调又名《大江东去》、《大江词》、《赤壁词》、《酹江月》等均与苏轼词有关。又因此调全首整一百字，宋人因易名为《百字令》。此调另有《壶中天慢》、《千秋岁》等不同调名。

② "又斜风"二句：张志和《渔歌子》："青箬笠，绿蓑衣，斜风细雨不须归。"这里反用其意。　重门：大户人家严于提防所设一道又一道门户，也指房屋分成几个前后庭院的，每个庭院称为"一进"，每"一进"，都有前后两道门户。

③ 险韵诗：以生僻而又难押之字为韵脚的诗。人觉其险峻而又能化生僻为平妥，并无凑韵之弊。　扶头酒：这里指易使人醉的烈性酒。如前人所云"一榼扶头酒，泓澄泻玉壶"（白居易《早饮湖州酒寄崔使君》诗）。一说

指醒酒、提神的发酵低度酒。
④ 闲滋味：一种空虚无聊的感觉。　闲：空虚。
⑤ 玉阑干：栏杆的美称。
⑥ 新梦觉：刚刚从梦中醒来。
⑦ "清露"二句：此系引用《世说新语·赏誉》篇的成句。
⑧ 烟敛：烟收、烟散的意思。　烟：这里指像烟一样弥漫在空中的云气。
⑨ 更看：再看。　晴未：天气晴了没有？　未：同"否"，表示询问。

译文：

往日热闹的庭院，眼下却如此寂寞冷落，况且不是冷风就是阴雨，只得将所有的院门统统关闭。柳姿婀娜备受宠爱、春花又是那么娇艳无比，寒食临近，心绪不佳，全怪这种种令人烦恼的鬼天气。为了消磨时间，故意选用冷僻之字作为韵脚来写诗，饮的是易醉难醒的扶头酒，然而诗成、酒醒，越发感到空虚无聊不是滋味。一群又一群传书的大雁全都飞了过去，内心所思念的许许多多事情，再也无法传递。　多日来，楼上一直是春寒料峭，把四周的帘子都放了下来，雕饰华丽的栏杆也懒得前去偎依。被子变得冷冰冰，温馨的气息早已消散，刚才从梦中醒来，一个满腹忧愁的人，不得不醒来即起。清新的晨露晶莹欲滴，梧桐发出娇嫩的新芽，如此良辰美景，令人产生了许多春游的希冀。日头高高升起，烟雾云气也渐渐消去，再看一看天气到底放晴了未？

心解：

对于《漱玉词》的系年虽然多有南辕北辙之误，但对此词写作背景的理解大都比较靠谱。也就是说它是作于赵家人已经离开青州之时，赵明诚也时常出游在外，不仅五岳之尊的泰山留有他的足迹和手泽，长清灵

念奴娇

岩寺、临朐仰天山更是一游再游。况且每次出游亲朋好友成群结队，游乐忘返。而在青州，往日大家庭熙熙攘攘的庭院，如今变得冷冷清清，毫无生气，女词人独自留在这里，怎能不倍感寂寞和伤心！设身处地地想想看，此时她岂不沦为赵家的多馀之人，心里该是一种什么滋味！?

所以，词的上片字面上的"斜风细雨"和"种种恼人天气"，那是词人内心苦闷的外化。为了排遣这种苦闷，她故意作那种费时、费事的"险韵诗"，又故意喝得沉醉不醒。但是，再难作的诗她也作成了，醉酒的时间再长她也醒过来了。而那种使人烦恼的"天气"和百无聊赖的心情，并没有改变。由此所派生的"万千心事"，一则无法向丈夫诉说；二则即使诉说他也听不进去。词中所谓"别是闲滋味"，实际上是一种令人难以言传的极为苦涩的滋味。

下片从"楼上"到"不许"五句，与《凤凰台上忆吹箫》上片的含义几无二致，略有不同的是一谓"被翻红浪"、一谓"被冷香消"。前者是说没有心思整理卧榻；后者意犹"玉枕纱厨，半夜凉初透"，即言其单枕孤眠之苦。紧接下去的"清露晨流，新桐初引"之成句，从字面上只能读出这样的意思：晶莹的露滴和新长出的桐叶，表明春光还未消逝，它还具有使人外出游赏的吸引力。透过这些词句，我们仿佛听到了作者如此这般的内心独白——曾几何时，夫妻相敬如宾，花前月下相从赋诗。眼下多么希望你早日回心转意，与你一同再度携手"游春"！结拍二句的潜台词，岂非借天气由恼人的阴雨转为晴朗，来表达词人希望丈夫由对她的疏离冷漠转为体贴温馨。

鉴于诗词无达诂，如将此词视为作者正在受党争株连时的早期所作，从而将"斜风细雨"、"种种恼人天气",看做崇宁年间恶劣政治气候的隐语,将"日高烟敛"等句的深层语义释为皇帝开恩,似亦无甚不可。但是,这首词不仅不会是晚期所作,也不大可能是赵明诚赴莱州知府任之后所作。具体说来,此词写于《凤凰台上忆吹箫》之前夕的可能性较大。

选评:

一、宋黄昇:花庵词客云:前辈常称易安"绿肥红瘦"为佳句。余亦谓此篇"宠柳娇花"之语亦甚奇俊,前此未有道之者。(《增修笺注草堂诗馀》)

二、明王世贞《弇州上人词评》:……易安又有"宠柳娇花寒食近,种种恼人天气","宠柳娇花",新丽之甚。

三、明沈际飞《草堂诗馀正集》卷四:真声也。不效颦于汉魏,不学步于盛唐,应情而发,能通于人。有首尾。"宠柳娇花",又是易安奇句。后人窃其影,似犹惊目。

四、清毛先舒《诗辨坻》卷四:……李易安《春情》,"清露晨流,新桐初引",用《世说》全句,浑妙。尝论词贵开拓,不欲沾滞,忽悲忽喜,乍近乍远,所为妙耳。如游乐词,须微著愁思,方不痴肥。李《春情》词本闺怨,结云"多少游春意"、"更看今日晴未",忽尔开拓,不但不为题束,并不为本意所苦。直如行云,舒卷自如,人不觉耳。

五、清王士禛《花草蒙拾》:前辈谓史梅溪之句法,吴梦窗之字面,固是确论,尤须雕组而不失天然。如"绿肥红瘦"、"宠柳娇花",人工天巧,可称绝唱。

六、清彭孙遹《金粟词话》:李易安"被冷香消新梦觉,不许愁人不起"、"守着窗儿,独自怎生得黑",皆用浅俗之语,发清新之思,词意并工,闺情绝调。

七、清黄蓼园《蓼园词选》：只写心绪落寞，遇寒食更难遣耳。陡然而起，便尔深邃。至前阕云"重门须闭"，后阕云"不许不起"，一开一合，情各戛戛生新。起处雨，结句晴，局法浑成。

八、沈祖棻《宋词赏析》：这首词也是写别情，与上首（《凤凰台上忆吹箫》"香冷金猊"）同一主题，但它只对这点略为涉及，旋即放过，而着重于描写春天景物及在这种景物中的心情，将伤别、伤春之感从侧面流露出来，与上首正面极写"离怀别苦"者，手法全异。上片所写，都是近来事情。过片则从近来转到当天。古代建筑，室在中间，四面有廊，廊外有阑，帘即挂于室外廊上阑边。连日春寒，四面的帘子都放下了。由于心事重重，懒得倚阑眺远（即柳永《八声甘州》"不忍登高临远"之意），以致当天天气已有转好的征兆的时候，帘子也都还没有卷起来。这三句写春寒，也写人懒。古代诗歌中所写女性的相思之情，多由男性代为执笔，虽然有许多也能体贴入微，但总不如她们自己写得那么真挚深刻，亲切动人。从这两首在艺术手段上很不相同的作品中，我们不难看到这位杰出的女作家在这一方面的成就。（上海古籍出版社1980年版）

九、唐圭璋《唐宋词简释》：此首写心绪之落寞，语浅情深。"萧条"两句，言风雨闭门；"宠柳"两句，言天气恼人，四句以景起。"险韵"两句，言诗酒消遣；"征鸿"两句，言心事难寄，四句以情承。换头，写楼高寒重，玉阑懒倚。"被冷"两句，言懒起而不得不起。"不许"一句，颇婉妙。"清露"两句，用《世说》，点明外界春色，抒欲图自遣之意。末两句宕开，语似兴会，意仍伤极。盖春意虽胜，无如人心悲伤，欲游终懒，天不晴自不能游，实则即晴亦未必果游……（上海古籍出版社1981年版）

十、平慧善《李清照诗文词选译》：本词有的本子词调作《壶中天慢》，题目还有《春情》、《春日闺情》、《春怨》。此词着力于描述愁情。词人以阴雨连绵的恼人天气，重门深闭的萧条庭院，四面垂帘的楼头，幽闭闷人的景色来衬托自己心绪的落寞，以诗成、酒醒和新梦觉后的百无聊赖来写自己愁绪的难以排遣。结束前词境忽而开拓，"清露晨流，新桐初引"，清新的初春之晨，勾起游兴。但结尾"更看今日晴未"，又表现了词人忧虑的心情。词人抒情，忽悲忽喜，乍近乍远，恰如行云，施展自如，表现了人物矛盾心情的变化。（巴蜀书社1988年版）

十一、王延梯、聂在富："扶头酒"一语在诗词中常见。注家多释为"易醉的酒"或"烈性酒"。非是。易醉的烈性酒酒精含量高，用蒸馏法制造，元代以后始有。李时珍《本草纲目·烧酒》："烧酒非古法也，自元始创其法……其清如水，味极浓烈。"元代以前的酒是发酵酒，也叫酿造酒，酒精含量低，可以大碗地喝。故将"扶头酒"释为"易醉的酒"、"烈性酒"，显然不妥。"扶头"，谓所饮之酒有使醉头扶起、振奋头脑的作用。宋人范成大有"扪腹蛮茶快，扶头老酒中"（《食罢书字》）之句，以"扪腹"同"扶头"相对，是说用酒振奋头脑像用茶帮助消化一样有效。辛弃疾"寻常中酒扶头后，歌舞支持"（《丑奴儿》）中的"扶头"也是醉头扶起、振奋头脑之意。扶头酒多为卯时所饮，故亦曰"卯酒"或"扶头卯酒"。古代习俗，夜饮醉酒，次日晨起困乏如病，便以饮酒来除酒病，使醉头扶起，头脑振奋，叫做"解酲"。杜牧《醉题》诗："醉头扶不起，三丈日还高。"解酲之意甚明。直至明清，也还有这一习惯。孔尚任的《桃花扇》中侯朝宗与李香君酒醉后入洞房，次日一早杨龙友来贺喜，李贞丽说:"请老爷同到洞房,唤他出来好饮扶头卯酒。"清照显然是为排遣其"闲滋味"夜饮致醉而早饮扶头酒解醒的。因扶头酒系醒酒、提神之酒,故多用淡酒、薄酒。(《百家唐宋词新话》)

十二、吴小如:……所谓"闲滋味"者,即无聊的滋味也。一个人找点不相干的事来做以寻求排遣,本已够无聊的了;然而连这点儿可排遣的事都已做完,再想不出什么可排遣的事好做,这可真是无聊到极点了,这就叫做"闲滋味"。这当然是作者的真情实感。但强度仍嫌不够,于是补充了两句:"征鸿过尽,万千心事难寄。"说明无聊的情绪乃由无穷的心事所造成。这两句似不应讲成由于征鸿已经过尽,纵有万千心事,也无从凭借它们寄给远人;而应理解为:我是有万恨千愁的,即使调动飞过此间的所有征鸿,请它们为我寄信,也不能把我全部心事带到远人身边。盖征鸿本不能代人传递心事,这里只是用了夸张的比兴手法而已。所以我说这两句是虚笔……接下去"日高烟敛,更看今日晴未"乃是预期之辞,故又属虚笔。意思说,等一会儿太阳升起,烟云敛迹,天终于要晴了,诗人因而又产生了新的希望。末句似不应讲成"说不准今日是否能晴",而应讲成"倒要看看今天究竟是不是晴天"……因为从"清露"二句已明白告知读者天已放晴,所以"日高烟敛"已是十拿九稳的事,这种重又开朗的心情自然使"愁人"感到生趣盎然了。有人认为这是李清照因愁苦已极而故作反语,恐怕有点儿刻意求深,把一首结尾带有朝气的词给曲解了。(《李清照作品赏析集》)

十三、刘乃昌《宋词三百首新编》:此为清照前期春闺独处怀人之作。前五句写环境天气,烘染出一派寂寞无聊氛围。萧条、风雨、寒食、闭门,归结为"恼人",映现出作者心境。次五句写日常生活内容,作诗遣兴,饮酒却愁,醒而愈无聊赖。"心事难寄",补述"闲滋味",略点离思。再五句仍从日常生活映现思绪,小楼独居,无心凭栏,拥被入梦,梦觉再难成眠。"春寒"回应"萧条","帘垂"绾合闭门,"慵倚"见出没情没绪,"新梦"与"心事"相关,"不许"句疏懒无聊之至。末五句写感春意绪,春意逗发游兴,却担心未能云散天晴,枯坐?出游?犹移不决,宕开一笔,忽又收煞。以清新之语,记述生活片段,借日常情态,显示内在心绪,乍远乍近,忽开忽合,应情而发,戛戛生新。(岳麓书社1994年版)

点绛唇

闺思

寂寞深闺,柔肠一寸愁千缕[1]。惜春春去,几点催花雨。　　倚遍阑干,只是无情绪。人何处[2]?连天芳草,望断归来路[3]。

笺注:

[1] "寂寞"二句:此系对韦庄调寄《应天长》二词中有关语句的隐括和新变。韦词详见本词之"心解"部分。

[2] 人何处:所思念的人在哪里?此处的"人",当与《凤凰台上忆吹箫》的"念武陵人远"及《满庭芳》的"无人到"二处中的"人"字同意,皆喻指词人的丈夫赵明诚。

[3] "连天"二句:化用《楚辞·招隐士》"王孙游兮不归,春草生兮萋萋"之句意,以表达亟待良人归来之意。

译文:

在这幽寂的闺房里,在我这柔弱细长的肠腔的一寸之中,愁绪竟有上千缕。珍惜的春天已经远去,飘落的只是几滴促使花儿凋零的伤春雨。　　倚遍了所有的栏杆,仍然是心情不佳重重顾虑。夫君啊,你在何处?只见直到天边的茂盛而清香的春草,遮挡了心上人从远处归来的必经之路。

心解:

此词不仅立意与前面的《念奴娇》有所衔接,写作地点在青州的可能性更大,其具体的写作时间则是在清明过后的"花事了"时节。

词中最令人关注的是主人公的断肠之念。这虽说主要是词人本身的切肤之感,但在词史上也不难找到其渊源所自,比如,有论者已经注意到此词对于欧阳修《踏莎行》和晏殊《蝶恋花》有关词句的化用;还有论者指出:韦庄《应天长》其二的:"一寸离肠千万结"等句,亦系李词所本,其实,除此之外的"难相见,易相别,又是玉楼花似雪"等句,与李清照独居青州时的处境更有可比之处。曾几何时,归来堂中,夫妇猜书斗茶,何等开心!花前月下相从赋诗,又何等难忘!而眼下的境况既与韦庄词所云的"难相见,易相别"几无二致,二者的愁肠也都是万缕千结。或许韦词对李词的影响更为明显。

接下去的"惜春"二句,除了其字面上的意义之外,语义之深层仿佛是说,我本来像珍惜春天一样,珍惜与丈夫之间的种种美好感情,而他却有家不回,四处游荡,这岂非像风雨催落春花一样,使夫妻感情遭到挫折!

下片先说主人公久久地倚栏眺望,但却看不到良人的踪影,所以心情很不好。结拍的诘问意谓:你这位"王孙"到底到哪里去了,为何还不归来?在这里,词人借《招隐士》的相关意境,一则表达自己的难言之隐,再则也是对赵明诚的一种埋怨。

选评:

一、明陆云龙《词菁》卷一:泪尽个中。

二、清陈世焜《云韶集》卷十:情词并胜,神韵悠然。

三、侯健、吕智敏:开篇处词人将一腔愁情尽行倾出,将"一寸"柔肠与"千缕"愁思相提并论,这种不成比例的并列使人产生了一种强烈的压抑感,仿佛看到了驱不散、扯不断的沉重愁情压在那深闺中孤独寂寞的弱女子心头,使她愁肠欲断,再也承受不住的凄绝景象。"惜春"以下两句,虽不复直言其愁,却在"惜春春去"的矛盾中展现女子的心理活动。淅沥的雨声催逼着落红,也催逼着春天归去的脚步。惟一能给深闺女子一点慰藉的春花也凋落了,那催花的雨滴只能在女子心中留下几响空洞的回音。人的青春不就是这样悄悄地逝去的吗?惜春、惜花,也正是惜青春、惜年华的写照,因此,在"惜春春去"的尖锐矛盾中,不是正在酝酿着更为沉郁凄怆的哀愁吗?~(《唐宋词鉴赏辞典——唐·五代·北宋》)

四、平慧善《李清照诗文词选译》:这首词以抒情开题,以"一寸"与"千缕"并举,极言愁绪浓密,在移情入景,作景语、情语,以雨催花落衬托。下片由表及里,先描摹玉人慵懒形态,再写她的内心愁苦。"人何处"句,情景交融,点明"愁千缕"的原因,道出无限相思。化用欧阳修《踏莎行》"寸寸愁肠,盈盈粉泪,楼高莫近危栏倚"及晏殊《蝶恋花》"独上高楼,望尽天涯路"词句,并巧出新意,不逊名篇。(巴蜀书社1988年版)

五、《济南名士丛书·李清照全集评注》:运化前人诗句,为神妙之境,熨贴无迹。"柔肠一寸愁千缕"一句,化用唐韦庄《应天长》"别来半岁音书绝,一寸离肠千万结"句,其意境是相同的。易安为表达自己的真实思想感情,根据自己的独特的生活感受,只改三字。韦词"离"与"别来半岁"意义重复。易安改为"柔"字,突出表现女主人的多情善感,感情脆弱,禁受不住离别造成的打击,极为切当而传神。"缕"字较

"结"字更为生动、形象，恰当地表达愁思的千头万绪，心情的缭乱不堪。尽管易安于前句写出女主人深闺索居的苦况，但何以如此，是蕴藉含蓄的，这较韦词的一览无馀更有韵味……（济南出版社1990年版）

六、彭靖：……这里所谓"催花"，当然不是催其放而是催其落。春本不管人们如何珍惜它，还是得去！那么，人们是多么希望它多留一下啊！而无情的雨又催花速落，亦即催春速去！杜甫《曲江》句："一片花飞减却春。"在诗人的感觉上，即使只是一片花飞，也意味着春天减少了一分。那么，即使只有几个雨点也能使春天减少几分。这就使人更难过了。"几点"，语似淡而意却深。欧阳修句："雨横风狂三月暮，门掩黄昏，无计留春住。"那是以浓墨泼深情；而易安此语，则是以淡笔含深致。欧阳语直，而李语婉。惟其婉，故能含不尽之意，耐人寻思……（《李清照作品赏析集》）

七、孙崇恩《李清照诗词选》：上阕开头两句点明题旨，写独处深闺之苦；接着两句以景寓情，表现青春易逝的闲愁。下阕笔势一纵，换头两句写倚栏远眺的情景，接着一问极富深情，结句"连天芳草，望断归来路"，情景交融，表现盼望远行的丈夫归来未果而失望的心情。全词曲折深婉，跌宕有致，情调凄切，风格婉丽，细腻入微地表现了女词人伤春伤别的心理情态和孤寂凄苦之情。

蝶恋花①

离情

　　暖雨晴风初破冻。柳眼梅腮，已觉春心动②。酒意诗情谁与共？泪融残粉花钿重。　　乍试夹衫金缕缝，山枕斜欹③，枕损钗头凤④。独抱浓愁无好梦，夜阑犹剪灯花弄⑤。

笺注：

① 蝶恋花：虽然《全宋词》将生于公元 990 年的张先排在晚生一年的晏殊之前无可厚非，但晏殊比张先早逝二十三年，实际晏殊的创作活动总体上略早于张先。以《蝶恋花》的写作为例，此调本名《鹊踏枝》，又名《凤栖梧》，始见于五代冯延巳首句作"六曲阑干偎碧树"、"几度凤栖同饮宴"等十四首，且皆为杂言体。入宋，由晏殊将杂言体改为《蝶恋花》，其名本于梁简文帝萧纲《东风伯劳歌》的"翻阶蛱蝶恋花情"诗句。
② 春心：这里是指被春景触动的心情，而不是指少女怀春的心情。
③ 山枕：两头隆起如山形的凹枕；一说指高枕。　欹：同"倚"，靠着。
④ 钗头凤：古代妇女的一种头饰，钗头作凤凰形。
⑤ 夜阑：夜深。

译文：

　　雨润风和天放晴，开始融化早春的冰冻。柳似明眸、梅像妙龄美女腮，如此胜景，游春的心情已经感到被触动。饮酒赋诗情思种种，谁能同我相伴与共？泪水消融我脸上残留的脂粉，那名贵的花形首饰也叫人觉得分外沉重。　　刚刚尝试换上的夹袄，这是用金线缝制的，斜靠在枕头上，压坏了首饰钗头凤。一个内心无比忧虑的人，绝不可能做什么美梦。夜深人静，还痴情地剪下灯花摆弄。

心解：

此首的写作背景，与前面的《念奴娇》、《点绛唇》，几乎是完全相同的，不再作大同小异的文字叙述。

真挚大胆而又曲折委婉地表达伉俪之情，是李清照的擅场。这首词是作者所谓"别是一家"理论主张的较完美体现，也就是过去评论者所说的："她不向词的广处开拓，却向词的高处求精；她不必从词的传统范围以外去寻新原料，却只把词的范围以内的原料醇化起来，使成更精致的产物。"（傅东华《李清照》）诚然，此词的原料是婉约词家常用的良辰美景和离怀别苦，而经过作者的一番浓缩醇化，的确酿出了新意。比如，紧接破题的"柳眼梅腮"与"绿肥红瘦"、"宠柳娇花"相并列，也可以称得上"易安奇句"。此句之奇，在于意蕴丰富、承前启后，既补充起句的景，又极为简练地领出了春心勃发的思妇形象。就是这个姣好的形象，被离愁折磨得坐卧不安，如痴如迷。到底是谁，值得作者如此思念？词中巧妙的构思和设问，简直收到了如同戏剧悬念般的艺术效果。

词论家在称道此作写景之工的同时，多已注意到词人以乐景衬哀情、倍增其哀的匠心所在。她先大笔渲染冬去春来，雨暖风晴，柳萌梅绽，景色宜人。接着写面对大好春光，之所以无心观赏，是因为没有亲人陪伴，只得独自伤心流泪。宜人的美景、华贵的服饰她全然不顾，在"暖雨晴风"的天气里，竟无情无绪地斜靠在枕头上,任凭首饰枕损。此词感情真挚而细腻,形象鲜明而生动,贴切地表达了作者的"一别怀万恨,起坐为不宁"、"忧来如循环,匪席不可卷"的对亲人深切眷念的情愫。

结句"独抱浓愁无好梦,夜阑犹剪灯花弄",虽不像"人似黄花瘦"和"怎一个愁字了得"等句那样被人传诵,然而,就词意的含蓄传神,以及思妇情思的微妙而言,此句亦颇有意趣。杜甫有"灯花何太喜,绿酒正相亲"(《独酌成诗》)的诗句,相传灯花为喜事的预兆。思妇手弄灯花,比她矢口诉说思念亲人的心事,更耐人寻味,更富感染力。况且此句的含义尚不止于此。不独有偶,沈祖棻《涉江词》有云:"风卷罗幕,凉逼灯花如菽。夜深共谁剪烛?"盼人不归,主人公自然会感到失望和凄苦,这又可以加深上片的"酒意诗情谁与共"的反诘语意,使主题的表达更深沉含蓄。总之,这首词写得蕴藉而不隐晦,妍婉而不靡腻;流畅不失于浅易,怨悱不陷于颓唐:正是一首正宗的婉约词。

陈廷焯曾说:"宋闺秀词自以易安为冠"(《白雨斋词话》卷六)。但他紧接着又说:"葛长庚(道士)词脱尽方外气,李易安词却未能脱尽闺阁气。"如果这是一种微词,那么,这首《蝶恋花》恰好证明这一隐约的批评是说中了的。这首词确实使人感到闺阁气(包括脂粉气)甚重,但这又是与作者的身世生活有关的。话说回来,要一个封建时代的大家闺秀填词脱掉闺阁气,而且要"脱尽",这哪能做得到呢?

选评:

一、清贺裳《皱水轩词筌》:写景之工者,如尹鹗"尽日醉寻春,归来月满身",李重光"酒恶时拈花蕊嗅",李易安"独抱浓愁无好梦,夜阑犹剪灯花弄",刘潜夫"贪与萧郎眉语,不知舞错伊州",皆入神之句。

二、喻朝刚《试析〈蝶恋花〉》:词的上片以初春景物为背景,抒发了作者怀念亲人的寂寞心情。起处三句,绘景状物,烘托环境气氛。漫长的寒冬已过,春风送暖,沉睡的大地开始解冻,万物正在苏生。柳树上长出了新芽,那又细又长的嫩叶,好似一双脉脉含情的眼睛;梅花迎风而开,那粉红色的花瓣,如同美女的香腮。这旖旎的风光,如画的景色,实在令人陶醉,使人为之心动。这三句的笔调是轻快的,流露出一种春回大地的喜悦之情。其中"柳眼梅腮"一句,用词新巧,说明作者观察事物的细腻,善于联想,能赋予自然景物以生命和感情,因而使形象显得十分生动具体。从全词的构思看,这三句仅仅是作衬,用轻松欢快的笔调,为反衬后面的愁思和忧伤作铺垫。这首词写的是离愁别思,题材并无新意,但由于作者抒发的是内心的真情实感,笔触颇为细腻,因而显得委曲动人。词中用"酒意诗情谁与共"一句,点明词旨,向读者打开了伤春怀远的心扉。上片的景物描写和下片的动态刻画,都是为了表现抒情主人公的心理活动。试夹衫、欹山枕、抱浓愁、剪灯花,从白天到黑夜,这一连串动作,反映了女词人孤独寂寞的心境。此时李清照和赵明诚的分别是暂时的,虽然给她带来了烦恼和忧愁,但不久即可见面,这种烦恼和忧愁便将烟消云散。所以词的结拍处自然地流露出了一种喜悦和希望之情。这与她后期在国亡家破夫死以后所抒发的哀愁,在情调和意境方面都是不同的。(《李清照词鉴赏》)

三、平慧善《李清照诗文词选译》:上片三句写大地回春的初春景色,轻松欢快,为反衬离情作铺垫。第

蝶恋花

四句一转，直抒离情，末句以伤心泪淋，精神不支的形态，形容离别的痛苦。下片首句与上片开头呼应，初试春装似欣喜，可结果却以不卸梳妆、放浪形态的慵懒动作，表现忧伤之情。结拍两句写独处难眠，痴弄灯花。俗传灯心结花，喜事临门，词人通过这一情态描写，含蓄地表现盼望亲人归来的心情。看似清闲，寄情深沉。本词将无形的内在感情，通过有形的形态动作来表现，为词中名笔。

四、《济南名士丛书·李清照全集评注》：作者把春人格化，乐景哀写，通过人物活动细节描写，表现女主人的离愁别绪和无限凄寂……易安"夜阑犹剪灯花弄"，用剪灯花消磨时光，聊以解闷，表现了女主人相思之挚真。馀韵袅绕，不绝如缕。宋苏轼说："言有尽而意无穷者，天下之至言也。"诚如是。

五、张璋《试论李清照的词学成就》：……第二反衬法。如《蝶恋花》，先以"暖雨晴风初破冻，柳眼梅腮，已觉春心动"来写心情的喜悦；接着又以"酒意诗情谁与共？泪融残粉花钿重"来写诗情酒意没人相伴而引起悲伤落泪。这种以喜衬悲而愈觉悲的写法，比直写感人更深。（《李清照研究论文集》，齐鲁书社1991年版）

六、孙崇恩《李清照诗词选》：这首词可能是李清照居青州时与丈夫赵明诚离别后所作。上阕描写初春迷人的春光景色，和由此撩拨起的怀春怀人之思，委婉细腻地刻画了女词人孤苦的心态；下阕描写试夹衫、欹山枕、抱浓愁、剪灯心、弄灯花一连串生活细节，曲折生动地刻画了女词人独处闺房，夜不能寐，和孤寂难耐的形象。

127

蝶恋花

　　泪湿罗衣脂粉满。四叠《阳关》，唱到千千遍①。人道山长山又断，萧萧微雨闻孤馆。　　惜别伤离方寸乱②，忘了临行，酒盏深和浅。好把音书凭过雁③，东莱不似蓬莱远④。

笺注：

① "四叠《阳关》"二句：《阳关》指王维《送元二使安西》诗，此诗和乐后成为送别名曲，反复演唱谓之《阳关三叠》。这里说成"四叠"，意思是唱了无数次的送别曲。
② 方寸：指心。
③ 凭：请求、托付的意思。
④ 东莱：即今山东莱州（曾名掖县）。蓬莱：对此，注家或引《史记·封禅书》，或引《汉书·郊祀志》，认为是指渤海中的蓬莱、方丈、瀛洲三神山中的"蓬莱"。此虽不失为一说，但这里的蓬莱更有其引申之意。

　　译文：

　　眼泪打湿了丝绸衫，脸上的脂粉落到上面，衣服全都被沾染。比《阳关三叠》更加深情的"四叠"《阳关》，已经唱了上千遍。常言说山高水远，此山却又被截断。耳听风雨声声好伤感，况且我孤身一人羁居在驿馆。　　离开姊妹不情愿，分手时心烦意乱。饯行宴上，忘了杯中的酒水是深还是浅。彼此的音讯，幸好可以请托给来往的大雁。我要去的是莱州，那里不像海上仙山那么缥缈和遥远。

蝶恋花

心解：

这是现存《漱玉词》中，惟一一首有着明确编年的作品。它写于宋徽宗宣和三年（1121年）八月初，词人赴莱州，途经今山东昌乐县，于驿馆中所作。一本题作《晚止昌乐馆寄姊妹》，与此词"本事"颇为契合。

以往对于李清照的生平均分为前后二期，并谓其在前期生活幸福、婚姻美满。"诸书皆曰与夫同志，故相亲相爱之极"（明郎瑛《七修类稿》卷十七）。这是一种有代表性的看法，但却不完全符合事实。依照二期说，此首无疑系前期作品。此时作者只有三十八九岁，离"靖康之变"尚有五年多，离丈夫逝世整整八年。词中所写内容并非伉俪睽违，倒是夫妻即将相见，而且是她自己主动前往，按说其情绪举止应该"载欣载奔"才是，但词的基调为什么如此悲苦，这一谜底在哪里呢？不妨先从词人的身世说起：

越是对李清照的身世有某种了解的人，越可能对此词提出疑问，至少是对词题"寄姊妹"持有异议。因为据张耒《李格非墓志铭》，李清照是墓主的长女，她自己在《〈金石录〉后序》中，只说有一"弱弟"名迒，她是没有亲生姊妹的。因此，这里所谓"寄姊妹"，不必指同胞姊妹，也不可能指亲姊妹。但是，李清照当有数位堂姊妹，她们既有从章丘嫁到青州的可能，也有在词人心情欠佳时，从四乡赶来安慰她、为她送行的可能。赵明诚至少有姊妹四人，两位姊姊分别嫁与史姓和王姓，两位妹妹，一位嫁与历城李擢，一位嫁与济源傅察，想必她们同样是与词人有着手足之情的好姊妹，再加上仰慕词人才华的其他女伴，在赵明诚执意撇开老妻，成为走远了的"武陵人"，她们都可能成为

129

李清照精神寄托对象,甚至与其相濡以沫。词人很珍重这种情谊,遂写了这首感人至深的词。

但凡设身处地地来读这首词,谁都不难想到这样的问题:一个主动前去与丈夫团聚的多情女子,在即将与最亲密、最想念的人见面时,怎么写出了这么一首极端伤感的词?当然,她之所以那么伤心,以致泪水冲掉脸上的脂粉,沾染了衣衫,一方面自然是因为怀念对她恩义深厚的姊妹;另一个更主要的方面当是担心前程未卜,不知自己到了"东莱"丈夫会怎么对待她!青州到莱州的实际空间,谈不上那么山高水长。词中所云"人道山长山又断",当是喻指前不着村后不着店的心理空间。丈夫与她之间已有了某种阻隔,眼下又离别了姊妹,孤馆闻雨,凄苦无似!这当是上片所蕴涵的词人心中的块垒。

下片写她临行时乱了方寸,以致忘记喝了多少酒。这其中亦当别有寓意,即她是身在离宴,心里却悬挂着——自己即使到了丈夫身边,倘若他把她视为不受欢迎的人,该如何是好!心里藏着这样的难言之隐,其"方寸"如何不乱?

李清照写作此词时的苦心,除了以山高水长之意喻指心理距离外,结拍的"好把音书凭过雁,东莱不似蓬莱远"二句中,恐怕也隐含着她的一段心事。此二句尽管字面上可以意译为:"姐妹们别忘了给我写信,莱州不像蓬莱那么遥远。"但其深层语义却要委婉丰富得多,可否这样理解:对姐妹们的雁书,词人看得很珍重,她绝不会像她们那个当年的"武陵人"、如今已经远走高飞的姐(妹)夫那样,词人给他写了那么多信,竟如石沉大海,只字不回。原因是他从"武陵"到了"蓬莱",从"避难"变为"游仙",哪里还把老妻放在心上!假如他仍然冷遇她,那么她到"东莱"后的

蝶恋花

惟一希望和安慰就是收到姐妹们的信函。

选评：

一、黄墨谷《重辑李清照集·李清照评论》：《蝶恋花》（泪揾征衣脂粉满）是一首开阖纵横的小令，王维的"劝君更尽一杯酒，西出阳关无故人"，到了她的笔下变成"四叠阳关，唱到千千遍"的激情，极夸张，却极亲切真挚。通首写惜别心情是一层比一层深入，但煞拍"好把音书凭过雁，东莱不似蓬莱远"，出人意料地而作宽解语，能放能淡。所谓善言情者不尽情。令词能够运用这种变化莫测的笔法是很不容易的。（齐鲁书社1981年版）

二、龚克昌《谈〈蝶恋花·晚止昌乐馆寄姊妹〉》：此词写作背景有两说，一是以为作者在滞留青州时写给移守莱州的丈夫；一是以为作者在赴莱州途中的昌乐馆写给留居青州的姊妹们。我以为，当以后说为胜。理由是：一、元代刘应李《事文类聚翰墨大全》后丙集卷四收此词，题为《晚止昌乐馆寄姊妹》。但刘氏对作者失考，归入无名氏。其实，在此之前，也即在宋代曾慥的《乐府雅词》里，已标名此词为李易安作。曾氏生活年代与作者同时，其说当较可信，正可补正刘氏将此词编入无名氏之误。而以为此词为清照思夫念旧之作均出后代，殊无实据。二、词中出现的"人道山长山又断，萧萧微雨闻孤馆"句，与所标"晚止昌乐馆寄姊妹"题意正合，且词中所流露的也恰是作者身处旅途中的口气，和寄宿孤馆中的心境。因此，断此词为作者寄姊妹之作，当较近是……（《李清照词鉴赏》）

三、平慧善《李清照诗文词选译》：宣和三年辛丑（1121年）八月间，李清照自青州赴莱州，途经昌乐宿馆，作此词寄姊妹。本词布局颇具匠心，上下两片前三句都是写离别情景,后两句都是写旅途中的心情,但又有差异。上片前三句重在写外部表现,泪湿罗衣,《阳关》千唱;下片前三句则重在写内心活动,乱了方寸时的情景。上片后两句渲染路途遥远、高山阻隔,相见之难,以及在孤馆中的凄苦思念之情,放笔写哀思;下片后两句,词意转折,词人有意缩短距离,"东莱不似蓬莱远",嘱咐姐妹音书时寄,劝人自慰,意似通脱。

四、《济南名士丛书·李清照全集评注》:该词换头与上片首三句绾合,承写别离时情景。"乱"、"忘"二词,朴实无华,揭示了临行时姊妹间依依难舍的复杂心理。结句写对姊妹的叮嘱和安慰。"蓬莱"是传说中的虚无缥缈的神仙境界,人莫可及。而东莱却是可通音讯,借以宽慰骨肉亲情。此词上下两片并列对称。上片头韵追溯姊妹临别的情景,侧重人物外貌、行动描写;次韵写独处孤馆的凄伤。下片先写姊妹临别的情景,侧重心理开掘;次写东莱音讯可通,安慰姊妹。结构精巧。在时间上,作者从过去(临行)写到现在(孤馆);由现在(孤馆)又折回写到过去(临行);又从过去(临行)设想将来(青州莱州间的书信)。在空间上,作者从青州写到征途;又从征途写到昌乐;从昌乐又折回写到青州;从青州折进写到莱州、蓬莱。真可谓"若九曲湘流,一波三折"。可见作者才情敏赡,有才女如此,真是中国文坛的骄傲。

五、宋红:这首词以浅近之语写深挚之情,虽所用皆为平字、陈字,但却见出新意,见出精巧。如"四叠阳关,唱到千千遍";"阳关"一词的由来是人们非常熟悉的,其始出于唐代诗人王维的《送元二使安西》,中有"劝君更尽一杯酒,西出阳关无故人"的动人诗句。其诗后被作为送别曲谱入乐府,以诗的首句"渭城朝雨浥轻尘"得名《渭城曲》,或称《阳关曲》,

蝶恋花

又因歌词要反复吟唱三遍而名《阳关三叠》。宋人在送别时是否必歌此曲未曾详考,但"赋阳关"已成为表示惜别的代用语,在中国古代的语言文化中积淀下来。因此,李清照以唱阳关来写离别,本无甚新奇,但妙处在于数词的使用上。《阳关曲》本是三叠,词中说成"四叠",已在人们心中多加了一层烙印,然至此还不尽意,还要将这"四叠阳关""唱到千千遍",一遍即四叠,"千千遍"又该是多少叠呢?如此,便收到了陈字见新,平字见奇的效果。"四叠",有本作"三叠",在版本意义上难定谁尊,在文学创作的意义上则"四叠"较"三叠"更能淋漓尽致地传达情感。且作"三叠"者更有系后人窜改的可能:因《阳关曲》通作三叠,此其一;《蝶恋花》词谱此句为"(平)仄平平",虽第一字平仄不限,但以平声为正体,此其二。所以在流传中"四叠"被改成"三叠"的可能性要远大于逆向改动。而且词的下阕,与"四叠阳关"处相同位置的"忘了临行",第一字也用仄声,因此我以为"四"才是李清照所使用的本字。此外,"东莱不似蓬莱远",在平平仄仄平平仄这样一种轻重律的复沓位置上将东莱(莱州)与蓬莱巧妙地联系起来,亦使人感到句式精巧而词意清新。这首词的主旋律是仄仄平平、仄仄平平仄(四叠阳关,唱到千千遍),此前一句是这一旋律的压缩,此后两句是这一旋律的伸展,上下两阕是相同节奏的复沓,这一主旋律的变奏和反复,与词中所诉说的内容,所表现的情绪自相应合,形成内在的波动起伏的感情流,使读者的情绪受到潜移默化的感染。(《李清照作品赏析集》)

《漱玉词》笺译·心解·选评

蝶恋花

上巳召亲族[1]

永夜恹恹欢意少[2]，空梦长安[3]，认取长安道[4]。为报今年春色好，花光月影宜相照。　　随意杯盘虽草草，酒美梅酸，恰称人怀抱[5]。醉莫插花花莫笑，可怜春似人将老。

笺注：

① 上巳：节日名。秦汉时，以阴历三月上旬巳日为"上巳"（详见《后汉书·礼仪志上》）。魏晋以后改为三月三日。
② 恹恹：形容精神不振的样子。
③ 长安：原为汉唐故都，这里代指北宋都城汴京。
④ 认取：认得。
⑤ "随意"三句：杯盘：指酒食。　梅酸：梅是古代所必需的调味品，故此三句意谓酒席虽简单，但很合口味。

译文：
　　漫漫长夜精神不振，欢心事少之又少。梦到了已经沦陷了的都城，白白地认得通往那里的条条大道。值得回报的是今春景致特别好，花明月黯相互映照。　　按照自己的心意筹措的饭菜虽然简单潦草，但酒水上好，调味的酸梅正适合亲人们的口味心意怀抱。喝醉了酒不要把花插，醉意中插上了，花儿啊也别为之发笑，可爱的春天年年岁岁很相似，而岁岁年年人不同，惟因我们

蝶恋花

都将衰老。

心解：

李清照《金石录后序》记载云，靖康二年（1127年）三月，赵明诚由淄州奔母丧至江宁（今南京）。同年四月北宋亡，五月，宋徽宗第九子康王赵构即位于南京（今河南商丘）应天府之正厅，改元建炎，史称南宋，赵构谥号高宗。赵构继位时信誓旦旦，要收复失地。实际上是遏制抗战，奉行逃跑主义，不久即以江宁为行在，丢弃了北方的大片国土。这就是李清照写作此首《蝶恋花》的时代政治背景。

江山社稷丧乱不堪，但是赵家却在"振兴"，三兄弟相继复位晋升。至建炎元年（1127年）七月，赵明诚起复知江宁府，兼江东经制副使，八月即到任，成为江宁重镇的最高长官。这时李清照还在青州，她正夜以继日地挑选金石书籍准备南运江宁。不料，是年十二月青州发生兵变，赵家十馀屋子的文物收藏化为灰烬。李清照死里逃生，携《赵氏神妙帖》途径镇江遇盗掠勿失，将这一出自蔡襄之手的极为珍贵的书帖完璧归"赵"。为此，赵明诚对"老妻"感戴不已。

初到金陵故都，李清照的心情很不平静。她常常在雪天，身披蓑衣、头戴斗笠，登高望远以寻诗。以往人们将李清照的这一举动，每每理解为文士雅兴或闲情逸致。其实，她在登高远眺之际，怎么能不想到战乱中的故乡和沦陷了的北方国土！她所寻觅的是伤时忧国作品的素材，这在她不久所写的若干诗句中可以得到证明。

"靖康之变"以前，在今山东诸城和济南一代，居住着赵、李两家的许多亲友，如今已纷纷逃往江南避难。在赵明诚膺任江宁知府的消息传开后，不少亲友便来到这里。注重礼仪的赵家三兄弟，接受了李清照的建议，于"上巳"日设家宴招待相继南来的诸亲友。按照《金石录后序》的记载，赵家南渡后，仅在江宁的家什就包括官窑瓷器和锦绣茵褥，足足可以接待一百位客人，所以此次家宴的规模可想而知。但是此词没有着意描述家宴的排场，倒很可能具有"新亭对泣"的氛围。对此，细审词意当可得知。

从内容上看，此词既有悲苦之言，亦有欢愉之辞，可谓苦乐参半。但是令人寻味的还是起拍三句：此时此刻，作为"江宁第一夫人"的主人公，她之所以精神不振，就是因为常常梦见国都"长安"，也认得去"长安"的道路，但却总是落空，无法回到自己日思夜梦的京都"长安"。前三句如此，结拍的感慨当是"年年岁岁花相似，岁岁年年人不同"。不仅如此，细想，此句很可能是对词人新婚时，所作《减字木兰花》结拍的反意照应——彼时她把花斜插在"云鬓"上，叫"郎""比并"相看，娇嗔地问他：是花好看，还是她的脸蛋儿好看？如今，花朵依旧春意盎然，自己却老之将至，再也不愿把花往头上"斜簪"了。

选评：

一、周振甫：……古人在上巳节是到水边戏游，称为"修禊"，用来驱除不祥，争取吉利。最有名的是王羲之的《兰亭集序》，称"暮春之初，会于会稽山阴之兰亭，修禊事也"。那是"群贤毕至，少长咸集"，是一时盛会。作者这次宴会，不在水边，只有亲族，也没有其他的人。草草杯盘，也显得简单，有酒菜，有梅子，那也恰好配合亲族过上巳节的要求。上巳节已到了"春暮之初"，即春将老了，从而感叹"人将老"了。所以"醉莫插花"，不要让花来笑人了，这是一。假如醉里在头上插了花，劝花也莫笑，这是二。这是以花有知的拟人化手法。这是一首抒情的词。上片的含意,在"空梦长安"里透露,含蕴着深挚的感情。下片的含意,在"人将老"里透露,含有深沉的感慨。(《李清照词鉴赏》)

二、黄墨谷:……《蝶恋花》是一首六十字的令词,这一首词题是"上巳召亲族",含丰富的思想内容,深厚的感伤情绪,写得委婉曲折,层层深入而笔意浑成,具有长调铺叙的气势。(《唐宋词鉴赏辞典——唐·五代·北宋》)

三、平慧善《李清照诗文词选译》:本词是李清照晚年之作,这时她生活略为安定,已能召集亲族聚会饮宴。但是,美好的春光月色,意在消愁的酒宴,并未给词人带来欢快,相反更勾起对故国的深沉思念和旧家难归的惆怅。在梦中她还很熟悉汴京的道路,可以想见其忆念之切,但是一个"空"字,毕现失望之情。所以起首三句为全词定下基调。接着两处转折:上阕以春夜迷人的景色来反衬词人的愁闷情绪;下阕在怡乐的酒宴中,发出"醉莫插花花莫笑,可怜春似人将老"的悲叹,从而委婉曲折地表达了词人的忧国情怀和对人生的感叹。(巴蜀书社1988年版)

四、靳极苍:李清照《蝶恋花》"上巳召亲族",是建炎二年(1128年)清照逃到南方不久时作。念国、怀乡、伤老等情绪表现在全词之中。"醉莫插花"两句,插花是北宋洛阳人的习惯。欧阳修《洛阳风俗记》:"洛阳之俗,大抵好花。春时城中无贵贱皆插花。"现在亡国亡乡都逃到南方了,一插花就会引起亡国之思,所以是避免插花的。可是醉了,就会忘其所以地习惯地插花;一插花自己不觉,旁人就会望而生悲,所以作者事先告诫说"醉莫插花"。但这是难的,作者自己就难,所以又告诫花说:万一插了花,花也别笑,笑我,就是笑我老了还插花。这取意于武元衡诗:"花笑白发人。"为什么要"花莫笑"呢?因为"春似人将老",春还像个春天,人却将老了,所以说"可怜"。这取意于刘希夷《代白头吟》:"年年岁岁花相似,岁岁年年人不同。"(《百家唐宋词新话》)

五、吴庚舜:……这首《蝶恋花》很可能是她南渡之初的作品。下片前三句"随意杯盘虽草草,酒美梅酸,恰称人怀抱"是用朴实之笔叙写亲族共聚的生活。因为是战乱之中,又因为相邀之人不是外人,所以设的是便宴。"杯盘草草"借用前人诗中语可以增强亲切感。王安石《示长安君》"草草杯盘供笑语,昏昏灯火话平生",写的就是亲人团聚之乐。便宴不等于酒肴粗劣,由于亲族长期交往,便宴的口味倒挺合大家的心意。"酒美"二句通过与宴的感受,写出了亲人聚会的融洽气氛。(《李清照作品赏析集》)

六、孙崇恩《李清照诗词选》:简单分析,上阕"永夜恹恹欢意少"三句,是写长夜惆怅不快和空梦回汴京的情景,接着"为报"两句,以形象语言"花光月影宜相照"隐喻时局并未好转,反映出女词人感时伤乱之情和故国之思;下阕"随意杯盘虽草草"三句,写宴请亲族的情景,结尾"可怜"(应为"醉莫")两句隐喻春光依旧,风景不殊,痛惜江河日下,人事已非。饱含泪水,含意颇深。作者从现实生活实感运笔,寓国愁于家愁,曲折地表现了深沉的忧国思乡之情。

声声慢①

寻寻觅觅，冷冷清清，凄凄惨惨戚戚②。乍暖还寒时候③，最难将息④。三杯两盏淡酒，怎敌他、晓来风急⑤。雁过也，正伤心，却是旧时相识。　　满地黄花堆积。憔悴损，如今有谁堪摘⑥。守着窗儿，独自怎生得黑⑦。梧桐更兼细雨，到黄昏、点点滴滴。这次第⑧，怎一个、愁字了得⑨。

笺注：

① 声声慢：此调虽然有《胜胜慢》、《人在楼上》等诸多别名，而与李清照此作直接相关的是这一调式的又一别名《凤求凰》。这显然又与贺铸"殷勤彩凤求凰"句有关，而贺词又是用司马相如"琴挑"卓文君事。看来，李清照此词的曲折所尽之意，当是作者要把自己的内心苦衷，歌给当初梦寐以求欲作"词女""之夫"的赵明诚听！一首词的选调，与其立意往往密切相关。立意，也就是题旨，它又是作者的词学观念的直接体现。李清照主张词"别是一家"，在她看来，词并非像诗文那样直接关注江山社稷而擅写儿女情长。所以此首顺理成章地应是与"凤求凰"有关的本意词。这样关于此词的写作时间，就不是以往人们所说的作于晚年，而应是作于词人在青、莱时期的中年。李清照的这首《声声慢》，除了在用韵上有别于晁补之《琴趣外篇》的同调平韵体以外，还曾有这样一个掌故："庚申（南宋理宗景定元年）八月，太子请两殿幸本官清霁亭赏芙蓉、木樨。诏部头陈盼儿捧牙板，歌'寻寻觅觅'一句；上曰：'愁闷之辞，非所宜听。'顾太子曰：'可令陈藏一撰一即景，撰《快活声声慢》。'"（宋陈世崇《随隐漫录》卷二）这里尚须赘言的是：曾被专事寻欢作乐的宫廷认为"非所宜听"的李清照的这首"愁闷之辞"，在今天看来，它是同调词中最为出色的一首。

139

② "寻寻觅觅"三句：此处连用十四叠字，历来备受称道，谓其前无古人，后无来者。其实，此十四叠字，既是作者本人独特心态的写照，亦有其对韩偓《丙寅二月……》诗中"凄凄恻恻又微颦"等句的一定取意和隐括。

③ 乍暖还寒：似脱胎于张先《青门引》的"乍暖还轻冷"之句，谓天气忽冷忽暖。

④ 将息：保养休息。

⑤ 晓来：今本或作"晚来"，疑误。造成这一错误的缘由当是受到不够可靠版本的影响所致。始作俑者恐怕是在明代被推为著述第一的杨慎，他在尚未看到《漱玉集》的情况下，不知从哪里抄录了这首《声声慢》，其《词品》卷二引述此词时，第七句便作"怎敌他晚来风急"。在这类版本的影响下，人们便以为此词是写作者"黄昏"时一段时间的感受。因"晓"字与后片的"黄昏"相抵牾，即便是《词综》及其前后的约十几种版本皆作"晓来风急"，亦未引起应有注意，以致今人的版本和论著，除俞平伯、唐圭璋、吴小如、刘乃昌等极少数几家外，多作"晚来风急"。这里特别值得一提的是梁令娴《艺蘅馆词选》，此句不仅作"晓来风急"，并附有其父梁启超这样一段眉批："这首词写从早到晚一天的实感。那种茕独凄惶的景况，非本人不能领略，所以一字一泪，都是咬着牙根咽下。"这几句话，对词旨阐释得深入浅出尚且不说，更要紧的是它走出了此词流传中的一大误区。"从早到晚"，也就是词中的由"晓来"到"黄昏"云云。只有版本可靠，才能正确地解读原作。对这首《声声慢》来说，其第七句只有作"晓来风急"时，才有可能发现此句当系取意于《诗·终风》篇的"终风且暴"句。《终风》篇的题旨有二说，一是《诗序》谓："《终风》，卫庄姜伤己也。遭州吁之暴，见侮慢而不能正也。"二是《诗集传》云："庄公之为人，狂荡暴疾，庄姜盖不忍斥言之，故但以'终风且暴'为比。"今天看此二说均有牵强之处，且第二种说法李清照恐怕无缘看到。但对第一种说法，她当与多数古人一样，应是深信不疑的。况且她能够读到的尚有《左传·隐公三年》的这类说法：卫庄公娶于齐东宫得臣之妹，曰庄姜，美而无子，卫人所为赋《硕人》；《诗序》谓，庄公宠幸其妾，冷遇庄姜，故庄姜无子，国人闵之，为作此诗。不要说李清照，在她之后近千年的朱自清也相信此说，并认为《硕人》篇要歌给庄公听（《诗言志辨》）。李清照将那些与自己身世有某种关联的材料，在词中加以隐括，从而歌给赵明诚听，不是没有可能的。再从训诂方面看，"终风且暴"，"终"，是"既"的意思；"暴"，不仅是"疾"的意思而且特指日出而风（晓风）。把这几个字的训诂之意连

声声慢

接起来的意思是：太阳一出就刮起了大风，这不就是"晓来风急"的意思吗？词人以此暗喻自己与庄姜相类似的"无嗣"和何以"无嗣"，可谓用心良苦！

⑥ 有谁堪摘：意谓无甚可摘。 谁：何、什么。
⑦ 怎生：怎样、如何。
⑧ 这次第：这情形、这光景。
⑨ 怎一个、愁字了得：意谓词人本来就"伤心"地"寻觅"和等待"良人"归来，但从"晓来"到"黄昏"，"良人"未归，却又秋雨连绵，点点滴滴打落在梧桐上。"人"不归来，天不作美，词人又要"独自"等待。此情此景，不是一个"愁字"所能概括得了的。

译文：

若有所失而寻觅，形单影只好悲戚。深秋时的暖意很短暂，一刹那间就转寒，这种时候人不适，最难调理和歇息。淡酒喝上二三杯，也不能抵挡那一大早的风暴来得急。大雁经过，正是我伤心的时刻，它却是曾经为我传递书信的旧相识。　　枯萎了的黄菊满地堆积。受到损伤后，它已经变得困顿又委靡，现如今还有什么值得去采摘。天一亮我就守候在窗前，独自一人怎么能够熬到天黑。细雨打秋桐，直到傍晚，无休止地点点滴滴。这光景，只是用一个"愁"字无法形容，也不能了却与了得。

心解：

对于此词，今人多以为是国破家亡的产物，也就是写于词人的晚年。而在古代却曾有过不同声音，比如清人俞正燮《易安居士事辑》曾说："《贵耳集》云'是晚年作'，非也。"俞氏断言"寻寻觅觅"一词非作者晚年所作，洵为中肯之见。但是，实际上，张端义《贵耳集》卷上只说"晚年赋《元宵·永遇乐》词"，并非说《秋词·声声慢》也是"晚年"所作。显然是俞正燮误解了张端义,而他本人的这一中肯之见,也未得到应有的关注,采纳和与之不谋而合者,迄今寥若晨星。在今之论者,几乎一边倒地将此词视为晚年所作的背景下,20世纪已故的古典文学研究专家傅庚生教授的有关见解,着实曾使我感到如获至宝。傅教授在其鉴赏这首《声声慢》时,开宗明义地指出过,作者所寻觅和等待的是"良人"(丈夫)。这一要言不烦之说,堪称是打开李清照此词的一把不可或缺的钥匙。掌握不掌握这把钥匙,对于此词的解读效果概有天壤之别。据此,我首先认定此词是作于青州后期,最晚作于莱州或者江宁期间,这一"认定"使得下述理由顺理成章:

第一,此词中的"守着窗儿,独自怎生得黑",这与"玉阑干慵倚"(《念奴娇》)和"望断归来路"(《点绛唇·闺思》),不但都是同样明显的"等人"语,而且所等待和寻觅的也都不是别人,都是词人在《凤凰台上忆吹箫》中,"千万遍《阳关》,也则难留"的、走"远"了的"武陵人"——赵明诚!从而还可以进一步认定,此词应写于作者丈夫健在的中青年时期。

第二,李清照不仅较早地提出了词"别是一家"的理论主张,并在其前、中期的创作中身体力行,因而此间所作词中一无乡国之思、惟有儿女情事——从少女怀春,到新婚之别,再到"婕妤"之叹和"庄姜"之悲,等等,这一切既是人生中高尚而强烈的痛苦,又是个人的难言之隐,特别是像"婕妤(庄姜)"之悲一类的事,哪怕露出一点痕迹,也会被认为"不雅"。成书于李清照六十三四岁时的《乐府雅词》,之所以没有收录这首《声声慢》,绝不是因为此词写于《乐府雅词》成书之后,除了其他无法得知的原因之外,可想而知的是因为此词涉及隐衷,而被视为"不雅"所致。

第三,此词基调不胜悲苦,主要是由于所写内容类

声声慢

似于后世被马克思所认为的：痛苦中最痛苦的、最个人的是爱情痛苦，这往往有甚于婺纬之忧和悼亡之悲。诗词中有时被作为夫妻双双生命象征的"梧桐"意象，在此词中只是处于"梧桐更兼细雨"的困境之中，而未沦为"飘落"之时。这种困境不是指生命的殒灭，只是象征处境的难堪，而这又与当时主人公的心境十分吻合。对于梧桐的"飘落"和"半死"在诗词中含有悼亡之意，看来李清照是十分清楚的，所以在她有涉于梧桐意象的四首词中，掌握得极有分寸。只有赵明诚病故，她所写的悼亡词《忆秦娥》中，始用"梧桐落"这一真正含有悼亡之意的意象。把"细雨"中的"梧桐"视为悼亡意象，看来也是导致误解此词的主要缘由之一。

第四，鉴于在解读《漱玉词》的过程中，不时涉及"婕妤"之叹和"庄姜"之悲等等，对此在本书导言之后已经作过较为详尽的注释（参见⑦、⑧二注），兹不赘述。

总之，以上解读虽属一家之言，但却不是空穴来风，第一，它是在我反复体悟李清照的词学主张和她对《诗经·终风》等有关篇目的深湛造诣和独到见解之结晶；第二，多方关注和深入思考有关词人身世的一切记载，特别是南宋洪适《隶释》的"赵君（明诚）无嗣"之说；第三，特别关注他人视线以外的古人的有关见解，如俞正燮的"非晚年作"等等；第四，拒绝"人云亦云"，留意发现并服膺他人的真知灼见，如对傅庚生教授关于"等待良人"之说的"从善如流"；第五，领悟词人的"择调"意图，作为又名《凤求凰》的《声声慢》不宜用于表现国破家亡之恨，而便于"铺叙"儿女私情；第六，诗词意象各有特定含意，对于"梧桐"生存状态的象征性的把握，尤其不能想当

143

然和大而化之；第七，有关李清照身世资料的现成记载少而又少，只用传统的"知人论世"法难以奏效，从而借助于"以意逆志"和心理逆探等多种方法。

选评：

一、宋张端义《贵耳集》卷上：炼句精巧则易，平淡入调者难。且《秋词·声声慢》："寻寻觅觅，冷冷清清，凄凄惨惨戚戚。"此乃公孙大娘舞剑手。本朝非无能词之士，未曾有一下十四叠字者，用《文选》诸赋格。后叠又云："梧桐更兼细雨，到黄昏、点点滴滴。"又使叠字，俱无斧凿痕。更有一奇字云："守定（着）窗儿，独自怎生得黑。""黑"字不许第二人押。妇人中有此文笔，殆间气也。

二、宋罗大经《鹤林玉露》卷十二：近时李易安词云："寻寻觅觅，冷冷清清，凄凄惨惨戚戚。"起头连叠七字。以一妇人，乃能创意出奇如此。

三、明杨慎《词品》卷二：宋人中填词，李易安亦称冠绝。使在衣冠，当与秦七、黄九争雄，不独雄于闺阁也。其词名《漱玉集》，寻之未得。《声声慢》一词，最为婉妙。其词云（略）山谷所谓以故为新，以俗为雅者，易安先得之矣。

四、明茅暎《词的》卷四：连用十四叠字，后又四叠字，情景婉绝，真是绝唱。后人效颦，便觉不妥。

五、明陆云龙《词菁》卷二：连下叠字无迹，能手。"黑"字妙绝。

六、清刘体仁《七颂堂词绎》：惟易安居士"最难将息"、"怎一个愁字了得"，深妙稳雅，不落蒜酪，亦不落绝句，真此道本色当行第一人也。

七、清彭孙遹《金粟词话》：李易安"被冷香消新梦觉，不许愁人不起"、"守着窗儿，独自怎生得黑"，皆用浅俗之语,发清新之思,词意并工,闺情绝调。

八、清沈雄《古今词话·词品》卷下:……但"守着窗儿,独自怎生得黑",又"梧桐更兼细雨,到黄昏点点滴滴",正词家所谓以易为险,以故为新者,易安先得之矣。

九、清周济《宋四家词选·序论》:双声叠韵字要著意布置。有宜双不宜叠,宜叠不宜双处。重字则既双且叠,尤宜斟酌。如李易安之"凄凄惨惨戚戚"三叠韵、六双声,是锻炼出来,非偶然拈得也。

十、清梁绍壬《两般秋雨庵随笔》卷二:至李易安词"寻寻觅觅,冷冷清清,凄凄惨惨戚戚",连下十四叠句,则出奇制胜,匪夷所思矣。

十一、清陆以湉《冷庐杂识》卷五:李易安《声声慢》词:"寻寻觅觅,冷冷清清,凄凄惨惨戚戚。"连叠七字,昔人称其造句新警。其源盖出于《尔雅·释训篇》……此千古创格,亦绝世奇文也。

十二、梁令娴《艺蘅馆词选》乙卷:梁启超所作批语:此词最得咽字诀,清真不及也;又:这首词写从早到晚一天的实感。那种茕独凄惶的景况,非本人不能领略,所以一字一泪,都是咬着牙根咽下。

十三、唐圭璋《读李清照词札记》:此词上片既言"晚来",下片如何可言"到黄昏"雨滴梧桐,前后言语重复,殊不可解。若作"晓来",自朝至暮,整日凝愁,文从字顺,豁然贯通。(《南京师范大学学报》1984年第2期)

十四、傅庚生《中国文学欣赏举隅》:此十四字之妙,妙在叠字,一也,妙在有层次,二也,妙在曲尽思妇之情,三也。

十五、夏承焘《唐宋词欣赏》:这首词借双声叠韵字来增强表达感情的效果,是从前词家不大用过的艺术手法。李清照是一个有高度文化修养的女作家，有真挚丰富的生活感情，又有她自己独特的见解，因此她确实当得起婉约词派杰出作家的称号。她这首《声声慢》词以细腻而又奇横的笔墨，用双声叠韵啮齿叮咛的音调，来写她心中真挚深刻的感情，这是从欧（阳修）、秦（观）诸大家以来所不曾见过的一首突出的代表作。（百花文艺出版社1980年版）

十六、沈祖棻《宋词赏析》："梧桐"两句是说，即使挨到黄昏，秋雨梧桐，也只有更添愁思，暗用白居易《长恨歌》"秋雨梧桐叶落时"意。"细雨"的"点点滴滴"，正是只有在极其寂静的环境中"守着窗儿"才能听到的一种微弱而又凄凉的声音；而对于一个伤心人来说，则它们不但滴向耳里，而且滴向心头。整个黄昏，就是这么点点滴滴，什么时候才得完结呢？还要多久才能滴到天黑呢？天黑以后，不还是这么滴下去吗？这就逼出结句来：这许多情况，难道是"一个愁字"能够包括得了的？（"这次第"犹言这种情况，或这般光景，宋人口语。）文外有多少难言之隐。此词之作，是由于心中有无限痛楚抑郁之情，从内心喷薄而出，虽有奇思妙语，而并非刻意求工，故反而自然深切动人。陈廷焯《云韶集》说它"后幅一片神行，愈唱愈妙"。正因为并非刻意求工，"一片神行"才是可能的。（上海古籍出版社1980年版）

十七、俞平伯《唐宋词选释》："晓来"，各本多作"晚来"，殆因下文"黄昏"云云。其实词写一整天，非一晚的事。若云"晚来风急"，则反而重复。上文"三杯两盏淡酒"是早酒，即……《念奴娇》词所谓"扶头酒醒"；下文"雁过也"，即彼词"征鸿过尽"。今从《草堂诗馀》别集、《词综》、张氏《词选》等各本，作"晓来"。（人民文学出版社1979年版）

声声慢

十八、吴熊和：……词调取名《声声慢》，声调上也因此特别讲究，用了不少双声叠韵字，如凄、惨、戚，将息，伤心，黄花，憔悴，更兼，黄昏，点滴，都是双声；冷清，暖还寒，盏淡，得黑，都是叠韵。李清照作词主张分辨五音，这首词用齿音、舌音特别多，齿音四十一字（如寻、清、凄、惨、戚等），舌音十六字。全词九十七字，这两声字却多至五十七字。尤其到了末了，"梧桐更兼细雨，到黄昏点点滴滴，这次第，怎一个愁字了得！"二十多个字里舌、齿两声交加重叠，看来是特意用啮齿叮咛的口吻，来表达忧郁惝恍的心情，这些都是经过惨淡经营的，却绝无雕琢的痕迹，同时用心细腻而笔致奇横，使人不能不赞叹其艺术手腕的高明。（《唐宋诗词探胜》）

十九、朱靖华《〈声声慢〉赏析》："晚来风急"的"晚"字，据《草堂诗馀别集》、朱彝尊、汪森编《词综》及张惠言《词选》皆作"晓"字，是可从的。固词的上下文，显然是写一整天的愁绪和感受。譬如下文便有："守着窗儿，独自怎生得黑？"可见此时尚未到"晚"；再下句："梧桐更兼细雨，到黄昏，点点滴滴，也证明雨是下了一整天的，直到黄昏，才越下越大。再者，"淡酒"，一般多指早酒而言，古人在卯时（晨五时至七时）饮酒，称"卯酒"，也称"扶头酒"。如用"晓来风急"，则使词境更添一番情趣：即说女主人公昨夜是辗转反侧，刚刚度过了一个无人共语、独宿不眠的夜晚，因而她才起来喝"早酒"。也只有在这样的情况下，女主人公被一阵凛冽寒冷的晨风袭击，吹醒了酒意，才仰望天空，发现使她更为难堪的景象……（《李清照词鉴赏》）

二十、吴小如《诗词札丛》："乍暖还寒时候"这一句，也是此词的难点之一。"乍……还……"的句式正如现代汉语中"刚……又……"的说法。"乍暖还寒"如译成口语,当作"刚觉得有点儿暖和却又冷了起来",这是什么样的天气呢?此词作于秋天,自无疑问;但秋天的气候应该说"乍寒还暖",只有早春天气才用得上"乍暖还寒"。我以为,这是写一日之晨,而非写一季之候。秋日清晨,朝阳初出,故言"乍暖";但晓寒犹重,秋风砭骨,故言"还寒"。……这里我认为"满地黄花堆积"是指菊花盛开,而非残英满地。"憔悴损"是指自己因忧伤而憔悴瘦损,也不是指菊花枯萎凋谢。正由于自己无心看花,虽值菊堆满地,却不想去摘它赏它,这才是"如今有谁堪摘"的确解。然而人不摘花,花当自萎;及花已损,则欲摘已不堪摘了。这里既写出了自己无心摘花的郁闷,又透露了惜花将谢的情怀,笔意比唐人杜秋娘所唱的"花开堪折直须折,莫待无花空折枝"要深远多了。

二十一、刘乃昌《宋词三百首新编》:全篇字字写愁,层层写愁,却不露一"愁"字,末尾始画龙点睛,以"愁"归结,而又谓"愁"不足以概括个人处境,推进一层,愁情之重,实无法估量。全词语言家常,感受细腻,形容尽致,讲究声情,巧用叠字,更以舌齿音交加更替,传达幽咽凄楚情悰,肠断心碎,满纸呜咽,撼人心弦。无怪古人誉为"千古创格"、"绝世奇文"(《冷庐杂识》卷五)。(岳麓书社1994年版)

临江仙

临江仙①并序

欧阳公作《蝶恋花》②,有深深深几许之句,予酷爱之。用其语作庭院深深数阕,其声即旧《临江仙》也。

庭院深深深几许,云窗雾阁常扃③。柳梢梅萼渐分明。春归秣陵树,人老建康城④。　感月吟风多少事,如今老去无成。谁怜憔悴更凋零⑤。试灯无意思⑥,踏雪没心情⑦。

笺注:

① 临江仙:又名《庭院深深》等,其调名缘起歧说甚多。一说此调"多赋水媛江妃"故名;一说据敦煌词有"岸阔临江底见沙"句,云词意涉及临江;一说"唐词多缘题,所赋《临江仙》则言仙事,《女冠子》则述道情,《河渎神》则咏祠庙。大概不失本题之意"(黄昇《花庵词选》卷一)。李清照此词当作于建炎三年(1129年)元宵节前后,是一首感叹身世、曲折地表达隐衷之作。

② 欧阳公作《蝶恋花》:欧阳修作《蝶恋花》词:"庭院深深深几许?杨柳堆烟,帘幕无重数。玉勒雕鞍游冶处,楼高不见章台路。　雨横风狂三月暮。门掩黄昏,无计留春住。泪眼问花花不语,乱红飞过秋千去。"

③ "云窗"句:此句以云雾缭绕比喻楼阁之高。　扃:关锁。

④ 秣陵、建康:均指今江苏南京,作为古都它历代数次更名。楚威王以其地有王气,埋金镇之,名曰"金陵"。"秣陵"是秦始皇所改,东汉孙权迁都于此改名建业。晋初又改名秣陵。后分秦淮河南为秣陵,北为建邺。建兴元年(313年),因避晋愍帝司马邺讳改名建康。北宋时称江宁,南宋高宗

《漱玉词》笺译·心解·选评

建炎三年（1129年）五月又改称建康。此处说明李清照用语既有根据，又灵活多变。
⑤ 凋零：原指草木凋谢零落，这里指人的衰老。
⑥ 试灯：我国阴历正月十五为元宵节，晚上张灯结彩，以祈年丰。十四日张灯预赏，称为试灯日。
⑦ 踏雪：《清波杂志》卷八记载：李清照的本家曾对人说，赵明诚在做江宁知府时，每逢大雪天，李易安就顶笠披蓑踏雪沿着城的四周，登高向远处观览，寻觅诗材和作诗灵感，得到诗句便邀其夫赓和，而赵明诚往往因为作不出相应的诗句而苦恼。

译文：

大院纵深有几许？卧房高耸，窗前云雾缭绕，常有关锁重重。柳枝的嫩芽、梅花的萼片，一天比一天清晰分明。春光又回到江宁的树木上，我却客居衰老在这建康城。　　回首那些令人感慨和值得吟咏的美好景色，以及许许多多难忘之事，而今人老珠黄，一事无成。又有谁怜惜我的憔悴和凋零？张灯预赏没有意思，对于踏雪外出觅诗之事，也同样再也没有好心情。

心解：

这首词大约作于南宋建炎三年（1129年）元宵节前后。

李清照在《词论》中，曾对欧阳修等人的词表示不满云："至晏元献、欧阳永叔、苏子瞻，学际天人，作为小歌词，直如酌蠡水于大海，然皆句读不葺之诗耳，又往往不协音律。"这里虽然在音、声方面对欧阳修的批评不无苛求之嫌，但作为名公大臣，欧阳修热衷于作"小歌词"，这在当时被认为是不够光彩的事，况且欧词，特别是其《醉翁琴趣外篇》还被认为："鄙亵之语，往往而是，不止一、二也"（《吴礼部诗话》）。这种对于欧词的尖锐批评，虽然出自于李清照不得而知

150

临江仙

的后人之口，但欧词本身的这类问题却早已存在了的。对于致力于词的纯洁和尊严的李清照来说，对这类问题表示不满，洵为顺理成章之事。那么，她为什么又说"酷爱"欧词、怎样理解这种前后龃龉之说呢？

原来其中有词人的一段令人不易觉察的内心隐秘，即欧词中的女主人公既与班婕妤的命运相类似，也与常年被封闭在危楼高阁中的李清照有某种同病相怜之处。同时，欧词中所写的那个乘坐着华贵车骑的"章台""游冶"者，恐怕正是词人所担心的自己的丈夫所步之后尘。原来在这里她是借"醉翁"的酒杯浇自己的块垒。所以，其不满和"酷爱"欧词，各有道理，不是一码事的前后矛盾。

这首词最耐人寻味的是"感月吟风多少事，如今老去无成"二句。上句当指李清照偕丈夫在青州避难时，在归来堂猜书斗茶、花前月下相从赋诗等标志着其夫妇情深意切的诸多往事，而对下句的"无成"，却不能理解为"词人在感叹事业无成"！因为彼时的女子谈不上事业有成无成，这当是作者自叹年华已去，丈夫又不无章台冶游之嫌，自己再无老蚌生珠之望，故谓"无成"！她一再重复的"老"字，主要当是指生育年龄，实际上她当时至多四十六七岁。看来这首词所隐含的是一种有甚于"婕妤"之叹的"庄姜"之悲。而"庄姜"之悲又是"婕妤"之叹的自然后果。简而言之，就是指女子的命运类似于春秋前期的卫庄姜，她因被卫庄公疏远而无亲生子嗣。正因为词人担心类似的不幸有可能降临或者已经降临到自己头上，所以，连正月十四日预赏花灯和往日踏雪寻诗这样的雅兴，亦不复存在了。

选评：

一、周笃文：词旨凄黯，流露出很深的身世之恸……

(《李清照词鉴赏》)

二、黄墨谷：此词作于建炎三年（1129年）初春，是胡马饮河、宋室南渡的第三个年头。词上片结拍"春归秣陵树，人老建康城"十个字，沉痛地写她流离迁徙、岁月蹉跎的悲叹。宋建炎元年（1127年），赵构初即帝位于南京（河南商丘），起用李纲为相。时四方勤王之师都向行在结集，士气振旺，如能誓师北伐，中原恢复，计日可待。但当时昏庸自私的小朝廷，罢力主抗金的宰相李纲，任用奸邪黄潜善、汪伯彦之辈。他们已经在南京建造宫室，预备巡幸游乐，早把中原抛在脑后。宋建炎三年（1129年），岳飞曾上书斥黄潜善、汪伯彦奉驾益南，奏请恢复中原。朝廷还责他越职上书，罢他的官。清照《临江仙》词中的"人老建康城"，不单是她个人的悲叹，而且道出了成千上万想望恢复中原的人之心情。（《唐宋词鉴赏辞典——唐·五代·北宋》）

三、平慧善《李清照诗文词选译》：本词大约是建炎二、三年（1128、1129年）李清照住在建康时所作。词的开头通过景色描绘表现词人矛盾的心情。深锁庭院，怕见春光，柳芽梅萼，又见春光，这是第一层对照；"春归秣陵"与"人老建康"，是第二层对照；往昔的感风弄月与今日的憔悴飘零，是第三层对照。词人通过各种对比，抒发了思乡之情和老去无成的感慨，"试灯无意思，踏雪没心情"，以极朴素的语言真切地表现心灰意懒的精神状态，其中含有无限今昔悲欢的辛酸！

四、靳极苍：李清照《临江仙》"春归秣陵树，人老建康城"人皆以为巧。其实这句是仿取于梁范云诗："风断阴山树，雾失交河城。"而"秣陵""建康"更是同一地方的地名，所以巧的很。（《百家唐宋词新话》）

五、罗忼烈：其《临江仙》序云"略"。隐然有方驾之意，而其词不过云："略。"浅露清泚，不独与原作之沉郁浑厚不可同日而语，结拍语尽意尽，勉强凑合，尤为词家大忌。(《百家唐宋词新话》)

六、《济南名士丛书·李清照全集评注》：《临江仙》系易安从明诚守建康时作，当作于建炎三年（1129年）春为是。该词引前人词句入词，浑化无迹。两组对仗的运用，深化了词旨，增强词的建筑美、韵味美。含蓄蕴藉，耐人寻味……引欧阳修词首句"庭院深深深几许"开端，劈头一个疑问句，不需作答，这种开头的好处在于能引起读者注意，加深印象，避免平板，使文势跌宕。并用"深深深"一字三叠，使读者感到庭院甚为阴森幽凄，缘景布情，起到了衬托的作用。

七、孙崇恩《李清照诗词选》：赵万里辑本《漱玉词》则作"人老建康（安）"。案：李清照一生未曾到过建安，从上下文的词意连属来看，应作"人老建康"为是。这首词上阕写景言情。首句写庭院用欧词句，一问极有情，连叠三个"深"字；二句写楼舍，不只"云窗雾阁"，而且"常扃"，寓情于景，含情深微，融化不涩，别有境界。第三句笔势一宕写春色，"柳梢梅萼渐分明"极富初春特征，著一"渐"字，更觉观物细致入微，且为下文抒怀作铺叙。结拍"春归秣陵树，人老建康城"，想像对比，忆旧伤今，孤凄郁闷之情极深。下阕直抒胸臆。首二句"感月吟风"、"老去无成"，寄托无限身世之感；末二句"试灯无意思，踏雪没心情"，抒当今心灰意冷、悲怆沉痛之情。全词委婉曲折，意境深远，情调凄怆，风格沉郁，表现了女词人南渡后在流亡中对身世凋零和家国危难的悲痛。

八、蔡厚示《唐宋词鉴赏举隅》："庭院深深深几许？云窗雾阁常扃。"李清照酷爱"深深深几许"之语，是很有艺术见地的。因为它一连叠用三个"深"字，不仅渲染出庭院的深邃，而且收到了幽婉、复杳、跌宕、回环的声情效果。它跟下句合起来，便呈现出一幅鲜明的立体图画：上句极言其深远，下句极言其高耸。用皎然的话说，这就叫"取境偏高"（《诗式·辨体有一十九字》）；用杨载的话说，这就叫"阔占地步"（《诗法家数》）。它给欣赏者以空间无限延伸的感觉。但句尾一缀上"常扃"二字，就顿使这个高旷的空间一变而为令人窒息的封闭世界。真如一拧电钮，就顿使光明变成了黑暗一样。秣陵、建康，同地异名。它被分别置于上下对句之中，看似合掌（诗文内对句意义相同谓之"合掌"）。但上句写春归，是目之所见；下句写人老，是心之所感。它把空间的感受转化为时间的感受，从初春来临联想起人的青春逝去。情致丰富，毫不显得单调、重复。它貌似"正对"（即同义对）而实比"反对"（即反义对）为优，可视为本篇的警策。（紫禁城出版社1997年版）

临江仙

梅

庭院深深深几许,云窗雾阁春迟。为谁憔悴损芳姿,夜来清梦好,应是发南枝①。　　玉瘦檀轻无限恨②,南楼羌管休吹③。浓香吹尽又谁知,暖风迟日也④,别到杏花肥。

笺注:

① 南枝:向南,亦即朝南的梅枝。
② 玉瘦檀轻:意谓梅枝姿态清瘦,花色浅红。檀:原为木名,这里指浅绛色。
③ 羌管休吹:意谓不要吹奏音调哀怨的笛曲《梅花落》。
④ 暖风迟日:语出孙光宪《浣溪沙》词:"兰沐初休曲槛前,暖风迟日洗头天。"　迟日:春日。语出杜审言《渡湘江》诗:"迟日园林悲昔游,今春花鸟作边愁。"

译文:

大院到底有几进?卧房高耸被云雾遮蔽,和煦的春光姗姗来迟。原本香气浓郁的梅为何如此瘦弱而委靡,竟失去了往日的芬芳与丰姿。昨夜做了一个清晰的好梦,想必芽蕊已经萌发于向阳的梅枝。　　它浅红轻巧而清瘦,仿佛包含着无限怨恨,那种音调哀怨的笛曲不要在南楼鼓吹。即使将浓香吹尽谁又能得知,因为和煦的春光已经离梅而去,转移到杏花枝头,从而使之开得那么丰肥。

心解：

对于此首的归属至今多有异见（详见"选评"）。我则以为——从上一首同调词的小序可知，李清照明明作了数阕《临江仙》，显然应当包括此首在内。它之所以被怀疑，除了人们时常提到的原因之外，窃以为更主要的原因是曾慥所编《乐府雅词》只收了前一首而未收此首的缘故。

那么，曾慥为什么不收此首呢？答案可能出于不少人之意外——十有八九是曾慥认为此首不雅，这与他对《声声慢》的看法相类似。李清照著作的大量散失大约是在明末清初，作为略晚于李清照的同代人曾慥，他有缘看到更多的"漱玉词"，《乐府雅词》只收入二十三首，很可能是曾氏与其同代人王灼一唱一和，前者以为李氏的许多词不雅；后者则说她"无所羞畏"（《碧鸡漫志》卷二）。有些后人或学究式的，或想当然地将此类词存疑，甚至将它们从《漱玉词》中驱除之。此首想必也是遭到了这种厄运！

这两首《临江仙》的寓托之意既相关联又相衔接。此首的字面更为通俗易懂，但其寓意，则可能被认为是不雅的——词人把未出场的男主人公比作春天的和煦春风（"暖风迟日"），而担心自己将成为容颜憔悴、浓香吹尽的落梅。

结拍二句"暖风迟日也，别到杏花肥"，意谓春风离梅而去，却掉头（"别到"）吹拂杏花，遂使之"肥"！"梅"是公认的作者的化身，而"杏花"可喻指美女，其中的含意不言而喻。

选评：

一、清王鹏运四印斋本《漱玉词》注：此首疑亦有伪,似借前《临江仙》调,模拟为之者。

二、赵万里辑《漱玉词》云:案《梅苑》九引作曾子宣妻词,《乐府雅词》下魏夫人词不收。以《草堂》所载前阕自序证之,自是李作无疑。王鹏运云:借前阕模拟为之者,盖未之深考也。

三、唐圭璋《宋词四考·宋词互见考》:案《花草粹编》收此首作李清照词,但《梅苑》作曾子宣妻词。据《草堂诗馀》载清照别一首《临江仙》自序云:"欧阳公作《蝶恋花》,有深深深几许之句,予酷爱其语,作庭院深深数阕,其声即《临江仙》也。"是清照曾作数阕《临江仙》,此阕起处相同,或亦清照作也。(江苏文艺出版社1959年版)

四、王学初《李清照集校注》卷一:按此首泛咏梅花,情调与另一首完全不同,未必同时所作。《乐府雅词》李词亦未收此首。《梅苑》以此首为曾子宣妻词,《花草粹编》以为李易安词,俱不详所本,存疑为是。

五、黄墨谷《重辑李清照集》:此词《花草粹编》作李词,《梅苑》作魏夫人词,其他宋代总集均未录,且词笔劣陋,半塘老人《漱玉词》注:此首亦似伪作,乃借前《临江仙》调模拟为之者。兹不录。

六、周笃文:……据《草堂诗馀》所引,在这一组《临江仙》之前,李清照缀有小序,对词作的缘起有所说明。序云:"(略)。"可知乃是刻意仿效欧阳修迭字佳构而作的。然而却写得风致嫣然,没有一点斧凿痕迹。这首词以咏梅为题(《花草粹编》调名下本有"梅"字),人花合写,把闺人幽独的离思与韶华易失的怅惘,极其高华而深至地表现了出来。"庭院深深深几许"起句袭用欧词,一字不改,而又融化不涩,别具意境。这种问鼎名篇的作法,表现了漱玉词人的魄力与艺术上的自信。以设问的口气一连迭用三个"深"字，能在读者心中唤起一种院宇深邃，气象雍容的声情效果。迭字用得好，却能形容尽妙，动人于不自觉之中……她不是以梅花直接比人，而是把梅花同清梦联系起来，因好梦而溯及梅花，又以"应是"云云推测之词，加以摇曳，愈觉意折层深，令人回味不尽。漱玉词富于形象之美，尤长于活用比况类形容词。如"绿肥红瘦"与此处之"别到杏花肥"等，皆能别出巧思，一新耳目。"杏花肥"犹言杏花盛开也。然而不用常语而换一"肥"字，把形容词活用作谓语，就大增其直观的美感。巧而不尖，新而不怪，真能超越凡情，别开生面。此处着一"肥"字，上与"瘦"字关合，以梅花之玉瘦，衬红杏之憨肥，益觉鲜明生动。（《李清照词鉴赏》）

七、《济南名士丛书·李清照全集评注》：这首咏梅词，托物言志，以梅喻人。表面写梅，实际上写人。写梅花运用了拟人的写法。"为谁憔悴损芳姿"、"夜来清梦好"、"无限恨"，赋予梅花以人的思想、感情和行为。说是写人，却有梅花的物态形象："发南枝"、"玉瘦檀轻"、"浓香"，真是亦花亦人，梅与人浑然一体。寄托着女主人对远离身边的心上人的深情思念，为相思而憔悴瘦损，忧心韶华易逝、红颜衰老，心上人会对自己冷落和疏远。意味悠远深长。

诉衷情[1]

夜来沉醉卸妆迟,梅萼插残枝[2]。酒醒熏破春睡,梦远不成归。　人悄悄,月依依。翠帘垂[3]。更挼残蕊,更捻馀香,更得些时[4]。

笺注:

① 诉衷情:又名《桃花水》、《试周郎》。李清照此词题旨与调名本意相近。一说调名或取自《离骚》:"众不可户说兮,孰云察余之中情?世并举而好朋兮,夫何茕独而不予听?"此说与陆游的"当年万里觅封侯"之词旨倒更相契合。

② "夜来"二句:此二句中的"沉醉"云云,当系化用《诗·邶风·柏舟》的"微我无酒,以敖以游"二句。　梅萼:梅的萼片,此处代指梅。

③ "人悄悄"三句:主要当是化用《诗·邶风·柏舟》的"忧心悄悄"等句意。　悄悄:忧愁的样子。　依依:深情留恋。

④ 挼:揉搓的意思。　捻:用手搓转,如捻麻绳,其揉搓程度比"挼"更进一层。

译文:

昨晚醉后和衣卧,卸装被延迟。头上精心插香梅,只剩萼片和残枝。酒劲儿消除,惊醒了我那香甜的春睡;美梦远去,再也无法回归。　房内人寂寥,满腹忧愁难勾销;天外明月对愁人,柔情依依。青绿色的帘帏低低垂。我只得反复揉搓这枝残缺不全的梅蕊;而要把梅的馀香捻尽,那是相当相当地费时。

159

《漱玉词》笺译·心解·选评

心解：

这首词是赵明诚做江宁知府的中后期（1127年8月至1129年2月），李清照所作的数首闺怨词之一。称此首为"闺怨词"，或有论者为之哗然，而我的这一看法是根据此词中的用典得出的。尽管这类典故像溶于水的盐一样，几乎无影无踪，但如果不从这类典故说起，就很难了解作者的内心，遂误以为词人之借酒浇愁至于"沉醉"，完全是思念故国故家所致。这是作者用的障眼法。

词的起拍二句所化用的"微我无酒，以敖以游"之句意，古今的理解多有分歧。但词人很可能是受到刘向《列女传》的影响，相信《柏舟》篇是一女子所作。平心而论，词人果真这样理解，要比汉唐某些旧解更切实际。尽管李清照不大可能见到朱熹《诗序辨说》对《柏舟》题旨的见解，说朱熹受到李清照的影响也很悬，可能性比较大的是不谋而合。朱熹不仅以为《柏舟》确系女子所写，并进而指出：此系妇人不得于夫而作。这简直是说出了李清照不敢明说的内心怨言。惟其不敢明言，才在起拍借用"微我"二句委曲道之。"微我无酒，以敖以游"二句，在《柏舟》篇的原意是：不是要喝没有酒，也不是想游无处游，而是我心中别有隐忧。李清照笔下的"夜来"二句则意谓：昨夜我喝得沉醉不醒，以致首饰卸迟、梅妆凋残，那是因为我正像《柏舟》篇的作者一样，心中亦有隐忧的缘故。

"酒醒熏破春睡，梦远不成归"二句的表层语义是说，酒劲儿渐消，梅花的浓香将我从春睡中熏醒，使我不能在梦中返回日夜思念的遥远故乡，而其深层语义则当是这样的：梅的香气把人熏醒，不得返回故里重温往日夫妻恩爱的美梦。对于这种解释很可能有不同看法，

160

诉衷情

认为这是无视此词的思想意义，把李清照的家国之感，竟说成儿女私情！

不能这样看。不是说词人不忧国不思乡，而是按照她词"别是一家"的观念，其忧国思乡等能够摆到桌面上的庄重情思，主要是诉诸诗、文。在赵明诚去世之前的现存《漱玉词》中，除了二三首风物、时令词和仅见的一首寿诞词，其他几乎全是抒发儿女私情，何况《诉衷情》这一词调又名《桃花水》，李清照此词所承续的当是《花间集》中毛文锡的两首同调儿女情事词。

在这里有必要赘言的是，解读《漱玉词》有一点须特别留意，即李清照与男性作者很不一样。他们往往把政治抱负托之于"美人香草"、把怀才不遇寓之于儿女情怨。如果说秦少游把他日思夜想的"苏门"师友，有意说成是他与"玉楼"佳丽和"东邻"靓女的藕丝之连，那么，李清照则往往故将其内心怀恋的伉俪亲情，托之以故国旧家之思。再者，作为解读此类作品钥匙的，更有一段马克思的人情味很浓的名言，其大意是：痛苦中最高尚、最强烈、最个人的，乃是爱情的痛苦！此词的结拍更加雄辩地说明，如果是国破家亡之痛，她哪能眼巴巴地用消磨时间来等待痛苦的缓解呢？很显然，在这里作为思妇的主人公，她手捻"馀香"，所等待的只能是"良人"！

"人悄悄"当是化用《柏舟》篇的"忧心悄悄"之句意，极言忧愁之深。如果把"人悄悄，月依依，翠帘垂"合解，其意当是：帘幕低垂，明月多情，照我"无眠"。如果以流行语译之则是，你问我忧愁有多深，明月知道我的心！

"更捻残蕊"，看来是以冯延巳《谒金门》一词所刻画的那个"终日望君君不至"的宫女的"手捻"之物为典的，只不过宫女的纤手所揉搓的是"红杏蕊"

161

罢了。

此词的最后三句意思是,作者用揉搓残梅来消磨难熬的时光。言外之意当是:从沉醉到酒醒,从天黑到夜深,丈夫迟迟不归,词人则想方设法拖延些时间,殷切等待。李词之于冯词等既有借取,更有发展,她在自诉"婕妤"之怨时极为含蓄空灵。同样是"望'君'",无言地等待更深沉、更耐人寻味——因为眼下词人的心事远不止丈夫对她本人情意如何的问题。在实际生活中,赵明诚已不同于当初的那个重情笃学的夫君加"同志"的"武陵人"了。"六朝金粉"之都的靡丽繁华之景,不仅使他沾染了纨绔之习,更叫她脸上无光的是他还曾"缒城宵遁",即临乱逃脱等。在一定的时代和心理背景下,李清照的这首《诉衷情》,不仅比《柏舟》、"花间"、南唐诸作有青蓝之胜,究其底蕴,其中兼含多种伤心断肠之事,这比单纯的"婕妤"之叹更为难堪。

选评:

一、刘逸生《宋词小札》:整首词写的就是这些。你看,事情有多么琐屑,而写来却多么细腻,表达的人物感情又何其曲折幽深,耐人寻味。不知道这首小词是不是为了寄给她丈夫的。可以想象,假如赵明诚读了它,决不会不受感动的。妻子这一缕细微委宛的柔情,难道会比"帘卷西风,人比黄花瘦"更逊色吗?

二、王延梯、胡景西《〈诉衷情〉赏析》:……写梦远思乡之情的作品,在李清照的词作中并不少见。这一首则以细腻的笔法塑造栩栩如生的人物形象见长。词一开章,就是沉醉而卧的自画像。"卸妆迟"、"插残枝"这些细节描绘增强了酒醉时人物形象的真实感。梦醒后的形象,是通过环境的勾勒和人物的举止动作来塑造的。"人悄悄,月依依,翠帘垂",及"更挼"句不仅把人物外在的动作神情刻画得惟妙惟肖,而且把人物灵魂中的内在因素发掘出来,从而使人物形象完整统一,有血有肉。(《李清照词鉴赏》)

三、平慧善《李清照诗文词选译》:本词上阕写梅香熏破春梦,归梦被扰;下阕写梦醒后百无聊赖的心情。表面上看,未写一个愁字,似乎只是有些幽怨的情绪,实际上处处都有愁意。以酒浇愁,以致沉醉;归梦不成,怨梅正是怨故土难归;春夜无眠,百无聊赖,最后三句不是表现词人热爱梅花的心情,而是通过单调连续的下意识的动作,表现词人月夜中愁结难解的心情。"梦远不成归"是本词的点题之句,读者可以从中体会到愁绪之所在。残梅则是词人用来表达种种情绪的引线。本词不是咏残梅的咏物词,而是抒发思妇愁绪的抒情词。

四、孙崇恩《李清照诗词选》:这首词,上阕描写从沉醉到酒醒时的情景。起头两句勾画沉醉而睡的形象,后两句描述醒后梦中乡思的神态。笔墨工致,形神毕现。下阕刻画梦醒后的动态与心态,起笔"人悄悄,月依依",寓情于景,情景交融,对偶工致,含情深微,既是环境描写,又是人物刻画。"悄悄"既表现了女词人孤寂难耐和夜不能寐的情思,又显现了环境的寂静;"依依"既表现了明月中空,缓缓而移的情景,又似对人洒落无限情意,暗含女词人的乡思之情。"翠帘"一句,一个"垂"字更增加了环境异常沉寂的特点。结尾连用排句,别开生面,细腻地描写了女词人在特定环境中的心理情态美和行为动态美。"更挼残蕊,更捻馀香"既描写了女词人爱梅惜梅的连续有序的动作,又刻画了女词人怀乡忧国的绵绵情怀。

五、刘瑜《李清照全词》:金昌绪《春怨》,使女

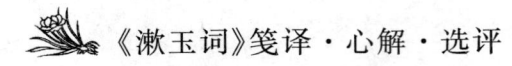

主人惊觉的是黄莺的歌唱声。岳飞《小重山》"昨夜寒蛩不住鸣,惊回千里梦,已三更",使主人公惊梦的是蟋蟀的鸣声,总之破梦的是音响,是听觉受到强烈刺激的结果。但是在诗词里写花的馨香强烈刺激了人的嗅觉,而使人的美好梦境受到破坏,这不能不说是个创造,是个发展,十分新鲜……(山东友谊出版社1998年版)

鹧鸪天

寒日萧萧上琐窗①,梧桐应恨夜来霜。酒阑更喜团茶苦②,梦断偏宜瑞脑香。　　秋已尽,日犹长,仲宣怀远更凄凉③。不如随分尊前醉④,莫负东篱菊蕊黄⑤。

笺注:

① 萧萧:冷落萧索的样子。　琐窗:雕刻有连环图案的窗子。多本作"锁窗",似以"琐窗"为胜。
② 酒阑:据《史记·高祖本纪》裴骃集解:"阑"是稀的意思,说是饮酒的人一半离开,一半还在,叫做"阑"。这里当指饮酒过多或借酒浇愁。团茶:这里指一种特制的贵重茶饼。对于团茶的成色,欧阳修《归田录》卷二有记载。
③ 仲宣:王粲字,东汉山阳高平(今山东金乡)人。以诗赋见长,"建安七子"之一。十七岁避乱往依荆州牧刘表,因其貌不扬、体弱多病,不被重用,作《登楼赋》抒发思念故乡和怀才不遇的失落感。
④ 随分:随便。　尊前:指宴会上。尊:同"樽"。
⑤ 东篱菊蕊黄:化用陶潜《饮酒二十》其五的"采菊东篱下"。

译文:

初冬无精打采的日光,升上雕刻着图案的琐窗。梧叶过早飘落,它应该痛恨昨晚的降霜。借酒浇愁和饮酒过量者,更加喜欢饮用苦味浓郁的团茶;从睡梦中醒来,最宜人的气味发自瑞脑香。　　秋天虽已过完,时日还相当漫长。(眼下的我)比当年思乡念远的王粲,更加悲苦和凄凉。为了解忧,何不去尽情饮酒一醉方休;不要辜负了东篱边盛开的菊花和它那鲜艳可爱的娇黄。

心解:

此首有的语句颇像是为悼亡而作,那么它就极有可能写于宋高宗建炎三年(1129年)秋、赵明诚逝世不久。词的基调相当低沉,其中既有身世之叹,亦有家国之念。如果说《淮海词》中多有将身世之感打并入艳情之作,那么李清照此词则是一首将身世之叹打并入家国之思的作品。她的这类词的意义还在于突破了作者原有的诗、词界限,使家国之念在被儿女隐情所盘踞的《漱玉词》中,开始占有重要空间。

词之首句以"寒"字形容日光,加上第二句的霜打梧桐之景,这不仅指在时令上已至初冬,夜霜对于"梧桐"的摧残,更有着明显的象征性,即她已成了"梧桐半死"的未亡人。所以,即使住着精美的房舍、饮用着高档酒水的女主人,在精神上仍然十分痛苦,以致感到度日如年!

现存《漱玉词》中,至少有两首涉及王粲。另一首就是北宋时所写的《满庭芳》。那时作者尚无家国之念,她的心情与作《登楼赋》时的王粲不一样,故云:"又何必、临水登楼。"而此时的李清照不仅与王粲一样有着强烈的家国之念,更平添了当年王粲难以想象的"嫠妇之忧"!所以下片的"仲宣怀远更凄凉"一句,实际上是讲她自己当时的处境比王粲更"凄凉"。

结拍的"东篱菊蕊黄",承上句的"随分"醉酒之意,令人深感词人的万般无奈。她既想旷达饮酒以避乱世,提到"东篱"又怎能不想到其"黄花比瘦"之句

鹧鸪天

所隐含的另一种身世之戚!

选评:

一、平慧善《李清照诗文词选译》:此词当作于南渡以后。以悲秋开头,"寒日"二句,极言秋日萧条。下面既饮闷酒,又烹苦茶,梦断难眠,瑞脑香浓,是词人寂寞的秋晨生活的反映。"更喜"、"偏宜"是词人自我宽慰,不能作正面理解。上片情景相生,下片直抒胸臆。以王粲思乡,点明词人悲秋的原由。在唱出"更凄凉"的悲音后,结拍二句突转,以悲秋始,醉秋终。须知强解愁容,愁容难解,人儿孤独凄苦之情更浓。但妙在含蓄,词人不写尽而让读者意会无穷。醉酒东篱的黄昏又与"寒日萧萧"的清晨相呼应,构成一完整的抒情画面。

二、杨海明:这首词就不仅是一首普通的悲秋之作,而且是一首"伤心人别有怀抱"悼亡之作。拿这把钥匙来开这首词的词境,我们就可以豁然开通:"寒日萧萧上锁窗,梧桐应恨夜来霜",其第二句暗化贺铸的悼亡名句"梧桐半死清霜后,头白鸳鸯失伴飞"(《鹧鸪天》,一名《半死桐》),同样表达了她悼念亲人的悲苦心情。因之接下来"酒阑更喜团茶苦,梦断偏宜瑞脑香"两句,"茶苦"和"梦断"二语,也都暗寓着亡夫之痛……"酒阑更喜团茶苦"。难道真的是这样吗?非也。此喜实乃一种生理上的快感:饮酒之后,苦茶最宜解酒也;而实质在心理上,却无论是借酒浇愁的独酌和解醉饮茶的独啜,其内心世界都是苦涩的,所谓"如人饮水,冷暖自知"。所以下句"梦断偏宜瑞脑香"也就同此写法:"梦断"者,好梦已断、斯人长逝也;但梦醒之后,却又"偏宜"燃香独坐、默默沉思,这里同样写出了她内心的孤寂。故而这两句词句,一方

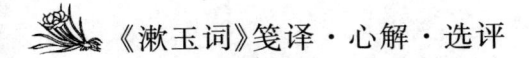

面写她士大夫式的生活情趣；另一方面却又"波峭"地写出了她怀念亡夫、独栖空房的苦闷；与上两句词语，便组合成了一种深悄清冷的悼亡词境……（《李清照作品赏析集》）

菩萨蛮①

风柔日薄春犹早②,夹衫乍著心情好。睡起觉微寒,梅花鬓上残③。　　故乡何处是?忘了除非醉。沉水卧时烧④,香消酒未消。

笺注:

① 菩萨蛮:又名《重叠金》、《花间意》、《梅花句》等。对于这一调名的来历,众说纷纭:其一以为创于唐开元、天宝间,而云《菩萨蛮》其调乃古缅甸乐,开元、天宝间传入中国,因李白为氐人,幼时即受西南音乐影响。开、天年间李白流落荆楚,路经鼎州沧水驿楼,登楼远眺,触发故乡之思,遂以故乡之旧调作《菩萨蛮》词(参见近人杨宪益《零墨新笺》之说)。其二以为敦煌曲《菩萨蛮》为唐德宗建中(780—805年)初年所作。其三以为创于唐宣宗(847—859年)时。这一词调中,除了最早无名氏(一说李白)所作首句"平林漠漠",还有辛弃疾的题为《书江西造口壁》(郁孤台下)最为著名。
② 风柔日薄:指春风、阳光和煦宜人。
③ 梅花:这里当指插在鬓角上的春梅。李清照常以鲜花(尤其是梅)为头饰。
④ 沉水:即沉水香,一种熏香料。

译文:

风儿轻柔日微寒,初春乍到时光尚早。刚刚换上一件崭新夹袄,心情也算好。一觉醒来,只感有点儿凉意和微寒。插在鬓角上的梅花,香气消散、它的花瓣也已经凋残。　　何时才能回到故乡、走哪一条路才是?忘了回乡心切,除非喝得酪酊大醉。躺卧时总把熏香点上，让它慢慢燃烧。熏香燃完气味已散，而酒意却迟迟未被抵消。

心解：

这虽然是南渡以后的作品，但从中却读不出泉路相隔的悼亡之意。又因词人离开青州南去，首先到达的是江宁（后改称建康）。李清照居江宁只有一年多，那么此词当作于赵明诚罢离江宁以前。赵于南宋建炎三年（1129年）二月被罢，三月迁离。这段时间即可作为李清照此类词写作的下限。

南宋初年，自然界的早春，东风柔和，天气渐暖，乍换春装，女主人公的心情也很好。一觉醒来略感寒意，插在秀发上的梅花也已凋残。为了解脱思乡的烦恼，她便有意醉酒。睡卧时点上沉水香，而在熏香燃尽之后，主人公还在沉睡之中——这便是寓目可知的此词的表层语意。

上片的"睡起觉微寒，梅花鬓上残"二句，既表明主人公盛装而卧，又似有春睡"凉初透"之怨。那么词人的心态，又与填写前面《诉衷情》时相仿佛，只不过这层意思更加委婉含蓄罢了。

此首特别值得玩味的是词的结句——"香消酒未消"，它似乎意味着作者"但愿沉醉不愿醒"，因为只有在沉睡中才能缓解破国之痛，这是一种极为深沉的爱国情愫，其与此词的结穴之处"故乡何处是，忘了除非醉"，洵为同一机杼。

选评：

一、俞平伯《唐宋词选释》：上片措语轻淡，意思和平。下片说故乡之愁，一时半刻也丢不开，除非醉了。又说，就寝时焚香，到香消了酒还未醒。醉深即愁重也。意极沉痛，笔致却不觉其重，与前片轻灵的风格相一致。

二、曹济平《〈菩萨蛮〉赏析》：这首词是李清照南渡后眷念沦陷的北方故乡而作的。在我国浩瀚的古典诗词中，不知有多少诗人墨客吟唱过思乡之情，逐渐地形成为习见的题材，历来传诵的佳作也很多……然而李清照这首词作的艺术构思又有不同，它蕴含着南宋时代的特征而别具新意。(《李清照词鉴赏》)

三、平慧善《李清照诗文词选译》：此词抒发南渡后的思乡之情，却从心情好写起，早春给人带来了喜悦之情，这对抒发乡情起了反衬作用。三、四句妆残、人寒、心境转换。"故乡何处是？忘了除非醉"，语气突转，充分表达对沦陷故土的强烈思念之情。接写浓郁的沉香已消散，而酒意尚存，说明昨夜醉意之甚，但酒醉微醒，词人就发抒乡思，可见不思量之不可能，表示"醉后也难忘"。这与李白的"举杯消愁愁更愁"相仿佛，但在表达上委婉含蓄，与前两句结合在一起，耐人寻味。

四、孙乃修：根据这首词本身看来，很可能写于李清照南渡后。词中写的是一种思乡的浓愁，颇耐思味。当时正是早春时节，天气温和，风光柔丽，女词人刚刚卸去冬装，换上夹衫，心情轻快而又愉悦。这是美好的大自然给词人心灵投上的一抹明亮的色彩。女词人睡起，感到几丝寒意，鬓上的"梅花"也已残破。上阕四句，委婉地透露出来的是一种含蓄、朦胧、带有几分凄冷的心境和幽细的愁思；女词人先淡淡几笔轻轻拈出了春"寒"和花"残"这样的审美感觉，放在读者的心头，通过这种"微寒"之感和残破的"梅花"意象，巧妙地闪射出她心灵深处的某种不如人意但又难言的惆怅之感。一位心灵触觉极为敏锐细腻的知识女性对良辰美景的复杂感触在这里已微露端倪。李清照在表达自己的这种思乡心绪时,很讲究笔法和技巧。全词风格婉约、含蓄,深沉、强烈的情绪并不施以浓墨重彩,却以清淡、省简的文字轻描淡写,情感表达得强烈而又有羁勒,陡然从心灵深处涌出,但随即又轻轻一笔打住,使这短短的一首小词在情感表达上产生一种起伏和跌宕,形成美感上的节奏。上阕的情感,一路平稳而冲淡,下阕劈头便是"故乡何处是",使前面那一路冲淡的情绪顿起波澜。而上阕那种乍着夹衫的好心情,到了下阕也陡然一变,跳到思念故乡的一怀愁绪上来。这种情感上的节奏和突变,无疑具有诗词创作和审美欣赏上的美学意义,但从另一方面看,也实在是女词人复杂、深刻的精神心理的真实显示。这首词相当深刻、有力地揭示出女词人灵魂深处的悲愤、不安和强烈的思乡情绪。细心的读者不难透过女词人深闺中袅袅香雾、沉沉酒杯、昏昏醉意而窥见那颗与民族命运共存亡的崇高心灵。(《李清照作品赏析集》)

五、孙崇恩《李清照诗词选》:这首词从语言、内容、风格等方面看,亦应是李清照南渡后居建康时的怀乡之作。上阕起笔写"风柔日薄"早春景色特征及"夹衫乍著"的美好心情;接着跌出"睡起觉微寒,梅花鬓上残"二句,跌得有致,形神俱现,表现了由喜转悲的心态。下阕运笔有力,首起"故乡何处是"一问极有情,答以"忘了除非醉"显得极沉重;接着宕出"沉水卧时烧,香消酒未消"二句,宕而深婉,似断又续,表现了又由悲到更悲的心态。全词乍看平淡,细味深婉,层层深入,跌宕有致,惟言沉醉能忘乡愁,越说明乡愁沉重,从而深入地表现了女词人深重的故国之思和怀乡之情。

菩萨蛮

归鸿声断残云碧,背窗雪落炉烟直。烛底凤钗明,钗头人胜轻①。　　角声催晓漏②,曙色回牛斗③。春意看花难,西风留旧寒。

笺注:

① 人胜:剪成人形的首饰。《荆楚岁时记》:"正月七日为人日。以七种菜为羹,剪彩为人,或镂金薄(箔)为人,以贴屏风,亦戴之头鬓。"　人、胜:皆古人于人日所戴饰物,始于晋唐。详见李商隐《人日》诗。
② 角:古代军中的一种乐器。此处含有金兵南逼之意。　漏:古代滴水计时的器具。
③ 牛斗:与"斗牛"同。两个星宿名。

译文:

归雁叫声已中断,天上云彩渐消散,晴空如澄碧。后窗外雪花飘落,炉烟笔直。烛光下凤凰形的首饰耀眼鲜明,人日应时饰物又俊又轻。　清晨号角阵响,声催滴漏,曙色中,随之运转的两颗星宿牛和斗。春天到来,想看鲜花难上难,西风劲吹,留有冬日的严寒。

心解:

此首作于词人避难江宁期间。

在正月初七"人日"节这一天,词人在阴沉的天空中目送归鸿,而且直到雁群飞远、听不到声音为止,莫非她是想托大雁带去她的一片乡情?从后窗看出去,但见雪花在纷纷飘落、炊烟袅袅直上。白天就这样随着一腔浓重的乡情远去了。晚上点燃灯烛，钗头凤闪闪发光，应时的首饰人胜显得很轻巧。

然而这一夜并不平静，不时传来军中的号角之声，直到天已放亮，牛、斗两颗星宿渐渐隐去。本来人日过后，春天来临，百花竞放，但是今年却西风劲吹，寒气未消，百花难以开放。这是字面上的意思。内在含意当指军乐声声，敌兵紧逼，江宁危机，往日平静安定的生活难以为继。

选评：

一、潘君昭：这首词写作者南渡后，在异乡度过人日（正月初七日）的景况，以及由此而引起的思乡念人之情。下片写次日晨景。远处的号角声催开了晨幕，铜漏也表明已到拂晓时分，曙光布满楚天。这是作者从睡梦中醒来以后的情景……"回"字形容黑夜逝去，晓色方开的光景。结尾两句，描写在晨光之下，倚楼远眺，但觉西风劲吹，春寒料峭，四周萧然，百花不发，这里不仅指景色，也是呼应首句，暗喻南渡以后小王朝偏安不振的局面；一年伊始，在寒凝大地的氛围中，作者联想到国事和自身遭遇，心情格外沉重。（《李清照词鉴赏》）

二、徐培均：……望归鸿而思故里，见碧云而起乡愁，几乎成了唐宋词的一条共同规律。然而随着词人处境、心情的不同，也能写出不同的特色……"归鸿声断"是写听觉；"残云碧"是写视觉，短短一句以声音与颜色渲染了一个凄清冷落的环境气氛。那嘹嘹亮亮的雁声渐渐消失了，词人想寻觅它的踪影，可是天空中只有几朵碧云。此刻的情绪自然是怅然若失。稍顷，窗外飘下了纷纷扬扬的雪花，室内升起了一缕炉烟。雪花与香烟内外映衬,给人以静而美的印象。"炉烟"下着一"直"字,形象更为鲜明,似乎室内空气完全静止了,香烟垂直上升,纹丝不动……(《唐宋词鉴赏辞典——唐·五代·北宋》)

三、平慧善《李清照诗文词选译》:此词写在异乡过人日(正月初七日)的情景。上片首句写鸿雁归来,声断碧云,借景抒情,寄寓对故乡的深切思念。一二句写室内外之景,暗写主人公目送鸿雁,愁对炉烟。三四句借饰物写人,表现节日的特点,并点出已由白昼转入夜晚。下片一二句写由黑夜转到黎明,以听号角,见曙色,暗示抒情主人公未能安眠。三四句写早春还寒的时令,又暗写人物心情,寓情入景,并与首句呼应。全词着力渲染凄凉的环境气氛,并通过时间的推移,抒写深切的乡关之思,表达飘泊异乡的悲苦心情,虽无一个愁字,却处处写愁,含蓄深沉。

四、唐玲玲:……艺术语言的精确优美,在这首词中也令人叹为观止。"断"、"落"、"催"、"回"等词语在词中所显现的功力,起到了人工天巧的艺术效果。"断"字反映碧空的广阔,雁声的凄厉;"落"字显示环境的轻蒙宁静;"催"字、"回"字是表现时间的转移;"看"字表达心灵的动荡;"留"字传达人物对春寒的感受。词中用字,十分贴切地呈现了人物的细腻感情。李清照以准确精美的词语,描写人物的心灵世界的细微变化,使词章蕴含的诗意更加浓郁,更加传神。(《李清照作品赏析集》)

五、孙崇恩《李清照诗词选》:这首词,从语言、意境、风格上来看,当是李清照南渡之初的作品,不似有人所说"年轻玩赏之兴很浓时"的作品,其中更无"童心跃然"。上阕写初春室内外的凄清景象以及词人夜不能寐的生活情景,下阕写黎明时天上地上的景象以

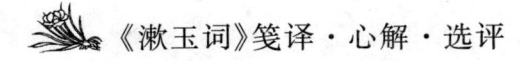

及词人沉寂惆怅的生活情景。全词从傍晚到深夜以至天亮，从寥廓的天空到狭小的居室以至枕边，描写细腻，错落精致，情景交融，境界开阔，语意深婉，一波三折，表现了女词人南渡后在凄清岑寂的环境下的沉寂惆怅之情和寂寞乡思之苦。

南歌子①

　　天上星河转②，人间帘幕垂。凉生枕簟泪痕滋③。起解罗衣，聊问夜何其④？　　翠贴莲蓬小，金销藕叶稀⑤。旧时天气旧时衣，只有情怀、不似旧家时⑥。

笺注：

① 南歌子：又名《断肠声》等。一说张衡《南都赋》的"坐南歌兮起郑舞"，当系此调名之来源。而李清照此词之立意，则与又名《断肠声》合。
② 星河：银河。
③ 枕簟：枕头和竹席。　滋：增益；加多。
④ 聊问：姑且、约略寻问一下。　夜何其：夜已经到了什么时候了？　其：语助词，表示疑问。
⑤ "翠贴"二句：指女主人公罗衣上绣制的花纹，因多年穿用，金线已经磨损，鲜艳的花纹已经褪色、所绣制的莲蓬及荷叶也变得小而稀疏。
⑥ 情怀：心情。　旧家：从前。"家"为估量之词，与作世家解之"旧家"不同。

译文：
　　天空中银河不断变动、星移斗转，人世间的帘幕却一动不动地低低下垂。枕、席变凉，泪水更多地流淌，一片湿滋滋。和衣而睡，醒来脱去绸缎外衣，随即问道："夜已到何时？"　　这件穿了多年的罗衣，用青绿色的丝线绣制的莲蓬已经变小；用金线绣制的荷叶颜色减褪、变得单薄而疏稀。每逢秋凉，还总是换上这件罗衣。惟独人的心情不像从前舒畅适时。

心解：

这首词作于南宋建炎三年（1129年）深秋、赵明诚病逝后不久的一段时间。词的结拍虽有"旧家"字样，但此处并非以家喻国，而是一首悼亡词。词中的每一句，都与作者丈夫生前的情事有关。在李清照二十二三岁写《行香子》词时，已经出现了"人间天上"的字眼儿。那时她把自己被迫与丈夫分离比作被天河隔开了的"牵牛织女"。斗转星移，如今与丈夫霄壤之隔，自己成了"人间"的嫠妇。卧房帘幕低垂，独住寡居。词人和衣躺在床上，回想丈夫在世时一幕幕情景，不禁泪如泉涌，湿透了深秋里凉飕飕的竹子枕、席。眼下她和衣睡到半夜三更，被凉气冻醒，一面解衣就寝，一面问——现在什么时辰了？

不管是在青州的归来堂，还是在莱州的静治堂，这对夫妻夜生活的主要内容都是编纂、读书、斗茶……在莱州时，赵明诚"每日晚吏散，辄校勘二卷，跋题一卷"。看来工作量相当不轻，而明晨还要早起到任所应卯。思路机敏而又善戏谑的李清照，很可能借《诗经·庭燎》中的赞美"君子"之意，夸奖一番自己的丈夫如何勤政笃学，丈夫又如何把自己看做事业上最得力的助手。这一切都意味着她在被丈夫一度疏远后，又恢复了应有的和谐，氛围变得更加温馨难忘。但是眼下，"罗衣"上原来绣的翠绿色的莲蓬，已经磨损得剩下很小的花纹了，用金线绣的藕莲，也是花褪叶稀。虽然每当秋凉之时还总是穿上这件衣服，但心境与从前却大不一样了。也就是说，李清照通过这首词，将思念亡夫的种种"情怀"，寄托在一件绣着莲蓬、藕叶的"罗衣"上，而且写得十分妙合自然，又深情动人。

南歌子

选评：

一、王学初《李清照集校注·后记》：词里面的"旧时天气旧时衣。只有情怀、不似旧家时"、"如今也，不成怀抱，得似旧时那"这些句子里的"旧时""旧家时"，主要是回首她自己的过去，但也并不排斥某一些同时回忆国家民族繁荣景象的成分。李清照这些作品，假使是在北宋时期写的，那就没有多大意义，必须又作别论了。可是，现在还没有理由和根据来怀疑它们不是写于南宋时期的。（人民文学出版社 1979 年版）

二、蔡义江《说〈南歌子〉》：……因而我们有理由认为此词作于南宋高宗建炎三年（1129 年）秋赵明诚卒于建康之后，从词中所表露的追怀自伤情绪来看，大概年代不会很晚……"天上星河转"，是说夜深；银河随着时间的逐渐消逝，不断地转移着位子。"人间帘幕垂"，是说人静；家家户户都放下重帘帷幕，悄悄地入睡了，而自己却醒着，不能入梦。这才看到"天上星河转"的景象。写出自己的寂寞孤凄，意兴阑珊。晏几道有《临江仙》词写怀人的苦情说："梦后楼台高锁，酒醒帘幕低垂，去年春恨却来时。"这里"帘幕垂"句，与晏词境界相似，或者正是化用其意的。词人在室内枕上遥望着星河横斜的夜空，心里在想着什么呢？那一定是抛下她而去往"天上"、让她独自留在"人间"的她的丈夫赵明诚了。天上的牛郎、织女还能隔着银河一年一度相会，而他们却永无见面之日，真成"天上人间"了。这起头两句用"天上"与"人间"作对仗，也并非是任意为之的……夜凉与解衣，好像都是随意写到的，其实不然，下阕词意全由此生出，这里先作一逗引，在结构布局上，很有心机，针线也极细密。《诗·小雅·庭燎》："夜如何其？夜未央。"这大概是"夜何其"一语的最早出处。《诗经》说"夜如何其"就是"夜如何"的意思。朱熹《诗集传》解曰:"王将起视朝,不安于寝,而问夜之早晚曰:夜如何哉?"后来诗多五七言,"夜如何其"四字,不便用于诗,变省略为三个字。可以省去语助词"其",而作"夜如何",如杜甫《春宿左省》诗:"明朝有封事,数问夜如何。"也可以省去"如"字,而作"夜何其",如旧题《苏子卿(武)诗》:"征夫怀往路,起视夜何其。"李清照所借用的就是汉诗中的语词,但与前人的用意都不同。她并非有什么要紧事,必须早起而怕睡过了头,而是出于烦恼,迟迟未能入睡。所以说"聊问",不过是姑且问问而已。如果探讨她这样问的动机,无非是嫌这难以成寐的秋夜太长了,希望时间能过得快些……这罗衣成了往日美好生活的见证。也许,这是深情的丈夫出于爱怜而特意为她购置的;或者是她为了取悦丈夫而亲自精心制作的。它勾起了种种往事的回忆……这里说"旧时",并非泛指从前任何时候,而是她回忆中与她丈夫在一起的某一特定的时间。那时,也是这样的夜晚,也是这样的天气,而且自己也穿着这件衣服。"旧时衣",既点明上两句所描写的是衣服,呼应上阕的"起解罗衣",又补出这罗衣"旧时"曾著。眼前所接触到的客观事物,与旧时有某种相同,这使回忆变得清晰,联想变得具体,同时也使感情变得更为强烈了。而这种种相同,在文势上又有力地反逼下文情怀之不同,直揭出全词的中心意思:想当初,夫妻恩爱相处,心情是何等欢畅,与此日伶仃孤苦的恶劣情怀相比,真有天壤之别了。全词用笔细腻、缜密、从容、蕴蓄,写得情致宛转,凄恻动人,足以代表李清照词的婉约风格。(《李清照词鉴赏》)

三、陈长明:……"翠贴"、"金销"皆倒装,是

南歌子

贴翠和销金的两种工艺，即以翠羽贴成莲蓬样，以金线嵌绣莲叶纹。这是贵妇人的衣裳，词人一直带着，穿着。而今重见，在夜深寂寞之际，不由想起悠悠往事。"旧时天气旧时衣"，这是一句极寻常的口语，惟有身历沧桑之变者才能领会其中所包含的许多内容，许多感情。"只有情怀不似旧家时"句的"旧家时"也就是"旧时"。秋凉天气如旧，金翠罗衣如旧，穿这罗衣的人也是由从前生活过来的旧人，只有人的"情怀"不似旧时了！读到这里，我们似乎可以听见词人长长的叹息声。（《唐宋词鉴赏辞典——唐·五代·北宋》）

四、平慧善《李清照诗文词选译》：本词作于南宋高宗建炎三年（1129年）秋赵明诚亡故之后。上阕写秋夜伤感。首句写夜深，次句写人静，接写秋寒夜泣，词境悲怆。然后由"起解罗衣"过渡到下阕写睹物兴叹。罗衣的花纹不仅写得细致精巧，而且与秋色、心境融洽无间。"莲"谐音"怜"，"藕"谐音"偶"，以此来表达词人所引起的感触。最后三句直写，总结词意，以旧时衣物反衬非旧时情怀，悲怆已极。三个"旧"字的运用不仅不显得重复，而是更好地表现了"同中之异"，有强烈的对比作用。

五、刘扬忠：全篇结构，简单而分明。上片由景及事，下片睹物感怀。时间是秋天的夜晚，地点是寡妇的居室。在抒写层次上，因夜长天凉而失眠，因失眠而感孤独，因孤独而流泪，进而因解罗衣而忆旧，最终发出人事沧桑的深沉感喟依次而下，线索单纯，条理清楚，无起落穿插，不像她的前辈词人周邦彦和秦观那样在结构章法上变化多端、腾挪跌宕。清照在这里所赖以取胜的，主要是思想感情的真挚缠绵和语言表达的明白自然。词以对偶句开头。"天上星河转，人间帘幕垂"，寥寥十字，写出一个极为阔大的境界。用高远的"天上"对照苦难的"人间",用随季节变化而转换位置的"星河"(银河秋天转向东南方)来映衬莽莽红尘中这一间小小闺房的"帘幕",其用意在于通过拉开时空距离,以显出下文所抒发的愁恨之绵绵无边。这里虽是写景之句,然而两个动词"转"与"垂"已暗逗抒情端倪。夜深人静,人世间的芸芸众生已经沉沉入睡乡,谁也不会来观察天上银河转不转、地上帘幕垂不垂的。只有悲痛无眠的女词人,才在这万般无奈之中时而抬眼观天,时而低头望地。可见,这两句并非客观地描写自然景物,而是作者的意中之象。她熬不过这漫漫长夜,她耐不住这天高地迥的死寂,她要敞开憋闷已久的胸怀,向这广袤的空间一洒怨情了……(《李清照作品赏析集》)

六、孙崇恩《李清照诗词选》:从词意词情来看,这首词应是李清照于建炎三年(1129年)后的词作。上阕描写她孤苦凄凉夜不能眠的情景,下阕抒发她触物伤怀,今不如昔的感慨。全词寓情于景,境界开阔,情调沉郁,含蓄隽永,委婉曲折地表现了词人的身世冷落之悲。

忆秦娥①

临高阁,乱山平野烟光薄②。烟光薄,栖鸦归后③,暮天闻角④。　　断香残酒情怀恶,西风催衬梧桐落⑤。梧桐落,又还秋色,又还寂寞。

笺注:

① 忆秦娥:又名《秦楼月》、《蓬莱阁》、《双荷叶》等。相传此调由李白词"秦娥梦断秦楼月"而得名。"秦娥",一说指秦穆公女儿弄玉。
② 乱山:"乱",在这里是无序的意思。　平野:空旷的原野。
③ 栖鸦:此指归巢的乌鸦。
④ 角:古代军中的一种乐器。此处含有金兵南逼之意。
⑤ 西风:秋风。　催衬:催是催促的意思,衬,可引申为帮衬。

译文:

登临高高的楼阁,那横七竖八的山峦、空旷的原野像是笼罩在烟雾之中,透出一点微弱的光亮,很稀薄。微光稀薄,乌鸦飞回巢穴以后,黑夜里听到传来的军中号角。　　香火就要熄灭、酒也所剩无几,这光景令人内心好不悲苦凄切。严酷萧瑟的秋风,催逼、加快了梧桐的飘落。梧桐落,就是那种不愿见到的、一片衰败的景色,它是那么叫人感到孤独、冷落。

心解:

这一首的写作背景与《南歌子》相同,都是悼亡之作。此词旧本或题作"咏桐",或将其归入"梧桐门"。这是只看字面,不顾内容所造成的误解。也可以把这种误解叫做"见物不见人",因为此处的"梧桐"是作为"人",也就是赵明诚的象征。在《漱玉词》中,作者的处境及其丈夫的生存状态,往往从"梧桐"意象丰富多变的含义中体现出来。比如赵明诚健在时,她所写的《念奴娇》和《声声慢》中,分别是"清露"中的"新桐"和"细雨"中的秋桐,均不含悼亡之意。到了《鹧鸪天》(寒日萧萧)一词中,而云:"梧桐应恨夜来霜"。这仿佛意味着是"夜来霜"在催逼"梧桐",与此词所云"西风"的催逼,含义大致相同。

此首下片中的"西风",其深层语义是指金兵。据记载,在南宋初年,每当秋高马肥之时,金兵便进行南扰、东进之攻势。在李清照看来,就像自然界的"西风"吹落梧桐一样,赵明诚的英年早逝与时局和金人的催逼有关。所以"西风"句,就是以梧桐的飘落喻指赵明诚的亡故。

"梧桐落"的寓意还在于:在古典诗词中,桐死、桐落既可指妻妾的丧亡,亦可指丧夫。前者如贺铸《鹧鸪天》(又名《半死桐》):"梧桐半死清霜后,头白鸳鸯失伴飞";后者如《大唐新语》所记载的:安定公主初嫁王同皎,后又相继再嫁韦擢、崔铣。崔铣先卒。等到公主卒后,作为驸马的王同皎的儿子,奏请与其父合葬,敕旨许可。给事中夏某在反驳这一做法时,就用"梧桐半死"来指代公主第一个丈夫的亡故。

总之,解读《漱玉词》,应该特别关注"梧桐"的生存状态。

选评:

一、王学初《李清照集校注》卷一:四印斋本

忆秦娥

《〈漱玉词〉补遗》题作"咏桐"。按《全芳备祖》各词,收入何门,即咏何物。惟陈景沂常多牵强附会。此词因内有"梧桐落"句,故收入梧桐门,实非咏桐词。

二、杨恩成《读〈忆秦娥〉》:……"烟光薄"一句,是个"联珠体"的句式。它是"忆秦娥"这个词牌限定的,但又不是形式上的简单重复。特定的形式总是为内容服务的。这种重复,可以起承上启下、层层递进和渲染气氛的作用。词人正是借用这个重复的画面,把自己的临高阁时满腹惆怅的情怀再次渲染出来,使景物更富于浓厚的感情色彩,增强了抒情的艺术效果,并以这种情景为纽带,转入另一种境界……(《李清照词鉴赏》)

三、平慧善《李清照诗文词选译》:本词写秋色。上片先写远景、大景。"远山平野"句,既写杂乱的野景,又点出时间。接着由远及近,"烟光薄"当指日光淡淡的傍晚。夕阳西下之时,鸦群归宿,人未归来;画角凄清,似诉幽怨。下片写近景、小景。首句由景入情,直言"情怀恶",借酒也难消愁。写到这里,灰暗的景色同"情怀恶"关系已点明。接着又写西风吹落梧桐叶,显示草木凋零,生机窒息,渲染凄苦之情。末三句"梧桐落,又还秋色、又还寂寞"总括全篇,虚实相生,亦情亦景。

四、肖瑞峰:词的上片写登楼所见所闻。在一个秋天的傍晚,作者怀着"剪不断,理还乱"的愁思,缓步登临高阁,凭栏远眺。跃入她眼帘的竟是那样一些衰飒、悲凉的景象:缭乱的群山,平旷的原野,惨淡的烟光,以及聒噪着归巢的昏鸦。它们拼合为一幅令人伤心惨目的秋晚眺望图。有图若此,难堪已极,而作者偏偏还要给它配上撼人心魄的画外音——那在暮色中久久回荡的悲壮的号角声。号角声,不仅将作者的情思带入更寥廓的空间，而且为我们提供了捕捉作者情思的线索。由这作为背景之一的悲壮的号角声，我们无妨推测那是靖康之变发生后的兵荒马乱岁月。既然如此，联系作者靖康之变后亡国、丧夫、贫病交加、流离失所的遭际，似乎可以断言，渗透在这幅秋晚眺望图中的是一种糅合着国愁家恨的浑灏苍茫的忧伤之情。(《李清照作品赏析集》)

五、孙崇恩《李清照诗词选》：这应是李清照晚年经受国破家亡之痛，颠沛流离之苦后的词作。从内容上看，亦并非"咏桐"。上阕写景。起笔写远望，"乱山平野"，景象不堪；再写近闻，栖鸦聒噪，暮天号角，隐然有山河荒残之痛，喟然有心怀凄凉之悲。下阕言情。先写室内，"断香残酒"，已自心怀不好；再写室外，西风萧瑟，梧桐叶落，心怀更加悲凉。

渔家傲

　　天接云涛连晓雾,星河欲转千帆舞。仿佛梦魂归帝所①,闻天语,殷勤问我归何处②。　我报路长嗟日暮③,学诗谩有惊人句④。九万里风鹏正举⑤,风休住,蓬舟吹取三山去⑥。

笺注:

① 梦魂:指心有所思而精魂入梦。　帝所:原指天帝居处。这里是比喻宋高宗驻跸之地。
② 殷勤:指情意恳切深厚的意思。
③ "我报"句:意思是时光已晚而行程尚远。比喻力竭计穷,无可奈何。
④ 谩有:原意是指轻慢无分寸或空泛的意思。这里含有反讽和自嘲的意味。
⑤ "九万里"句:典出《庄子·逍遥游》:"鹏之徙于南冥也,水击三千里,抟扶摇而上者九万里",词人借以抒发其南行意向。　正举:指起飞。
⑥ 蓬舟:有一种草名叫"飞蓬",此指像"飞蓬"的小船。　三山:福州别名三山。写这首词时,赵家已先后定居广州、泉州等地。此时李清照或一度产生南去意向。

　　译文:
　　高天与云一般的海涛相接,又连着那缭绕的晨雾。像银河在旋转、又像是上千只帆船在起舞。我的梦魂好像回到天帝的居所、听到了天帝的话语——是那么恳切地询问我:"要回到何处?"　我回答说"力竭计穷,无可奈何;路途漫长,天色已暮"。"我还写过被指为轻慢欺惘而令人惊骇的诗句。"(别无去路)像迁徙于南海的大鹏鸟，借正在劲吹的风势南飞——"正举"。往东南吹的西北风不要停住、将我乘坐的小船一直吹送到别名"三山"的福州方向去。

心解：

李清照为了洗刷赵明诚身后所蒙受的"玉壶颁金"之诬，尽携家中铜器等文物，打算全部投献朝廷，便沿着宋高宗在两浙逃跑的路线追赶，而多次扑空。大约于建炎四年（1130年）二三月间，她又追踪来到了今浙江温州。这又是一次御舟前脚离开，她后脚赶到。在听到高宗曾驻跸江心孤屿的消息后，看来李清照也曾随即来到了被谢灵运描写为"乱流趋正绝，孤屿媚中川。云日相辉映，空水共澄鲜"（《登江中孤屿》）的江心屿。这里的景致很优雅，但传来的消息却很惊人：诸如自闽开来巨舟二百馀艘，高宗在定海上船，诏以亲军三千馀人相随，政府和枢府亦登舟奏事；宗子及妇女数百人分别至泉州和福州避兵；朝廷已三令五申速将祖宗"神御"（特指帝王遗像）迁往福州；先期逃往今江西的隆裕太后在洪州失陷后，也逃到了福建……今天看来，上述一切无不见于正史的记载。

正在走投无路的李清照，听到这些消息不能不考虑自己的去向。在此之前，婆母的灵柩已从建康迁往泉州，赵明诚的长兄曾官于广州、次兄已官于泉州并家于是州。这都是促使词人作南去泉州之想的重要因素，也是这首《渔家傲·记梦》写作的时代和家庭背景。除此之外，关于李清照南去的意向，还有一个被人忽略的内证，这就是词之下片的"九万里风鹏正举"、出自《庄子·逍遥游》的这一典故。"鹏"是将徙于"南冥"的，也就是由北海往南海飞，与词人

渔家傲

所向往的去"三山"或泉州的方向是一致的。所以在词中运用这一典故非常恰当,如果词人向往的是北方莱州的"三山",就不能以南飞之"鹏"为典。实际上从青州到莱州,并无云雾茫茫上接天际的水路可行,其必经之地则是她写《蝶恋花·泪湿罗衣》时下榻的昌乐驿馆。其由青州至江宁虽系南行,但"三山"不用作江宁的代称,而福州不仅是由温州至泉州的海上所经之地,而且别称"三山"。所以词的结拍"蓬舟吹取三山去"的语言意义虽然可能指渤海三神山,而其言语意义则是指福州,此其一;其二,由青州到江宁虽系"连舻渡淮,又渡江"的水路,但远不及由温至泉航行所给人的水天相连的感觉;其三,词之首句的"天接云涛连晓雾",倒很像是温州瓯江孤屿水天云雾实景的幻化。

这种幻化,还表现在词之上片的"帝所"、"天语"等用语上。字面上是说作者在梦中听到天帝向她发问,实际是她殷切企望追及、陛见朝廷的一种幻觉所致。因此,不管李清照的行迹是否到过福州和泉州,这首词的写作契机既与福州(三山)有关,更与"天帝"在人间的代表——宋高宗有关。在这之前的一二年中,词人又确实"循城远览",寻得诸如"南渡衣冠少王导,北来消息欠刘琨"和"南来尚怯吴江冷,北狩应悲易水寒"等"惊人"的诗句。此词中的"学诗谩有惊人句",当是以上创作实情的带有自嘲和牢骚意味的概括。由此看来,这首一向被认为表达理想的浪漫主义的豪放词作,却有着极为直接而深刻的现实内容。

《李清照集校注》卷一曾说:在赵明诚已死、与张汝舟离异后,"清照似曾至闽",此虽不失为一说,但却难以找到可信的依据,而其虽有过南去"三山"意向、最终未能成行的根据倒是颇为可信的：这是为当时宋、金之战的形势所决定的！在金兵相继攻破明州、定海（均属今浙江）后，原来的势头是继续南侵。可巧风雨大作，加之和州防御使、枢密院提领海船张公裕引大舶击散之。金兵退居明州，像侵占扬州时一样，焚其城，占领七十日遂后撤。不久，高宗驻跸越州州治会稽，李清照也随即来到这里。

选评：

一、清梁启超评语：此绝似苏辛派，不类《漱玉词》中语。（见梁令娴《艺蘅馆词选》乙卷）

二、夏承焘《唐宋词欣赏》：这首风格豪放的词，意境阔大，想象丰富，确实是一首浪漫主义的好作品。出之于一位婉约派作家之手，那就更其突出了。其所以有此成就，无疑是决定于作者的实际生活遭遇和她那种渴求冲决这生活的思想感情，这绝不是没有真实生活感情而故作豪语的人所能写得出的。

三、周笃文《李清照〈渔家傲〉小析》：与李清照多数词作的清丽、深婉的风格不同，这首《渔家傲》是以粗犷的笔触、奇谲的想象，对一个闪光的梦境所作的完整的叙述。它不仅在《漱玉词》中独具异彩，而且求诸两宋词坛，也是罕见的珍品。首先是构思的奇崛……其次是熔裁的巧妙……章法错综是本词的另一特点。一般中调之词，两片的安排，或写景，或言情，或泛叙，或专写，大致以停匀工稳为常格。此词则不然。从层次上看，先写天河梦游的景色，只用两句带过，这是第一层；后写叙事，一问一答，八句密衔，这是另一层。可是从分片上看，就不同了。问话三句上承写景，合为一片。答问五句却独自为片。然而，究其文意，则自"仿佛"以下八句，一气赶下，词意挺接，中间容不得换头与间隔。而是一种跨片之格。如此处理，便显得错综奇矫而不呆板，能给予读者一种既有条理而又富于变化的美感。"文如看山不喜平"，就从作者对本词章法结构的安排上，我们不是也可以看出一个艺术家的匠心吗！(《中国古典文学鉴赏丛刊·唐宋词鉴赏集》，人民文学出版社1983年版)

四、吴熊和《唐宋词通论》：……词人置身于广漠无垠的太空，不顾"路长"、"日暮"，在"九万里风"的推动下泠然作海外之行，反映了李清照不满现状，要求打破沉闷狭小的生活圈子的愿望。她希望对自己的精神世界作一番新的开拓和追求，不能作为一般的游仙之作看待。(浙江古籍出版社1985年版)

五、朱德才《〈渔家傲〉赏析》："诗言志，词言情"，"诗之境阔，词之言长"，北宋词尤其如此。它通常以写儿女风月为主，以抒发精美幽深之情为主，以写实手法为主，较少记梦游仙之作，罕见浪漫的想象和神奇的色彩。……因此，记梦游仙以述志，不独为《漱玉词》中所仅有，且也是北宋以来词坛上的一种创格。(《李清照词鉴赏》)

六、徐培均：在一般双叠词作中，通常是上片写景，下片抒情，并自成起结。过片处，或宕开一笔，或径承上片意脉，笔断而意不断，然而又有相对独立性。此词则不同：上下两片之间，一气呵成，联系紧密。上片末二句是写天帝的问话，过片二句是写词人的对答。问答之间，语气衔接，毫不停顿。可称之为"跨片格"。"我报路长嗟日暮"句中的"报"字与上片的"问"字，便是跨越两片的桥梁。(《唐宋词鉴赏辞典——唐·五代·北宋》)

七、喻朝刚《宋词精华新解》：本篇黄昇《花庵词选》题作"记梦"、今人多据此认为是一首记梦词，全词写的都是梦境。"记梦"之说似是而非,出于黄昇的臆断。关键在于对"仿佛梦魂归帝所"一句的理解。这句既可解释为梦中似乎回到了天帝所居之处;也可理解为好像做梦一样,神魂回到了天宫。仔细寻绎,似以后者更符合原意。

八、平慧善《李清照诗文词选译》:词人通过舟行大海的奇幻梦境抒发自己的志向。上阕记梦,开头两句由描绘海上景象入梦,接写飘忽回到天宫,开始仙凡对话。"归"字,表现了词人的自负,意为本是天宫中人。又以天帝的关切,开出下阕,反衬在人间的孤独寂寞。下阕连用三个典故。词人答语以求索精神与诗才自负,又借"日暮"、"谩有",表现悲观迷惘的情绪。接着,"九万里"句振起,表示要像背负青天,志存天地的大鹏鸟一样,乘风高飞远举,奔向理想中的仙境,表现了词人宏大的抱负。

九、罗敏中:这是一首言志的词。作者不满足于在文学上所取得成绩,而希望有更高的人生追求。在短短的六十二个字中,或隐或显地引用了屈原、李白、杜甫等人的故实说明自己的抱负。她对实现这一抱负是如此执着。一方面,她嗟叹"路长日暮";另一方面,她仍要求"风休住,蓬舟吹取三山去"。她也明知理想难以实现,因此,词以记梦的形式出现,并归结到缥缈的海上三神山(虚无)。此词突破了闺情和婉约的常格,呈现出豪放之风,故历来为人们称道。(《中国文学宝库·唐宋词精华分卷》,朝华出版社1991年版)

十、刘乃昌《宋词三百首新编》:此为记梦词。开篇描绘乘舟飞升所见,云雾迷茫,星移转,仙舟在银河破浪前进。次写升入天国,上帝殷勤抚问,沐浴到人间无从领略的温暖关切。过片回答上帝之语,反映词人才

渔家傲

高运蹇、年华迟暮,包蕴无限人生坎坷与艰辛。末尾宕开笔锋,表达一己欲乘长风高飞远举、驰入天界仙境之壮怀奇思。全词场境宏阔,意象奇幻,笔力劲拔,气度恢弘,一气呵成,体现出作者不甘庸碌的胸襟。气韵豪迈,前人有"绝似苏辛"之评。

《漱玉词》笺译·心解·选评

好事近①

　　风定落花深，窗外拥红堆雪②。长记海棠开后③，正伤春时节④。　　酒阑歌罢玉尊空⑤，青缸暗明灭⑥。魂梦不堪幽怨，更一声啼鴂⑦。

笺注：

① 好事近：又名《钓船笛》、《翠圆枝》、《倚秋千》。苏轼词中有"烟外倚危楼"等三首同调词，双调，上下片各四句两仄韵。《词谱》以宋祁"睡起玉屏风"一词为正体。而李清照的这一首则与苏轼同调词的"烟外倚危楼，初见远灯明灭。却跨玉虹归去、看洞天明月。　　当时张范风流在，况一尊浮雪。莫问世间何事，与剑头微映荣"，洵有青蓝之出。
② "风定"二句：意谓大风过后，落花满地。　　深：此处指"厚"。　　拥红堆雪：飘落而堆积的红、白花瓣。
③ "长记"句：当是对其少女时期所作《如梦令》咏海棠的"绿肥红瘦"云云写作心态的追忆。
④ 正：《乐府雅词》卷下作"正是"。四印斋本《漱玉词》谓："此词上段末句'是'字疑衍。"赵万里辑《漱玉词》云："按此句无作六言者，'正''是'二字，必有一衍。"依词律确衍一字，兹从多数版本，"是"字径删。
⑤ "酒阑"句：意谓灯红酒绿、歌舞升平的时光已成过去。此处指酒残（详见《鹧鸪天》（寒日萧萧）笺注②）。
⑥ 青缸：这里指油灯。
⑦ 啼鴂：此处泛指催春之鸟。

　　译文：

　　大风后落花厚又深，窗外落满了红、白花瓣，白色的犹如成堆的雪。回想多年前，窗外的海棠开过后，那

好事近

正是少女为流逝的青春而伤感的时节。　　酒饮尽,歌唱完,精美的酒杯已空空,油灯的青光忽明忽暗,快要熄灭。睡梦中也难以忍受这种潜入深心的悲怨,更何况催春之鸟的一声啼叫,其名曰"鸪"。

心解:

此首写作时间大致与《渔家傲·记梦》一词差同,均系在赵明诚谢世的翌年春天所作。亦有论者谓此词系作于赵明诚离家出仕期间。现已考定,赵之离家出仕,不是在汴京,而是在"屏居乡里(青州)十年"之后,倘把此首系于词人的中年时期,即从宋徽宗大观二年至宋高宗建炎三年(1108—1129年),这段时间称作青、莱、淄、宁时期亦无不可。因为在青州后期以及在江宁的一段时间,李清照曾经经历过人生极为难堪而痛心的时日。这段时间,其词作之基调皆不胜悲苦,其"幽怨"程度,比之此词则有过之而无不及。惟因此词之下片给人以明显的幻灭感,故将其系于赵明诚亡故之后。

词之上片写大风过后,地上满处是飘落而堆积的红、白花瓣儿。不由得使作者想起少女时代、写作《如梦令》咏海棠词时的心情。那虽然也是一个"花事"将了的"正伤春时节",如与眼下的况味相比,彼时,岂不正是唐代诗人刘禹锡所云"不应有恨事,娇甚却成愁"。

下片起拍意谓灯红酒绿、歌舞升平的时光已成过去。接下去的"青釭"之光不仅忽明忽暗,甚至自动熄灭,可见环境之冷寂阴森。其以咏海棠的《如梦令》作对比,或是有意用顺境对逆境,以衬托其人生前后况味之悬殊。词人的夫君现已亡故,又正值灯熄花落的夜晚,梦中都感到不胜幽怨,作为催春之鸟的啼鸪一声鸣

195

叫，更令人难以承受。

选评：

一、清王鹏运四印斋本《漱玉词》：此词上段末句"是"字疑衍。

二、赵万里辑《漱玉词》：按此句无作六言者，"正""是"二字，必有一衍。

三、蔡义江：……这首词首句"风定落花深"五字，可谓"看似寻常最奇崛"，其剪裁之妙，实在非工于发端者所不能。因为在常人笔下，既写花不禁风雨吹打而零落，必先写风狂雨骤之状，而作者却偏偏不落窠臼，径直从"风定"起笔。花瓣的漫天飘飞，是表现春光逝去的好镜头。杜甫《曲江》诗起手写"一片花飞减却春，风飘万点正愁人"，就极有精神。但词中也偏偏省却了，而透过这一层去，只下一"深"字，来表现花落的结果。寓动于静，静中有动。留下了多少想像馀地，让读者自由地去补足那刚刚过去的狂风无情、落红如雨的纷乱景象。恰似神龙夭矫入云，仅见其尾而不见其首。技巧是相当高明的。（《李清照词鉴赏》）

四、平慧善《李清照诗文词选译》：此词先从室内人的视角看室外景，后写室内景、室内人。首句不写狂风形状，从"风定"写起，善于剪裁。"拥红堆雪"，色泽鲜明，于渲染落花美丽中，流露哀惜之情。众花中独举海棠，不特表明时令更迭，而且感慨花木盛衰，万物兴败，在伤春中暗喻伤情。下片写伤情。室内人用饮酒唱歌排遣幽闷，愁绪更集，青灯明灭，正好衬托幽怨魂梦。啼鸠悲啼，用《离骚》诗意暗示春归，不仅诉出玉人的无限幽怨，而且与上片相应，使全词浑然一体。全词景、物、声、情水乳交融。

五、宋谋瑒：……起句不说"风紧"、"风骤"而说"风定",首先就扩大了时间的容量。"风定"正是"风紧"、"风骤"后的"风定",是包含着一个相当长的过程的。"落花"而"深","风"之狂且骤可见。《武陵春》也是一开头就说"风住尘香花已尽",不说狂风呼啸、飞红满天的过程,而只写风过后一切皆空的结果,益见词笔之蕴藉,也益见心境之悲凉。这正是易安居士习惯的手法,但这里的"落花深"比那里的"花已尽"更见含蓄。次句"帘外拥红堆雪"不是眼见而是帘内的推测想象之词,和《如梦令》的"应是绿肥红瘦"一样。"拥红堆雪"不及"绿肥红瘦"有名,但修辞手法的旖旎清新是相同的,而那里残红犹缀枝头,这里落蕊堆满庭除,同是感伤,程度大不一样。(《李清照作品赏析集》)

六、孙崇恩《李清照诗词选》：……李清照前期的词作,抒写的多为惜春惜花,离愁别恨,孤苦寂寞,怀人念远的相思和孤苦之情,不像这首词所写的风定花落,拥红堆雪,景象凄惨。又"长记海棠开后,正伤春时节",想想过去,看看现在,词人已自感慨万千,更不像这首词酒阑人散,孤灯孤影,魂梦幽怨,啼鸠悲鸣,凄苦不堪。此词所表现的当是女词人在丈夫死后的孤苦难堪和对家国之恨的凄怨。

《漱玉词》笺译·心解·选评

摊破浣溪沙①

病起萧萧两鬓华②,卧看残月上窗纱③。豆蔻连梢煎熟水④,莫分茶⑤。　　枕上诗书闲处好⑥,门前风景雨来佳。终日向人多酝藉⑦,木犀花⑧。

笺注:

① 摊破浣溪沙:又名《山花子》。原为唐教坊曲名,后用为词牌。在南唐五代时即将《浣溪沙》的上下片,各增添三个字的结句,成为"七、七、七、三"字格式,名曰《摊破浣溪沙》或《添字浣溪沙》。又因南唐李璟词"菡萏香销"之下片"细雨梦回"两句颇有名,所以又有《南唐浣溪沙》之称。双调四十八字,平韵。

② 病起:发生;得病。　萧萧:这里形容鬓发花白稀疏的样子。

③ 残月:将要隐没的月亮。

④ 豆蔻:药物名,其性能行气、化湿、温中、和胃。　熟水:当时的一种药用饮料。

⑤ 分茶:一种巧妙高雅的茶戏。其方法大致是用重茶匙取茶汤注盏中,技巧高超的"分茶"者能使盏中之茶水呈现出图案花纹,甚至文字诗句等。

⑥ 闲:这里是安静的意思。

⑦ 酝藉:原是形容一个人的宽和有涵养,这里是指桂花的令人喜爱。

⑧ 木犀花:桂花属木犀科,木犀是桂花的学名。

译文

得病后浓发变得稀疏不雅,两鬓又黑白间杂。卧于病榻仰面看,只见月光照到屋顶上的天窗纱。将豆蔻和它的外壳一同煮成药饮喝下,不必进行难以操作的分

摊破浣溪沙

茶。　平心静气安然细赏枕边诗文，不失为一种高雅的爱好；门前西湖风景美佳佳，在雨中更是人见人夸。像一个宽和有涵养的朋友，一天到晚陪伴着我的，只有学名叫做木犀的桂花。

心解：

从李清照的书序、信函和诗词中，得知她曾患过两次大病。一次是其《〈金石录〉后序》所云："余又大病，仅存喘息。"此次当因丈夫赵明诚去世，她为他料理后事，悲痛、劳累过度所致。时间大约在建炎三年的闰八月；她另一次患病，比上次更危重："近因疾病，欲至膏肓，牛蚁不分，灰钉已具。"（《投内翰綦公崇礼启》）这场大病是在她家蒙受"玉壶颁金"之诬以后，为此她曾"大惶怖"，又"不敢言"，遂辗转追赶高宗行迹，欲尽将家中所有铜器等物投进外廷，以期湔洗。追赶外廷不及，在她卜居会稽钟氏宅时，其卧榻之下的珍贵书画，又被邻人穴壁所盗。前述惊魂未定，又或因其被盗事，"悲恸不已"而致病。正在她病得"牛蚁不分"之时，一个名叫张汝舟的"驵侩之下才"，乘其之危骗了婚。词人一旦病情好转，便无法与张汝舟共处，在与之离异过程中，又蒙受种种毁谤，以致身系大牢……在这一切苦难终究过去、重病初愈之时，李清照写了这首词，记录了她在某一天继续服药治疗的养疴生活。故此词约写于宋高宗绍兴二年（1132年）八九月桂花飘香之际，地点当在杭州西湖一带。

尽管写这首词时，作者至多五十岁，而这一年龄在古代则已被视为"晚岁"，又因其境遇过于坎坷，所以不满五十岁鬓发已经花白稀疏了。上片次句"卧看残月上窗纱"，试作如是解：或因词人曾有离异之事为世人毁谤和不解，人们都疏远她，故其从破晓醒来，直到

"终日",只能孤寂地卧榻观月、闲翻诗书以遣怀。鉴于"分茶"的技巧高、难度大,病中的词人,一则无此精力和雅兴,二则此系高朋聚会之举,这时的词人正因离异事承受着"多口"之谤,恐一时无人前来与其聚饮,故将此句解为:大病尚未痊愈的主人公只能煎豆蔻熟水以作药饮,至于"分茶"之雅举尚与她无缘。

下片起拍的"枕上诗书闲处好",可谓道出了读书三昧,所下"闲"字尤妙。"闲"可训作"安静",又通"娴",可作"文雅"、"熟习"解。"枕上诗书",安然细绎,烂熟于心,方得真赏。紧接下去的"门前"句似暗中概写杭州西湖之美。在词人看来,西湖不仅有像柳永所描写的"有三秋桂子,十里荷花"的旖旎风光;亦有苏轼所称道的"水光潋滟晴方好,山色空蒙雨亦奇"的湖山佳境,雨中西湖尤为美不胜收。但这一切只能用"门前风景雨来佳"概而言之,因为词人深知杭州西湖已经成了某些人眼中的"销金锅"和"安乐窝",如果对其美景再大加渲染,岂不更加使之贪图享乐,不思恢复!

结拍二句中的"木犀花"是桂花的学名。词人不仅将桂花拟人化,而且把它比作汉朝的薛广德,对人既宽和又有涵容。作者在她青春期所写的《鹧鸪天》咏桂一词中,曾称誉金桂"自是花中第一流"。看来,桂既是她的观赏对象,更是其理想的寄托,甚或是其人格的自况。

选评:

一、俞平伯《唐宋词选释》:写病后光景恰好。说月又说雨,总非一日的事情。(人民文学出版社1979年版)

二、周笃文《〈摊破浣溪沙〉试析》:这是一首病后遣怀之作，却写得从容暇豫，自然凑泊，没有一点蹙额锁眉之苦态。在漱玉后期作品中，可谓别具一格。《摊破浣溪沙》一名《山花子》。是将《浣溪沙》之两结七字句，破为七、三两句式。变其伶丁只句式的结尾为偶句式，仍用平韵。略加变化，便显得参差错落，活泼有态了。这首小词写了女词人的闻见与感受。时间不过一天，范围不离病榻。它没有什么动人的情节和新奇的事物。用的是平常的口语，写的是日常的生活，却章法谨严，能以淡语传神，颇饶理趣，令人回味不尽。"病起萧萧两鬓华"，首句发端有力，笔健层深，有笼罩全篇的效果。下面曰"卧看"，曰"枕上"，曰"终日"，都是从"病"字得意，为抽丝独茧，直贯篇末，一笔不懈……（《李清照词鉴赏》）

三、刘瑜《李清照全词》："卧看残月上窗纱。""卧看"，躺在床上望。与罗隐《新月》："禁鼓初闻第一敲，卧看新月出林梢"，其中的"卧看"意同。"残月上窗纱"，与魏承班《渔歌子》"窗外晓莺残月"颇似，盖写早晨的景象。"残月"，残缺的月亮。杜牧《秋夕》"天阶夜色凉如水，我看牵牛织女星"，寓意遥深。孤寂的宫女，夜间倒在床上望着牵牛织女星，心里绝对不是滋味，两星尚能一年一度一相逢，自己却常处冷宫、无机缘相见，绵绵怨愁，其何能已。作者写风写雨，笔无虚设，这里突出宫女的幽怨，凄寂的心境。此词，作者写"卧看残月"亦是别有用意的，运意深婉。"花好月圆"象征着人们的幸福美满。女主人望着残缺的月亮，心境阵阵酸楚，自己心爱的丈夫新亡，温馨的爱情生活受到彻底的破坏，自己又遭到疾病的折磨，多么像一个亏损苍白的残月。

《漱玉词》笺译·心解·选评

摊破浣溪沙

揉破黄金万点轻①,剪成碧玉叶层层②。风度精神如彦辅③,太鲜明④。　　梅蕊重重何俗甚,丁香千结苦粗生⑤。熏透愁人千里梦,却无情。

笺注:

① 黄金:此处以之喻指桂花。桂之本名曰木犀,别称桂花,亦称丹桂、岩桂、九里香等。原产我国,久经栽培,桂花的变种很多,以色泽归类,又分为金桂、银桂等。黄色的一种叫金桂。这里以"黄金"作比,所咏自然是"金桂"。

② 碧玉:此以青绿色的玉石比喻金桂之叶。　　层层:进一步作比,以更似桂叶。

③ 风度精神如彦辅:此句与前一首的"终日向人多蕴藉"之句,均系将桂拟人化,先是把它比作汉朝的薛广德,这里则比作西晋的乐广。薛广德和乐广都是雅量高致、气度不凡的正人君子,即是词人所极度崇尚的一种人格代表。　　彦辅:西晋乐广,字彦辅。《晋书·乐广传》谓其"性冲约,有远识。寡嗜欲,与物无竞。广与王衍俱宅心事外,名重于时。故天下言风流者,谓王、乐为称首焉"。

④ 太鲜明:一作"大鲜明"。在古代"大"与"太"、"泰"相通。

⑤ 丁香千结:语出毛文锡《更漏子》词:"庭下丁香千结。"　　苦(读作古)粗生:意谓太粗生。　　苦粗:不舒展,低俗而不可爱。

译文:

像是被揉搓成颗粒的黄金,数以万计,体量却很轻。叶子像剪成青绿色的玉片密密层层。其风格气度精

摊破浣溪沙

神面貌,犹如西晋的乐广字彦辅,有一种雅量高致,格调很鲜明。　　与小巧精致的桂花相比,梅的花苞重重叠叠,俗气得甚而又甚,丁香花则屈曲盘结,不舒展,不可爱,粗俗而生。桂之浓香将人从千里梦境中熏醒,不得享受往日的温馨,这又是多么无义无情。

心解:

在现存《漱玉词》中,凡是同一词调者大都有连贯性,很可能是相继写作的。这一首与前一首的时间、空间也是相同的,略有差别的是:在写前一首时,桂花尚处在含苞待放之日,而这一首则写于金桂怒放、馨香馥郁之时。此二首虽为同调,但是词旨、基调却略有不同,写前一首时,词人还没有完全摆脱病患的困扰,她的着眼点除了病榻、药盏、"枕上诗书",就是其房前屋后的"木犀花";写这一首时,看来作者的病体已经痊愈,其情思又回到忧国伤时之中。词的描写对象仍然是其即目可见的桂花,但经过词人的巧妙构思和多种比拟,最终寄托的是她深沉的乡国之思。

起拍写的是金桂之花,形容别致,第二句状桂叶,谓其既像青绿色的玉石,又重重叠叠。由这种玉叶所衬托的金桂,其"风度精神"活像西晋气度不凡的乐彦辅。下文有的版本作"大鲜明",这里之所以作"太鲜明",一则基于在古代"太"、"大"相通;二则是将"太"字训作"很"、"极"之义,而不取其"过分"之义。

对"梅蕊重重何俗甚"的正确理解是解读此词的关键,但这却是一个大难点。其难不在于此句本身,而在于它与词人以往对梅的情感和评价相左。或许是出于对李清照的景仰,以为在她的作品中不可能有自相矛盾之处,如果承认了此首此句出自李清照之手,岂不等于

203

否定了她先前关于梅的那许多脍炙人口之作？持这种看法的《漱玉词》的辑注者，干脆把这一首从《漱玉词》中剔除！其实这里的问题主要是出在用上述极其简单的形式逻辑方法，来认识和看待极为复杂的、灵活多变的创作和审美问题，从而出现了类似于杞人忧天之想。《漱玉词》中有涉于梅的虽不下十来首，但真正称得上咏梅之章的，也就是《渔家傲》、《玉楼春》、《孤雁儿》等这么三四首。孤立地看《渔家傲》的"此花不与群花比"，仿佛对梅的评价无与伦比，但如果对比一下，她在稍后所写的《鹧鸪天》中，把桂称为"自是花中第一流"，岂不已经高过了她对梅的评价！再联系她先后所写的现存三首道道地地的咏桂词，哪一首比咏梅之什的分量轻呢？对于梅，她着重于外形的描写；而对于桂，则处处着眼于其内在美的揭示。二者对比，在李清照的心目中，梅和桂孰轻孰重，不言而喻。尽管这样，也不能认为"何俗甚"，就是把梅看得俗不可耐、一无是处，而应作如是解：梅只注重于外形，它那重重叠叠的花瓣儿，就像一个着意打扮的女子，假如不具备内在之美，她会使人感到很俗气；而桂花虽然没有像梅那样娇艳重叠的花瓣儿，但它那金光灿烂的色彩和碧玉般的层层绿叶，其"风度精神"就像古代名士乐广和王衍一样"风流"飘逸，"名重于时"。

总之，在这里只是为了扬桂而抑梅，并非出于她对于梅的厌恶，这是文学创作的辩证法！对此句，从审美意义上亦可作出合理解释：即审美的对象特征和作者的心态大都是对应同构关系。词人的心态既随着外界事物的变化，常常处在悲喜交替或交并的状态，那么其审美意识、审美情趣也会随之变更和发展。特别是像李清照这样多情而敏感的作者，其审美判断必然是灵活多变的。

后片"丁香"句的"苦粗"既是不舒展，不可爱的意思，那么在这里，词人便是以丁香的粗俗小气再次衬托金桂的高雅大度。最后的"熏透"二句，意思是说桂花的浓香把词人熏醒，使其不得梦游故国旧家，从而责怪它没有家国之情。至此人们便可明白：词人贬抑梅蕊、丁香也罢，埋怨桂之浓香也罢，均为婉转道出作者本人之家国深情，原来她是担心——浓香熏得游人醉，错把杭州作汴州！又因当时的词学观念和作者本人词"别是一家"的主张，其家国情愫不能径直写进"小歌词"，必须想方设法进行软化处理，以将其忧国悃诚——这种原属于诗文的情思，深藏在作为文学另类的"小歌词"里。

　　选评：

　　一、黄墨谷《重辑李清照集·漱玉词卷三》：此词仅见《花草粹编》，词意浅薄，不类清照之作。且清照所作咏梅之词，情意深厚，有"此花不与群花比"之句，而此词则云"梅蕊重重何俗甚"，非清照之作明矣。兹不录。

　　二、周振甫：……那为什么说梅花的香"俗甚"呢？这个"俗"不好理解，不知是否"淡"字之误。说梅花香何以这样清淡，正好跟桂花香的浓烈对比；清淡的香宜于入梦，正好跟浓香妨碍人的入梦相对比。再用丁香来比，丁香结是指丁香的花蕊，比喻愁思的固结不解。李商隐《代赠》之一"芭蕉不展丁香结，同向春风各自愁"。丁香的千结嫌粗，不如桂花的轻细。用丁香结来比，还含有愁思固结不解的意思。正好和下句"愁人千里梦"相应。这首词，上片是比喻，用了三个比喻，最后用人来比，显出对桂花的赞赏。这三个比喻有创造性。下片写桂花香，用梅花和丁香来比，起到过

渡和陪衬作用。(《李清照词鉴赏》)

三、《济南名士丛书·李清照全集评注》：……词人贬抑梅花、丁香，都是为了反衬桂花的卓尔不群。结句是说，不仅桂花的形态逸群，而芳香更是浓烈袭人，致使愁人悠远的"梦"境被"熏"破。不直说花香，而说香气能熏破梦境，则桂花之香自见。这样写把花和人联系起来，更情味盎然。这与易安词句："酒醒熏破春睡，梦远不成归"(《诉衷情》)同一机杼。"却无情"，字面似责怪桂花的无情，实际是赞颂桂花的奇香无比。

四、祝诚：……这首《摊破浣溪沙》也是咏桂词，同样给以超乎梅花的评价。这甚至令人对其是否系清照所作产生怀疑。(见黄墨谷《重辑李清照集》)其实，同一词人在不同的时刻，不同的场合，对同一事物给以不同乃至相反的评价，并无不可，"此亦一是非，彼亦一是非"也。反之，如若只准此词人有一种单一固定不变审美意识、审美情趣、审美判断，稍加变化便疑为伪作，这对已故词人意味着什么呢？我以为，这首《摊破浣溪沙》咏桂词，正是易安从一个全新的视角出发，给予桂花以全新的观照和透视，从而发掘出了桂花的"风度精神"，进而体现了女词人独具特色审美观念。(《李清照作品赏析集》)

武陵春①

春晚

　　风住尘香花已尽，日晚倦梳头②。物是人非事事休，欲语泪先流。　　闻说双溪春尚好③，也拟泛轻舟。只恐双溪舴艋舟④，载不动、许多愁。

笺注：

① 武陵春：又名《武林春》、《花想容》。此词尝被列为"别体"，它比被视为正体的毛滂词之结拍多出一字。正在金华避难的李清照，选取《武陵春》为调名填词，这是独具匠心的。当年她与丈夫屏居青州，在一定意义上也是避难，所以她曾把赵明诚称为"武陵人"。"武陵"二字，本来就有着丰富而深刻的文化内涵，稔悉陶潜诗文的李清照，一触及"武陵"二字，自然会想到其所含的"避难"之意。就词调而言，此首基本可以算作本意词。

② 日晚：这里指日上三竿，即太阳出来老高的意思。　梳头：似应较为宽泛地理解为梳妆。

③ 双溪：水名，在今浙江金华城南，自宋迄今为当地名胜，因汇合东阳、永康二水，故名双溪。对于双溪所在地的考证，中华书局上海编辑所《李清照集》（1962年版，第213—214页）最为翔实可信，这里取其成说。

④ 舴艋舟：小船，形似蚱蜢。

　　　　译文：
　　　　风停花落尽，泥土变香尘；日上三竿，懒得化妆梳头。遗物还在亲人故去，一切只得撒手罢休。想到这些，不等说话，眼泪止不住地往外流。　听说双溪的春色还是那么迷人、那么美好,原打算在那里划着小船随意遨游。而眼下的变故,叫人不能不担心,双溪的舴艋小舟,实在载不动这许许多多旧愁和新愁。

心解:

此词起拍的"风住"二句意谓:在自然界经过雨横风狂之后,百卉落地、花尽尘香,象征着词人的希望再度破灭,心灰意冷。所以日上三竿,她连头发都懒得梳理一下。

"物是"二句紧承前意,将上文的凄惋之情,以劲直之语出之。原因是开头一、二句含有难尽之意:"风住"既指自然现象,又有象征意味,其中包含着词人的种种苦难经历,比如丈夫的尸骨未寒即被诬通敌以及前不久的再嫁风波虽然停息了,而人生的美好希望也就同时被葬送了。所以"物是人非事事休"除含有较为明显的婺纬之忧外,还当有这样一些寓意:经过与后夫的一段纠葛,词人倍加思念前夫。他的遗著《金石录》还在,但人、事俱非,心里有多少事,不等说出口就泪流满面。

生活中常常有物极必反之事。愁苦已极的人往往更向往某种解脱和哪怕是暂时的开心。此词下片对"尚好"春光的向往和对双溪泛舟的拟想,仿佛是在黑暗中所闪现的一线光明,然而转瞬即逝。令词人所担心的是双溪的蚱蜢似的小舟,载不动这许许多多的愁绪。也就是说,她的满腹忧愁无法排遣,永远也解脱不了。这就是"只恐双溪舴艋舟,载不动、许多愁",这一千古名句脱口而出的心理背景。没有李清照所亲身遭受的党争株连、"婕妤"之叹、兵燹战乱、丧偶流寓、"颁金"之诬、再嫁离异、诉讼系狱等人生忧患,其愁思就没有这么重的分量;假如词人不善于创意出新,那么她在李

武陵春

煜、秦观、贺铸等喻愁名家名句面前，怎能跻身其列？当然，女词人之所以能写出这种跻身"须眉"，甚至"压倒须眉"的名篇名句，也不会完全是白手起家，想必曾经历了一个纵横交错地学习"须眉"，从而对"须眉"有所超越的过程。即使在她构思"只恐"二名句时，不一定看到比她年轻六七岁的张元干的以"艇子""载取暮愁"（《谒金门》）的词句，但苏轼与秦观维扬饮别时，所作《虞美人》词的"无情汴水自东流，只载一船离恨向西州"，当系首开以"舟船载愁"的先例，李清照亦当对其有所借取。但是说到底还是其切身的生活体验和"转益多师"学习借鉴的结晶，而且前者是关键，没有亲身经历过李清照那么多苦难的人，即使像董解元、王实甫那样的名家，其同类句子也不一定给人留下多么深刻的印象，反倒有某种效颦之嫌。

假如只是就词论词，恐怕谁也难以说明词人避难金华期间忧喜转换的真正原因。本来李清照自杭州虽说是逃往金华避难，但她选择的一家姓陈的房东，为她安排的住处窗明几净，令其倍感舒适，创作灵感亦不期而至，此时对生活和写作的兴致之高，是她一生中所少有的。然而仅仅过了约半年，她难得有的这种好心情竟一落千丈，对此令人百思难得其解。当然，李清照是一位有着敏锐思想的上层妇女，她的喜怒哀乐往往都有很深层次的原因。赵明诚在世时，她一度曾有过"婕妤"、"庄姜"之叹。随着赵的亡故、再嫁风波的平息以及老之将至，她已不再为单纯的儿女私情所左右。况且赵明诚去世已经多年，最痛苦的时刻也已过去。看来这首《武陵春》词是在抒写令人不堪悲悯的婺纬之忧的同时，还当包含着另一件使作者十分难堪的事，从而导致她离开了令其"意颇适然"的金华，迫不及待地回到了几乎可以说是她人生"滑铁卢"的杭州。

这是一件什么事呢？一说认为，她之所以到金华避难，是因为赵明诚的妹婿李擢时任婺州知州，而她的离开恰在李擢离任之时。这当然不无可能。而我却认为主要在于另一件与"龙颜"喜怒有关的事。事情的大致经过有可能是这样的：在李清照挥泪写作《〈金石录〉后序》的那段时间，一位大臣向高宗进谏道："王安石自任己见，尽变祖宗法度，上误神宗，天下之乱，实兆于此。"帝曰："极是。朕最爱元祐。"原来赵构以为《哲宗实录》系奸臣所修，其中尽说王安石的好话，对废辍新党的高、向两位皇后不利，而赵构又认为："本朝母后皆贤，前朝莫及。"被皇帝视为"皆是奸党私意"的《哲宗实录》不能扩散出去，而赵挺之当年在参与修撰此录时所收藏的一份，如今恰在李清照的手上。眼下《哲宗实录》被看做违禁之书，窃窥、私藏都是犯法的。

命运就是这样无情地捉弄李清照，她像保护自己的头、目一样保护下来的书籍，又被朝廷下诏点了赵明诚的名，严令赵家缴出此书。可以想见，那一定是朝廷兴师动众的一次大行动，强迫李清照缴出这一违禁之书，这当是一件令人很难堪的事情，况且诏书上又一次见到已故丈夫的大名。本来已趋愈合的有丧偶之痛的伤口，又像是被拉开撒上了一把盐，这无疑会加深本来就很难摆脱的婺纬之忧。这使词人原先打算好的双溪泛舟，再也无心前往。缴进《哲宗实录》的事情发生前后，李清照写了这首"感愤时事之作"（梁启超语），且不久就离开了金华回到杭州。

选评：

一、黄盛璋《李清照事迹考辨》：今案浙江双溪有五……（而金华）双溪见于很多文人题咏中。在宋代

武陵春

即以风景著称的只有金华的双溪,与清照同时诗人如林季中、梁安世都有歌咏金华双溪的诗(详光绪《金华县志》附录),在清照稍后的袁桷《清容居士集》有《忆双溪》诗,楼钥《攻媿集》也有记游金华双溪的事,都可为证。溪在丽泽祠前,可以泛舟,迄今仍为名胜。清照词中的双溪,可以肯定即此,其词即作于金华,非绍兴亦非余杭。玩《武陵春》词意写的是暮春三月景象,当作于绍兴五年三月,而是年五月清照仍在金华。近日有人已找到确定的证据,《宋会要稿》崇儒四:"绍兴五年五月三日,诏令婺州取索故直龙图阁赵明诚家藏哲宗皇帝实录缴进。"《建炎以来朝野杂记》甲集卷四《神宗哲宗实录》条:"……直至绍兴五年三月,得蔡京所修哲宗实录于故相赵挺之家",所指即此事,此时清照正在金华避乱,故诏令婺州索取。据此,至迟至绍兴五年五月清照仍在金华。(《李清照集》,中华书局上海编辑所1962年版)

二、沈祖棻《宋词赏析》:上片既极言眼前景色之不堪、心情之凄楚,所以下片便宕开,从远处谈起。这位女词人是最喜爱游山玩水的。据周辉《清波杂志》所载,她在南京的时候,"每值天大雪,即顶笠、披蓑,循城远览以寻诗"。冬天都如此,春天就可想而知了。她既然有游览的爱好,又有需要借游览以排遣的凄楚心情,而双溪则是金华的风景区,因此自然而然有泛舟双溪的想法,这也就是上一首所说的"多少游春意"。但事实上,她的痛苦是太大了,哀愁是太深了,岂是泛舟一游所能消释?所以在未游之前,就又已经预料到愁重舟轻,不能承载了。设想既极新颖,而又真切。下片共四句,前两句开,一转;后两句合,又一转;而以"闻说"、"也拟"、"只恐"六个虚字转折传神。双溪春好,只不过是"闻说";泛舟出游,也只不过是"也拟",下面又忽出"只恐",抹杀了上面的"也拟"。听说了,也动念了,结果呢,还是一个人坐在家里发愁罢了。

三、唐圭璋《读李清照词札记》:此为绍兴五年,清照在金华时作,通首血泪交织,令人不堪卒读。首写花事阑珊,极目生愁,继写日高懒起,无心梳洗。下二句尤沉痛,人亡物在,睹物怀人,重重往事,不堪回首,千言万语,无从说起。下片写内心活动,正是"肠一日为九回"。"闻说"只是从旁人口中说出,可见自己则整日独处,无以为欢。"尚"字说明双溪犹有残春可赏。"也拟"是心中一霎凝思,欲往一游;"只恐"则直道心情沉哀,无法排遣,虚字转折传神,顿挫有致,如见其人,如闻其声。

四、朱德才《〈武陵春〉鉴赏》:词写其流离生活中的孀居之痛。作品由景而情,从神态举止到内心波澜,写得既真率自然如行云流水,又跌宕起伏似浪峰波谷,形成一种凄婉劲直的词风,具有较强的艺术感染力。(《李清照词鉴赏》)

五、徐培均:我国古代词人很讲究炼字炼句,不但要做到"句中无馀字,篇中无长语",而且要做到"句中有馀味,篇中有馀意"(姜夔《白石道人诗说》)。李清照在这方面是颇见功力的。"风住尘香花已尽"一句即达到如此境界。"风住"二字,既通俗又凝练,极富于暗示性,它告诉我们在此以前曾是风吹雨打、落红成阵的日子。在此期间,词人肯定被这无情的风雨锁在家中,其心情之苦闷是可想而知的。"尘香"即后来陆游《卜算子》词中"零落成泥碾作尘"的意思,它不仅说明天已晴朗多时,落花已化为尘土,而且寓有对美好事物遭受摧残的惋惜之情和对自身"流荡无依"的深沉感慨。语言优美,意境深远,含有无穷之味,不尽之

意,令人一唱三叹。(《唐宋词鉴赏辞典——唐·五代·北宋》)

六、喻朝刚《宋词精华新解》:词中虽然也写到了风、花、溪、舟等等景物,可是这一天她哪儿也没去,一直呆呆地坐在屋子里,睹物伤情,泪流不止。全篇自抒胸臆,侧重刻画主人公的心理活动。"只恐双溪舴艋舟,载不动、许多愁。"末尾二句紧承过片,说明不去双溪的理由。想去而终未去,因为担心双溪上的舴艋小舟,载不动我的全部哀愁。作者要说明的是她难以承受愁苦,但这是一种抽象的内在感情,如何才能将它表现得具体而形象呢?词人运用巧妙的比喻和夸张,将这种看不见、摸不着的愁思具象化,使其不但具有重量,而且又通过小舟载不动它,说明其异常沉重。下片连用"闻说"、"也拟"、"只恐"三个虚词,开合转折,化虚为实,将复杂的心理变化过程描写得十分曲折深婉、真切生动。

七、平慧善《李清照诗词文选译》:此词作于绍兴五年(1135年)避乱金华时。第一句截取"风住尘香"的场面表现春尽,眼前的景色与词人的厄运相似,美好的景色被恶风扫荡无馀,幸福的生活被战乱全部断送。第二句含蓄地表现了女词人情绪的恶劣。三、四句则是纵笔直抒胸臆,以极其精炼的语言高度概括了自己悲苦的心情。景物依旧,人事全非,这是一切愁苦的缘由,因此以"事事休"来表现自己的心理状态。接着又以"欲语泪先流"这一外部形象来表现无法倾诉的内心痛楚。……下阕宕开,写泛舟春游的打算,然后又转到"愁"。"只恐双溪舴艋舟,载不动、许多愁",将无形的愁化为有分量的形象,是传诵千古的名句。全词"欲"、"先"、"闻说"、"也拟"、"只恐"几个虚字用得极好,将事物间的关系,词人思想感情的转折变化,十分准确而又传神地表现出来。

八、马兴荣：这首词是宋高宗绍兴五年（1135年）春天在金华写的。在这前一年，即绍兴四年（1134年）九月，金与伪齐合兵入侵淮上，十月攻滁州、亳州、濠州等地。警报传来，江浙一带人民纷纷逃难，李清照也从临安（今浙江杭州）避难到金华，住在一家姓陈的人家。这时她是五十一岁。上片写词人的感受，内心的愁苦，生活的悲惨。到此，似乎已经把话说尽了。下片忽然一笔宕开："闻说双溪春尚好"。上片写落红满地、春事阑珊，而此处写双溪"春尚好"，这是一折。既然"双溪春尚好"，词人就"也拟泛轻舟"了。上片说"日晚倦梳头"、"事事休"，而此处写打算泛舟双溪游春，这又是一折。词至此，似乎是峰回路转，柳暗花明了。但是词人突然又回笔收勒："只恐双溪舴艋舟，载不动、许多愁。"把前面的"闻说"、"也拟"的事统统给否定了，重新回复到上片所表达的愁苦上去。这又是一折。真是一波三折，跌宕有致。（《李清照作品赏析集》）

九、刘乃昌《宋词三百首新编》：宋高宗绍兴四年（1134年）金兵南侵，浙江百姓纷纷流亡。此词当为作者晚年避难金华所作。起句写季节环境，亦暗含对时事感喟。继刻画生活疏懒，见出了无心绪。国破、家亡、夫死、物散，故曰"物是人非"。"事事休"承"花已尽"。"泪先流"承"倦梳头"。层层递进。悲伤至极，忽又宕开，"闻说"一纵，"只恐"又收。上片侧重外在神态描述，下片侧重内在情绪波动的揭示。尺幅千里，曲折有致。收拍凄婉劲直，化抽象为形象，被推为写愁名句。

十、蔡厚示《唐宋词鉴赏举隅》：全词从景入情，而以情语作结。上片"欲语"不语，言不尽而意尽；

武陵春

下片欲行复止,托出个"愁"字,言尽而意不尽,即《白石道人诗说》所谓"词尽意不尽,剡溪归棹是已"。词虽短小,而韵味深厚。末尾设想尤奇特,流露出极浓烈的感情。语言通俗易懂,正是李清照词的本色。真可谓言浅意深,语淡情浓,字字血泪,摧人肺腑。抒情词写到这等地步,无疑是已入化境。怪不得连对她存有偏见的王灼也只好说:李清照"作长短句能曲折尽人意,轻巧尖新,姿态百出"。(《碧鸡漫志》)辞非溢美,可谓中肯。

《漱玉词》笺译·心解·选评

转调满庭芳①

　　芳草池塘，绿阴庭院，晚晴寒透窗纱②。□□金锁，管是客来唦③。寂寞尊前席上，惟□、海角天涯④。能留否，酴醾落尽⑤，犹赖有□□。　　当年，曾胜赏，生香熏袖，活火分茶⑥。□□□龙骄马，流水轻车⑦。不怕风狂雨骤，恰才称、煮酒残花⑧。如今也，不成怀抱，得似旧时那⑨。

笺注：

① 转调满庭芳：《乐府雅词》拾遗上、《全宋词》第二册均收载刘焘（字无言）首句作"风急霜浓"一词，此词改平韵《满庭芳》为仄韵，名《转调满庭芳》。而李清照此词称为"转调"，不是表现在由平韵转仄韵。对比她的《满庭芳》（小阁藏春）来说，如果此首属宫调，那么"芳草池塘"则转为商调，亦称为《转调满庭芳》。

② "芳草"三句：意谓心境孤寂，纵环境幽雅、天气晴好，仍觉寒气逼人。

③ 管是客来唦：准是客人来了。　唦：口语，表语气，与"啊"略同。

④ 海角天涯：犹天涯海角。这里喻指临安。

⑤ 酴醾落尽：一种落叶灌木，又名佛见笑。初夏开白色小花。此句意谓春天业已远去，又带走自己一分归乡还都之望。

⑥ 活火分茶：苏轼《汲江剪茶》诗："活水还须活火烹，自临钓石取深清。"这里"活水"指流动的深水，而"活火"即指旺火。　分茶：见前《摊破浣溪沙》（病起萧萧）笺注④。

⑦ 流水轻车：犹轻车熟路，此处以之比喻习以为常之事。

⑧ "不怕"三句：紧承前意，谓当年曾尽情享受生活，时至晚春亦不以为意。

⑨ "如今"三句：意谓眼下已经国破家亡，心情十分沉重，与从前那种无忧无

216

虑的光景，不得同日而语。

译文：

芳草茂盛的池塘，绿树成荫的宅院，傍晚天气晴好，而寒气却穿过了窗帘那薄薄的一层纱。□□金锁，准是客人来了啊。冷清寂寞的酒席宴上，惟□，遥远而偏僻的海角天涯。能够久留与否，花期晚在初夏的酴醾，白花已落尽，犹赖有□□。　过去，曾经愉快玩赏，清新浓郁的香气熏染着衣袖，用旺火做茶的游戏叫做活火分茶。□□□龙骄马，长流不息的轻车。哪怕晚春的风狂雨骤，更适合边饮热酒边赏落花。眼下啊，已经没有这般心情，怎么会再像过去那样啊！

心解：

此首原有多处阙文，显然影响到对词意的理解，对其不宜作整体评价，但是，从中至少可以隐约看出这样两点：一、所描写的是初夏杭州西湖一带的景物；二、词中充满了深沉的家国之情，这除了体现在结拍的"如今也，不成怀抱，得似旧时那"三句之中外，从作者将其流寓之地称为"海角天涯"这一点上，看得更清楚。"海角天涯"，犹天涯海角，本指偏远之地，如今海南三亚有一名胜曰天涯海角。李清照未曾过海远渡，其晚年只在两浙流寓，后定居杭州二十馀年，直至逝世。故其实际行踪，谈不上什么山高水远、天涯海角，况且此首所写之"芳草池塘"、"绿阴庭院"云云，当非他处，实系杭州西湖一带。她之所以谓之"海角天涯"、"晚晴寒透窗纱"，当属以下三种所指：

一则当指"心理"距离和感受；二则当指"时代政治"距离，词人内心所向往和亲近的是故都汴京，今居杭州，远离汴梁，故谓之"海角天涯"；三则当指

"情感"距离,当时一班苟安之辈,视临安为"销金锅儿",此辈以临安为安乐窝,极尽享乐之能事,而词人面对半壁江山,为之不胜忧戚,倍感寂寞,忧愁流年。

选评:

一、王学初《李清照集校注》卷一:《转调满庭芳》,宋词常有于调名上加"转调"二字者,如《转调蝶恋花》、《转调二郎神》、《转调丑奴儿》、《转调踏莎行》、《转调贺圣朝》,等等(元曲中亦有《转调货郎儿》),今人吴藕汀所编《调名索引》,尚未遍收。《词谱》卷十三释《转调踏莎行》云:"转调者,摊破句法,添入衬字,转换宫调,自成新声耳。"此说未全确。据现在所能见之"转调"各词,并不全摊破句法、添入衬字,《词谱》盖未深考。(《词律》对"转调"二字无说。)……李清照之《转调满庭芳》属何宫调,无考。

二、黄墨谷《重辑李清照集·漱玉词卷三》:此词仅见《乐府雅词》,系怀京洛旧事之作。脱文较多,《四库全书》本《乐府雅词》妄为缀补,不可从。"晚晴寒透窗纱"句"晴"字;"恰才称煮酒残花"句"残"字:恐均系误文。

三、吴熊和《唐宋词通论》:转调又称转声(现在称为移调),是与本调相对而言……转调从音乐上说,就是转变本调的宫调,即所谓"移宫换羽"。本调一经转调,就犹如一个"新翻"之曲,不能再和本调相混。……词调中的转调,大致有三种情况。一是转换宫调,并不变动字句。《词谱》卷十三沈会宗《转调蝶恋花》调下注:"转调者,移宫换羽,转入别调也。字句虽同,音律自异。"如李清照《转调满庭芳》,沈蔚《转调蝶恋花》,字句与本调全同……(浙江古籍出

版社 1985 年版）

四、《济南名士丛书·李清照全集评注》：此词著录于《乐府雅词》卷下，文有缺遗，亦无他本可校正。文津阁本《四库全书》之《乐府雅词》抄本，虽有补正，但颇不类，疑为馆臣妄增，王仲闻《校注》已指出，且不据之校补，甚是。

长寿乐①

南昌生日

　　微寒应候,望日边、六叶阶蓂初秀②。爱景欲挂扶桑③,漏残银箭,杓回摇斗④。庆高闳此际⑤,掌上一颗明珠剖⑥。有令容淑质⑦,归逢佳偶⑧。到如今,昼锦满堂贵胄⑨。　　荣耀,文步紫禁⑩,一一金章绿绶⑪。更值棠棣连阴⑫,虎符熊轼⑬,夹河分守⑭。况青云咫尺⑮,朝暮重入承明后⑯。看彩衣争献⑰,兰羞玉酎⑱。祝千龄,借指松椿比寿⑲。

笺注：

① 长寿乐：此调始见于《乐章集》,系柳永所创,共二首。其一之首句作"尤红滞翠"者,《词律》、《词谱》以其为正体,双调,一百一十二字,上片十句六仄韵,下片十句七仄韵。另一首句作"繁红嫩翠"者,《词谱》以其为别体,双调,一百一十三字,上片十一句(五十七字)六仄韵,下片十一句(五十六字)五仄韵。李清照此词与上述二首均有所不同,可称为又一体。　　南昌：一说指绍兴三年奉命使金的尚书礼部侍郎韩肖胄之母。南昌是她的封号。

② "微寒应候"三句：意谓寿主南昌生于初六。　　蓂：即蓂荚,传说中的一种瑞草。《白虎通·符瑞》："蓂荚者,树名也,月一日一荚生,十五日毕;至十六日一荚去。故夹阶而生,以明日月也。"

③ "爱景"句：意谓旭日东升。　　爱景：冬日之光。　　扶桑：神话中的树木名。传说日出其下。详见《山海经·海外东经》。

④ 杓回摇斗：意谓斗柄东回，春天到来。 杓：北斗第五、六、七颗星的名称。又称斗柄。
⑤ 高闳：高门。这里指名门望族。
⑥ 剖：本义为破开，这里指出生。
⑦ 令容淑质：美好的容貌，善良的品格。
⑧ 归逢佳偶：嫁了个好夫君。古代女子出嫁称"归"。
⑨ 昼锦：意谓贵显还乡。《汉书·项籍传》："富贵不归故乡，如衣锦夜行。"又韩肖胄的先辈韩琦有"昼锦堂"，意谓"富贵而归故乡"。
⑩ 紫禁：以紫微星垣比喻皇帝的居处，故称皇宫为紫禁。详见《文选·谢庄〈宋孝武宣贵妃诔〉》。
⑪ "一一"句：意谓都是高官。 金章：以金为印章。 绿绶：指系印柄的绿色丝带、此处以用物代指高官。
⑫ 棠棣连阴：意谓兄弟有惠政。 棠棣：指兄弟。此处所用系"棠阴"、"甘棠"之典事。周时，召伯巡行南国，曾在甘棠树荫底下听讼。后即以"棠阴"赞颂去职官吏的政绩。详见《诗·召南·甘棠》。
⑬ 虎符：铜铸的虎形兵符，背有铭文。作为古代调兵遣将的信物，分为两半，右半留京城，左半授予统兵将帅或地方官吏。调兵时，由使臣持符验合方能生效。详见《史记·信陵君传》。 熊轼：作伏熊形的车前横轼。后用以指公卿和地方长官。详见《后汉书·舆服志上》。
⑭ 夹河分守：意谓寿主南昌有二子皆为郡守。详见《汉书·杜周传》。
⑮ 青云咫尺：意谓不久即可高升。详见《史记·范睢列传》。 咫：古代长度名，合今六市寸馀。
⑯ 承明：原为著述之所。详见班固《西都赋》。这里是说南昌二子不久将成为皇帝身边的高官。
⑰ "看彩衣"句：这里是说儿子为母亲祝寿。 彩衣：原指春秋时老莱子着彩衣愉亲。详见《艺文类聚·列女传》或《太平御览》所引《孝子传》。
⑱ 兰羞：指香美的食品。 玉酎：指复酿的醇美之酒。
⑲ 松椿比寿：祝寿之辞。《诗序》谓《诗·小雅·天保》篇："下报上也。"意谓群臣为君主祝福，诗中有"如松柏之茂"等祝词。又《庄子·逍遥游》有以大椿比岁之句。此处均有所取意。

译文：

略有寒意节候已到，台阶旁瑞草应候生六叶，首次

221

开花叫初秀。冬日晨曦升上树梢,天破晓,计时器上滴漏将尽,季节更替,星移斗转或称之"摇斗"。此刻,高宅大门正庆寿,而寿主则是剖蚌之珠被深深钟爱不释手。她仪表美好品德贤惠,嫁了个好配偶。今儿个,晚辈们衣锦都还乡,满厅堂都是高官贵胄。 荣幸又显耀,好文才步入皇宫,个个都执掌着金质印章,其柄系着绿色丝带,雅称绿绶。兄弟各自有惠政,文官武将,一双儿男膺任太守。还会高升,早晚将成为皇室高官,位列公侯。行孝犹如老莱子,争相奉献美食和醇酒玉酎。祝愿寿星千秋高龄,就像松柏椿树似的长命高寿!

心解:

寿主身份高贵,封号"南昌"。寿星的华诞是在气候略有微寒那个月的初六日,那正是朝阳的台阶两旁生长着的蓂荚只有六个叶的初秀之时。蓂荚是一种神奇的瑞草,也叫做历荚。初一始生,每日生一荚,十五日生完;从十六日开始每天落下一荚。所以看看荚数的多少,就知道是哪一天。"南昌"是生在"六六大顺"之日,她从小就像冬日的阳光和标志着春天来临的星斗,被视为掌上明珠。"南昌"长得很美又很贤惠,嫁了个难得的好夫君。到如今,儿孙满堂,且都是衣锦还乡的高官显宦。

荣耀啊!子孙后代都是皇帝身边掌大印的高官厚禄者。兄弟既有惠政,又是握有军政大权的公卿或地方高级长官。寿星的两个儿子已经都是郡守,况且不久还要升为皇帝身边的高官。他们就像春秋时穿着彩衣愉亲的老莱子那样,将美酒佳肴争相呈献到母亲面前,祝愿母亲寿比松椿高千龄!

一说寿星是韩肖胄之母,这是一位埒同于岳飞之母的"圣母",否则担当不起,词中对"圣母"的如此颂扬!

选评:

一、王学初《李清照集校注》卷一:此首原题撰人为易安夫人,宋人未见有以此呼清照者,未知有误否?《翰墨大全》有延安夫人,易少夫人,俱仅一字之异。

二、黄墨谷《重辑李清照集·漱玉词卷三》:此词仅见《截江网》,《全宋词》载之,风格,笔调均不类清照其他慢词,兹不录。

三、《济南名士丛书·李清照全集评注》:元《截江网》卷六收录本词,以其为"易安夫人"之作,因为宋人未有称李清照为"易安夫人"者,且从内容和格调上看,亦不似李清照词作,只能存疑待考。

四、徐培均:……此词盖为韩肖胄母文氏而作。南昌,乃夫人诰命,全称当为南昌县君或郡君。词云"昼锦满堂贵胄",昼锦堂乃肖胄曾祖韩琦所建,欧阳修为之作《相州昼锦堂记》曰:"仕宦而至将相,富贵而归故乡,此人情之所荣,而今昔之所同也……公在至和中,尝以武康之节,来治于相,乃作昼锦之堂于后圃。"《宋史·韩肖胄传》云:"琦守相州,作昼锦堂;治(肖胄父)作荣归堂;肖胄又作荣贵堂,三世守乡郡,人以为荣。"(济南李清照学术讨论会论文,1999年10月)

永遇乐①

元宵

　　落日熔金，暮云合璧，人在何处②？染柳烟浓，吹梅笛怨③，春意知几许？元宵佳节，融和天气，次第岂无风雨④！来相召、香车宝马⑤，谢他酒朋诗侣。　　中州盛日⑥，闺门多暇，记得偏重三五⑦。铺翠冠儿，捻金雪柳⑧，簇带争济楚⑨。如今憔悴，风鬟霜鬓，怕见夜间出去。不如向、帘儿底下，听人笑语。

笺注：

① 永遇乐：又名《永遇乐慢》、《消息》。此调始见于柳永《乐章集》，而《词谱》卷三二以苏轼"明月如霜"一首为正体。李清照此首之立意，对苏轼同调词的"燕子楼空，佳人何在，空锁楼中燕"和晁补之同调词的"回首帝乡何处"等似有化用，又从或反或转的意义上有所借取。从词史上看，李清照的这首《永遇乐》，与辛弃疾同调词的"千古江山"各有千秋，均堪称"压调"之作。

② "人在"句：对于此句中的"人"，常见有两种理解：一是承上文，谓景色依旧，"人"系作者自指；二是"人"指作者的前夫赵明诚，意谓与其有泉路之隔。看来，前一种说法比较接近原意。

③ 吹梅笛怨：梅，指关于梅的乐曲。用笛子吹奏此曲，其声哀怨。

④ 次第：这里是转眼的意思。

⑤ 香车宝马：这里指贵族妇女所乘坐的雕镂工致、装饰华美的车驾。

⑥ 中州：即中土、中原。这里指北宋的都城汴京，今河南开封。
⑦ 三五：十五日。此处指元宵节。
⑧ 铺翠冠儿：以翠羽装饰的帽子。 雪柳：以素娟和银纸做成的头饰。此二句所列举的均为北宋元宵节妇女时髦的头饰。
⑨ 簇带：簇，聚集之意。带即戴，加在头上谓之戴。 济楚：整齐、漂亮。簇带、济楚均为宋时方言，意谓头上所插戴的各种饰物。

译文：

　　落日的光焰像是熔化了的真金，与傍晚的云霞珠联璧合，这光景酷似当年在汴京，所以我竟然难以分清自己这是在哪里、身居何处？春柳笼罩在浓浓的烟雾中，竹笛吹奏的乐曲，其声哀怨，此情此景自己春游的兴致能有多少、是几许？今日是正月十五、元宵佳节，虽说是一个和畅恬适的好天气，然而，转眼间则有可能刮风下雨。所谢绝的除了那些前来邀约我的、乘着华美车驾的高贵女眷，还有酒友和诗侣。　　回忆在汴京时的那些日子，尤其是待嫁的少女时代，那是何等适意闲暇，我清楚地记得当时特别看重的节日就是正月十五。戴着时尚的帽儿，贵重的首饰，这一切都是那么整齐、漂亮，总之是无与伦比、衣冠楚楚。而眼下我已经变得形容枯槁、委靡、憔悴，好看的环形发髻像被风吹过一样零乱，两鬓像被寒霜染过的一样花白；我因为满怀中州之忆，所以很害怕在三五之夜出去。那还不如，躲到帘帏后面，倾听那些寻欢作乐人们的欢声笑语。

心解：

　　李清照在理论上主张词"别是一家"，在创作实践方面，其诗、词的题材和题旨曾经迥异其趣。但是时届晚年，此种情况却有很大改变，即在其晚年词中，对于"中州"等所代表的故国之念，随处可见，此首就是这方面的代表作。它问世之后，在南宋就激起各种人物，尤其是热血人士的赞许和共鸣，从思想、艺术各方面给予此词高度评价（详见以下"选评"的张端义和刘辰翁等人的言论）。关于此词的写作特点，既是人们常说的今昔对比，又并非那种简单对比，它不仅是一幅浓缩了的社会、人生图画，更是一部内涵丰富的人物心灵史的艺术外化。

对于此词的写作时空，以往人们异口同声地说，它是李清照晚年流落临安时所作，这当然没错。但此说过于笼统，因为词人居杭州共计二十多年，这首词具体作于何时呢？我认为它是作于绍兴八年（1138年）、南宋定都临安前后的一段时间，而且就是针对定都问题这件大事而发的。

词的上片写临安的元日之景。首二句似取用江淹《拟休上人怨别》诗的"日暮碧云合，佳人殊未来"和廖世美《好事近》词的"落日水熔金，天淡暮烟凝碧"之句意，谓落日像熔化了的金子一般绚丽璀璨，暮色中飘浮的云彩聚拢了来，宛如珠联璧合。由于眼前的这种景色，与昔日汴京的元夜几无二致，以致使词人不由得发出"我这是在哪里"（"人在何处"）的疑问。然而，临安毕竟不是汴京，当词人的思路回到现实中时，她却感到满目凄凉。所以，"染柳"二句正是表达词人这种黯然神伤的景语，也就是作者悲苦心情的外化。接下去的"春意知几许"，是春意盎然的反面，言时值早春。早春天气也有风和日丽之时，而下句的"次第"二字是进展之辞，那么"春意"以下数句可作如是解：别看今年元宵节天气这么好，转眼恐有风雨来临！这几句字面是讲天气，而其语义深层既含有一定哲理的人生体验，更像是暗指宋、金"绍兴议和"期间时代风雨和政治气候变幻莫测，战、和难料。就现状而言，大至宋

永遇乐

朝社会,已由盛而衰;中如赵、李两族,已家破人亡;小到一己之身,曾几何时,她待字汴京,才名轰动,令多少人倾慕不已,如今竟变成了一个只身漂泊的"闾阎嫠妇"。一句话,天气也罢,人事也罢,都那么变化无常!想到这些,哪有闲心游乐?因而,"来相召"以下三句收束得顺理成章。同时,词中更含有一定的嘲讽之意,因为国家已经到了这种地步,"酒朋诗侣"们却把杭州作汴州,香车宝马,仪从阔绰,依然寻欢作乐。作者谢绝了召邀,可见她不同于那些醉生梦死者。

下半阕转忆"京洛旧事"。起拍"中州盛日",寄托了作者深挚的家国之思。那时家国兴旺,元宵节异常红火。"闺门多暇",系指词人未婚之时。看来她回忆的是自己初到汴京的事,大致是在哲宗元符年间或稍后。那时她处境优越,"暇"不仅是指有空馀时间,主要当指作者生活优裕、有那份闲心。她于公元1101年出嫁后的第二、三年,新旧党争加剧,作为新妇的她受到株连,曾一度被迫离开汴京。即使再回京,心情也很不一样了。从十五六岁到二十岁前后,是词人一生最美好的时光。可以想见,这时的她,不管穿戴也好、气度也好,自然会压倒群芳。再锦上添花、着意打扮一番,一旦出现在灯火斑斓的市街上,不知会引起多少人交口称赏!然而,"如今"她已年过半百,鬓发散乱,憔悴不堪,即使时值佳节,夜间也懒得外出了。这就是为什么作者害怕夜间出去的时代和心理背景。

此词之结拍是最深刻、最令人辛酸的去处!"不如向、帘儿底下,听人笑语",试想,那些在灯红酒绿之中时时发出"笑语"的人,怎么会念及国家安危呢?当躲在"帘儿底下"的作者听到这种"笑语"时,内心该是多么酸楚!

至此,再怎么隔膜的读者也不难理解,原来,她谢

227

绝"来相召"者也好,害怕夜间出去也好,并不是忧愁自然界的"风雨",更不是自惭形秽,而是在江河日下的当儿,所产生的一种难以名状的孤独感。以往对此句的解读,多谓词人因其亲人的亡故,自己再无欢乐可言而只能"听人笑语"。其实这三句的寓意不尽如此,它更向人暗示:此时发出欢声笑语的主要是不恤国难、不念恢复的、大权在握的"主和派"及其随之飞升的家人亲属。精忠报国的将相岳飞等多被猜忌:建炎三年,为拯救高宗蒙难出了大力的张浚,竟亦被罢;同样,功勋卓著的韩世忠,自知其主战不得君心,此时意欲远祸,遂请求退还朝廷一切破格待遇,于清寒中度其晚年;还有更多"主战"的元老重臣不是被贬官、编管,就是自动退避……所以,"不如向、帘儿底下,听人笑语",所概括的也不尽是李清照一人因丧偶而产生的孤苦心情,其所隐含的当是"主和派"擅政时期忠荩之士噤若寒蝉、苟安求和之辈寻欢作乐的畸形现状。

选评:

一、宋张端义《贵耳集》卷上:易安居士李氏,赵明诚之妻。《金石录》亦笔削其间。南渡以来,常怀京洛旧事。晚年赋《元宵·永遇乐》词云"落日熔金,暮云合璧",已自工致。至于"染柳烟轻(浓),吹梅笛怨,春意知几许",气象更好。后叠云:"于(如)今憔悴,风鬟霜鬓,怕见夜间出去。"皆以寻常语度入音律。炼句精巧则易,平淡入调者难。

二、宋刘辰翁《须溪词》卷二:余自乙亥上元诵李易安《永遇乐》,为之涕下。今三年矣,每闻此词,辄不自堪。遂依其声,又托之易安自喻,虽辞情不及,而悲苦过之。

三、明徐士俊《古今词统》卷十二:(眉批)辛词

"泛菊杯深，吹梅角暖"，与易安句法同。

四、清沈雄《古今词话·词品》卷下：李易安"被冷香消新梦觉，不许愁人不起"，又"于（如）今憔悴，风鬟霜鬓，怕见夜间出去"，杨用修以其寻常语度入音律，殊为自然。

五、清永瑢等《四库全书总目提要·集部词曲类一》：……张端义《贵耳集》极推其元宵词《永遇乐》、秋词《声声慢》，以为闺阁有此文笔，殆为间气，良非虚美。虽篇帙无多，固不能不宝而存之，为词家一大宗矣。

六、清谢章铤《睹棋山庄集·词话卷三》：……柳屯田"晓风残月"，文洁而体清；李易安"落日""暮云"，虑周而藻密。综述性灵，敷写气象，盖骎骎乎大雅之林矣。

七、吴梅《词学通论》：大抵易安诸作，能疏俊而少沉着。即如《永遇乐·元宵》词，人咸谓绝佳；此事感怀京、洛，须有沉痛语方佳。词中如"如今憔悴，风鬟雾（霜）鬓，怕向（见）夜间出去"固是佳语，而上下文皆不称。上云"铺翠冠儿，捻金雪柳，簇带争济楚"，下云"不如向、帘儿底下，听人笑语"，皆太质率，明者自能辨之。（商务印书馆1932年版）

八、沈祖棻《宋词赏析》：这首词是作者晚年流寓临安（今浙江杭州）时某一年元宵节所写。上片写今，写当前的景物和心情；下片从今昔对比中见出兴衰之感。它以两个四字对句起头。所写是傍晚时分的"落日"、"暮云"，本很寻常，但以"熔金"、"合璧"来刻画它们，就显出日光之红火、云彩之鲜洁，并且暗示出入夜以后天色必然晴朗，正好欢度佳节的意思。"人在何处？"突以问语承接。此"人"字，注家或以为是指她死去的丈夫，即王维《九月九日忆山东兄弟》中

"每逢佳节倍思亲"之意。但从全篇布局乃是今之临安与昔之汴京对比来看,则"人"字似应指自己,"何处"则指临安。分明身在临安,却反而明知故问"人在何处",就更加反映出她流落他乡、孤独寂寞的境遇和心情来,而下文接写懒于出游,就使人读之怡然理顺了。如果在上文、下文都是景语的情况下,中间忽然插一句问话:"我那心爱的人现在在什么地方呢?"问过以后,就搁置一边,再也不提。这,不但于情理上说不过去,就是在文理上也说不过去。

九、唐圭璋《唐宋词简释》:实则其《永遇乐》一词,亦富于爱国思想,后来刘辰翁读此词为之涕下,并以其声以清照自喻,可见其感人之深,而二人痛心亡国,怀念故都,先后亦如出一辙。上片写首都临安之元宵现实,景色好,天气好,倾城赏灯,盛极一时,而己则暗伤亡国,无心往观。下片回忆当年汴都之元宵盛况,妇女多浓妆艳饰,出门观灯,转眼金兵侵入,风流云散,万户流离失所,残不可言。而己亦首如飞蓬,无心梳洗,再逢元宵佳节,更不思夜出赏灯,正是"良辰美景奈何天,赏心乐事谁家院。"最后,从听人笑语,反映一己之孤独悲哀,默默无言,吞声饮泣,实甚于放声痛哭。(上海古籍出版社1981年版)

十、吴熊和《唐宋词通论》:这首词写节序根本不是为了应景,而是难以抑制家国变故的深切悲痛。"不如向、帘儿底下,听人笑语",说得既苦涩,又辛酸,要是真的听人笑语,恐怕听者于月光之下不禁泪痕满面了。南宋灭亡后,刘辰翁每读此词,就感到黍离之悲。他的《永遇乐》(璧月初晴)词序:"余自乙亥上元诵李易安《永遇乐》,为之涕下。今三年矣,每闻此词,辄不自堪,遂依其声,又托之易安自喻,虽辞情不及,而悲苦过之。"词中说李清照"缃帙流离,风鬟三五,能赋词最苦。"不失为李清照的异代知音。"能赋词最苦",也正好说明了李清照后期词的基调。

十一、朱靖华《〈永遇乐〉鉴赏》:这是一首元宵词。词人通过她避难江南时一次元宵节的生活感受,寄托了她的故国之思和对现实的批判。在宋代,元宵节是最盛大的节日,王朝统治者为了粉饰太平、"与民同乐",曾大肆渲染节日的气氛。据《大宋宣和遗事》记载"宣和六年正月十四日"热闹景象道:"京师民有似云浪,尽头上带着玉梅、雪柳、闹娥儿直到鳌山看灯"(前集《元宵看灯》)。还说,当时节日之夜,"家家灯火,处处管弦"。北宋亡后,南宋小朝廷偏安一隅,不思北伐,更加追逐歌舞升平、纸醉金迷,在临安仍继续着元夜狂欢的旧传统,其盛况有增无减。据周密《武林旧事·元夕》条记载说:"大率仿宣和盛际,愈加精妙。"这就引起了词人李清照的深思和忧虑,写下了这首著名的元宵词。

十二、刘学锴:上片写今年元宵节的情景。起手两句着力描绘元夕绚丽的暮景:落日的光辉,像熔解的金子,一片赤红璀璨;傍晚的云彩,围合着璧玉一样的圆月。两句对仗工整,辞采鲜丽,形象飞动。晴朗的暮景预示今年元宵将有一番热闹景象。但紧接着一句"人在何处",却是一声充满迷惘与痛苦的长叹。这里包含着词人由今而昔、又由昔而今的意念活动。置身表面上依然热闹繁华的临安,恍惚又回到"中州盛日",但旋即又意识到这只不过是一时的幻觉,因而不由自主发出"人在何处"的叹息。这是一个饱经丧乱的人在似曾相识的情景面前产生的迷惘和痛苦的心声。它接得突兀,正由于是一时的感情活动,而不是理智的思索和沉静的回忆。这中间有许多省略,读来感到含蕴丰富,耐人咀嚼。"春意知几许",实际上是说春意尚浅。这既符合元宵节正当初春的季节特点,也切合词人此时的心情。词人不直说梅花已谢而说"吹梅笛怨",显然是暗用李白"一为迁客去长沙,西望长安不见家。黄鹤楼中吹玉笛,江城五月落梅花"诗意,借以抒写自己怀念旧都的哀思。正因为这样,虽有"染柳烟浓"的春色,也只觉"春意知几许"了……这首词在艺术上除了运用今昔对照与丽景哀情相映的手法外,还有意识地将浅显平易而富表现力的口语与锤炼工致的书面语交错融合,造成一种雅俗相济、俗中见雅、雅不避俗的特殊语言风格。(《唐宋词鉴赏辞典——唐·五代·北宋》)

十三、喻朝刚《宋词精华新解》:……"元宵"两句,概括上文,点明佳节,指出三五之夜天空晴朗,气候暖和,正是夜出观灯的好时机。接下一句"次第岂无风雨",笔锋又一转,表现了词人忧愁风雨,疑虑重重,犹豫不决的心情。不要以为眼下皓月当空,万里无云,天气暖和,谁能料定转眼之间就不会刮风下雨呢?这句含蓄委婉,发人深思,从构思上看为下文"谢他酒朋诗侣"和"怕见夜间出去"预作伏笔,再深入一层看,似也暗含天有不测风云,不能陶醉于安乐环境之意。本篇语言平易自然,对比鲜明,往日的繁华与今日的孤苦、他人的欢笑与自己的哀愁,形成强烈的对照,从而深化了主题。在布局上,由今至昔,由昔至今,时空交错,虚实并举,跌宕有致,意境深远。上片连接三个问句,层层递进,波澜起伏,表达了作者难以平静的心情……

十四、平慧善《李清照诗文词选译》:本词是李清照晚年流寓临安,在元宵节时所写。一、二句是描摹傍晚景色,四、五句进一步从视觉与听觉两方面渲染春意。"落日熔金,暮云合璧"的傍晚景色,已经暗示出夜晚必然晴朗,但词人却以"元宵佳节,融和天气,次第岂无风雨"相接，意在言外，值得再三玩味。全词用对比的手法表现词人内心的痛楚，从今日元宵的淡淡哀怨，到回忆中州盛日的欢乐生活，再回到眼前的憔悴、凄怆之情令人悲绝。词中以小见大，以个人今昔境遇之异，与伤时忧国之感交织在一起，强烈地表现了对故国和旧日生活的怀念。一百多年后南宋爱国词人刘辰翁诵此词，为之涕下。本词工致而不雕琢，如"落日熔金，暮云合璧"、"染柳烟浓，吹梅笛怨"，精炼简洁，通俗而不浅陋。又如"如今憔悴，风鬟霜鬓，怕见夜间出去，不如向、帘儿底下，听人笑语"，自然顺畅，词意深沉含蓄，婉而不露。

十五、冯其庸：李清照《永遇乐》云："落日熔金，暮云合璧。""落日熔金"，词意初看似隔，未能即时得其形象。一九七一年，予在江西余江县，居处在山冈上，四围皆松林。每当秋日傍晚，见西北一带，山色如翠黛，长空云霞万里似锦，倏然变化，尤令人神往者，当落日衔山，将下未下之时，其色鲜红莹明，远看恰似炼钢炉中烧红耀眼通明之钢块，因叹易安体物之切，捕捉形象之敏快也。又宋人诗"远烧入荒山"，亦是此意。然此境须待山掩落日之后，则远处苍然起伏之山冈，其上部周延连绵一线，皆呈通明之胭脂色，而山后晚霞，一片火红，骤然见之，宛若远处荒山起火，层林尽烧也。可见虽同一写景，而尚有早晚差异之别，因悟古人铸词之精确，如非身见其景，则此句似亦是死句。故知会通古人诗词，当亦不易，创作固需生活为依据，解会亦需生活始能参悟也。（《百家唐宋词新话》）

十六、施议对：这首词写元宵佳节的美好气象和作者怀京洛之旧的恶劣情绪，敷写、综述，极尽铺叙之能事。其能事，大致有以下二端：首先是善用对比。词作上片写当前的景物与心情,从大的层次上看,前六句侧重景物描写,后六句侧重抒情,景物很美好,心情极恶劣,形成鲜明的对照;从小的层次上看,上片十二句依韵分为四组,每组三句,三句中前两句说一种意思,后一句将它推翻,构成"正——正——反"的格式……(《百家唐宋词新话》)

十七、熊志庭:词首句以造句工致精警为人激赏,然通篇都以平常语甚至方言俗语入调,使其词显得自然生动。词学家吴梅对此词曾有讥评,以其过于质率,殊少沉痛语。然以俗为雅,直抒胸臆,不得尽以为非。(《中国文学宝库·唐宋词精华分卷》,朝华出版社1991年版)

十八、吴调公:……过去的赏月是在汴京,而今这一个劫后馀生的人,却又是在何处呢?"人在何处"可以说愤激之词,也可以说梦中自语,该是多么凄凉,多么沉痛!经过这一个富于警策的发问,人们不禁瞿然而醒,猛地有所警觉,随着词人走进那一片为暮云烘托着为落日光辉笼罩着的气氛中,感受到春意袭人。且看,浓烟给杨柳带来春色,笛子也吹出《梅花落》的哀怨声声。元宵的色彩愈来愈强烈了。因而元宵之为"佳节",之为"融和天气",也都在词的脉络上显得顺理成章。可是此时此地,却出人意料地陡然一转,词人道出"次第岂无风雨"的担心来。明明是天气融和,但她却感到有风雨之忧。这其实没有什么奇怪。原来哀时忧国的词人对那一个腐败的统治集团早已有所认识,因而对于奄奄一息的宋王朝会爆发危机是有所预感的。这政治的风雨使她惴惴不安,因而她就不能不发出"次第岂无风雨"的惊呼了。怀着这样沉重的心情,即使有不少酒朋诗侣乘着香车宝马来邀她共赏佳节,她也不得不婉辞以谢了。整个上片从正面看来并没有直接写出回忆,然而词人却早已为下片回忆酝酿了气氛。首先是用"人在何处"表示面对这一天翻地覆的巨变而创巨痛深;其次是通过对"风雨"的预感担心未来的巨变;再次则是谢却"酒朋诗侣"的盛情邀约。着意拈出一个"谢"字,用以表示词人对元宵不仅意趣索然,更感到忧从中来。(《李清照作品赏析集》)

十九、刘瑞莲:这首词是李清照晚年避居临安时所作。当时她遭国破家亡之痛,又身受颠沛流离之苦,因而篇中渗透了沉痛的感情。全篇写她在一次元宵佳节中客居异乡的悲凉心情,着重对比早年时在汴京度节的欢乐和这时心情的凄凉。在艺术上这首词有两个特点,一是铺叙,二是语言自然。全词从眼前写到过去,又回到眼前,从周围景物写到内心感受,有回忆,有对比,有抒怀,回环往复,淋漓尽致,具有很强的艺术效果。其次,这首词不仅情感真切感人,而且语言质朴自然。张端义在《贵耳集》中评论这首词说:"炼句精巧则易,平淡入调者难。山谷谓以故为新,以俗为雅者,易安先得之矣。"这评语是中肯而切合实际的。(《中外名诗赏析大典》,四川辞书出版社1993年版)

二十、刘乃昌《宋词三百首新编》:此为李清照晚年所写元宵词,借流落江南孤身度过元宵佳节所产生的切身感受,寄托深沉的故国之思、今昔之感。开篇由佳节景象着笔,熔金、合璧、烟、柳、梅、笛,诸般物事烘染出一派"佳节""融和"气氛。中间插入"人在何处"、"岂无风雨"的闪念,体现出饱经沧桑者特有的忧虑心态。"来相召"二句,仍状节日人物之盛,谢却"酒朋诗侣",则气氛陡转,跌入孤寂冷漠深渊。孤独中最易追怀往事,"中州盛日"六句,极写往年京华热闹欢乐,浓厚兴致。"如今"以下折转到当前,憔悴神态,寥落心理,与往昔形成强烈反差。末以藏身帘底听

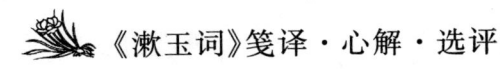

人笑语收结，无限凄楚，令人不堪卒读。全词以元宵为焦聚点展开纪叙，思路由今而昔再到今。今昔对比，以乐景写哀，以他人反衬，益增悲慨。无怪刘辰翁诵此词"为之涕下"、"辄不自堪"（《须溪词》卷二）也。

孤雁儿[①] 并序

世人作梅词，下笔便俗。予试作一篇，乃知前言不妄耳。

藤床纸帐朝眠起[②]，说不尽、无佳思。沉香断续玉炉寒[③]，伴我情怀如水。笛里三弄[④]，梅心惊破，多少春情意[⑤]。　　小风疏雨萧萧地，又催下、千行泪。吹箫人去玉楼空[⑥]，肠断与谁同倚[⑦]。一枝折得，人间天上，没个人堪寄[⑧]。

笺注：

① 孤雁儿：此即《御街行》之又名。这一别名的来历是因《古今词话》所录无名氏词有"听孤雁声嘹唳"之句的缘故。
② 藤床：用藤、竹所编制的床。　纸帐：用藤皮茧纸制成的帐子。
③ 沉香：即沉水香。
④ 笛里三弄：这一用笛子吹奏的乐曲的主调反复出现三次，因称"三弄"。
⑤ 春情意：借取春日的情景，喻指当年令人难忘的夫妻深情。
⑥ 吹箫人：原指善吹箫的萧史。秦穆公女弄玉喜好吹箫，嫁与萧史数年后，二人随凤飞去。（详见《列仙传》）这里以萧史喻指已故的赵明诚。　玉楼空：以人去楼空喻指赵明诚亡故，词人独守空房。
⑦ 肠断：这里形容因丧夫而悲伤之极。此典或出自《世说新语·黜免》。
⑧ "一枝"三句：自从陆凯写了《赠范晔》诗之后，"折梅"便成了彼此馈赠的用语。词人想把她折来的梅寄赠亲人，但因已与其夫泉路相隔，故云："没个人堪寄。"

译文：

一夜无眠，回笼觉醒，一大早从床上爬起。一言难尽啊，没有一点好心思。熏香时燃时灭，精美的香炉透出阵阵清寒，伴随我的心境就像是一滩冰凉的死水。一吹奏笛子名曲，梅花仿佛被惊醒般地绽开花蕊，总算多少透露出一点令人向往的春意。　　微风中飘着零星细雨，一片萧索冷落的境地。环境如此凄凉，促使我悲上加悲，流下足有一千行眼泪。当年如同萧史的我的夫君独自飞升而去，只剩下那华丽的高楼空空，作为未亡人自己悲伤之极仿佛肝肠寸断，没有人可以相伴偎依。纵然像当年陆凯那样折得早梅一枝，一个在人间，一个在天上，再也无人可寄。

心解：

这首词原见于《梅苑》卷一，与世人所作多不胜数的"梅词"相比，首先它不是那种咏物而滞于物的咏梅词。词中虽然用了两个关于梅的常见典故，但都是经过改造有所出新从而写成的一首悼亡词。此词本身无论从哪方面看均可谓"不俗"，而词前小序却仿佛是说："世人作梅词，下笔便俗。我本人试着作的这一篇，恐怕也难以免俗。所谓作咏梅词很容易落入俗套，看来这并非是虚妄之言。"

此词的这一小序，看来作者是针对一本专收咏梅词的选本而言的。它就是王灼《碧鸡漫志》卷二所说的、其友黄载万（名大舆）"所居斋前，梅花一株甚盛，因录唐以来词人方士之作，凡数百首，为斋居之玩，名曰《梅苑》"。周煇《清波杂志》卷一〇也说："绍兴庚辰（1160年），在江东得蜀人黄大舆《梅苑》四百馀首。"此书卷首的编者自序称辑录于己酉（指南宋建炎三年，

孤雁儿

1129年）冬。所录都是咏梅之词，起于唐代，止于北宋末南宋初，共十卷。这里有一个明显的问题，即李清照的这首《孤雁儿》和另一首含有悼亡之意的《清平乐》词，均被收入《梅苑》。收有李清照悼亡词的《梅苑》，不可能是成书于己酉之冬的黄氏原编本《梅苑》。因为赵明诚卒于己酉之秋，李清照忙于他的后事，又大病仅存喘息（详见《〈金石录〉后序》的相关记载），因此不大可能马上去作悼亡词。退一步说，即使当年秋冬所作，又怎能在兵荒马乱之中、长江上游已不通航的情况下，李清照在江、浙一带所作的词，立即传到四川黄大舆的手中呢？况且这两首词不仅是李清照的痛定思痛之作，甚至还带有对她一生遭际的总结之意，所以必然是时隔数年或多年以后所作。

那么，为什么会造成李清照的后作之词，被收入多年前成书的《梅苑》之中呢？这是因为今天所看到的《梅苑》，并不是黄氏的原编本而是后人辑补本。陈匪石发现，这种辑补本，甚至有把仕元的南宋遗民王沂孙（字圣与）的梅词，收入宋高宗时代的人士黄大舆编著之中者。

上述问题搞清了，对这首《孤雁儿》的解读，就可以不受《梅苑》成书时间的制约，而依据作者的经历和她的这首悼亡词的文意，将作品置于适当的时空之中。这是正确解读原作的必要前提。

这首《孤雁儿》，是不是像词人自己所说的，是一首未能免俗的咏梅词呢？当然不是，反倒是李清照对作品立意谋篇的睿智所在。她先说梅词容易"俗"，而她自己所作的这一篇，不但不俗，还堪称颇富新意之作，从而愈加显示出其不让"须眉"的创作才能。此首的意义还在于，它是词史上较早出现的屈指可数的悼亡词之一。"花间"词人张泌《浣溪沙》："天上人间何处

239

去，旧欢新梦觉来时"（此首见于人民文学出版社1958年版《花间集校》，而《全唐诗》卷八九八张泌词未见收载）二句如含有悼亡之意的话，张泌当是第一位作悼亡词的人。第二位是李煜，他的《相见欢》（又名《忆真妃》"无言独上西楼"），明明是为大周后写的道道地地的悼亡词，却长期被误解为一首表达亡国之恨的词，而把大约是第三位写悼亡词的苏轼作为第一人，把他的《江城子》（十年生死两茫茫）推为第一首悼亡词。第四位是贺铸，他所写的悼亡词是《鹧鸪天》（重过阊门万事非）。第五位想必就是李清照了，而她又是第一位作为未亡人为丈夫写悼亡词的人，又是第一个将梅引入悼亡词的人。这样，在悼亡词史上，李清照至少占了两个第一、一个第五。不仅如此，其以梅悼亡的词还不止一两首，更不是只为悼亡而悼亡，她的《清平乐》的"看取晚来风势，故应难看梅花"，便寄寓了深沉的家国之思，岂不更加不俗！

此词的第二点脱俗之处，还在于下片的"吹箫人去玉楼空，肠断与谁同倚"之句。"吹箫人"原指萧史，这里借指赵明诚。萧史的恋人是弄玉，二人已羽化成仙。看来这里似乎在暗示读者：她和丈夫都不是凡夫俗子。第三点不俗之处是，不仅所用《赠范晔》诗这一典事浑化无迹，而且将其用在泉路相隔的夫妻之间，岂不更加感人而有新意！

总之，李清照的咏梅词，由"香脸半开"的自况，经"没个人堪寄"的悼亡，再到寄寓家国之念，其作品主旨的变化，再清楚不过地说明了词人的身世遭际及其思想的升华。由于其后期思想的全面提升，无形中也突破了她写《词论》时的词学观念，从而使其"小歌词"的题材内容越出了儿女私情，那就更与"俗"字无缘了。

孤雁儿

选评：

一、邓魁英《读〈孤雁儿〉》：这是一首咏梅词，作者意在借咏梅悼念自己已死去的丈夫赵明诚，明诚死于建炎三年（1129年）八月，那么，这首词便应是建炎四年以后某一个春天的作品。作者在词前的小序中说："世人作梅词，下笔便俗。予试作一篇，乃知前言不妄耳。"她批评前人写的咏词多平庸、俗气，因而自己用《孤雁儿》的调子来写一首咏梅的词，意欲免俗创新。但写成后自己也并不满意，所以感到"下笔便俗"的话实在不是虚妄之谈。我们从这个小序里可以看到作者在艺术创作上对自己的严格要求……而这首《孤雁儿》词却努力摆脱一般的写法，不在描写梅花形象上下工夫，而是抒发被梅花引起来的特殊的思想感情。这实际上不是梅词，而是一首颇为动人的抒情之作。整个词始终在写一己的情怀，写在死去丈夫之后自己孤身飘泊的凄惨处境。作为一首梅词来看，李清照在避免"下笔便俗"的弊病上，已经做出了有益的探索。她尽量摆脱描写梅花的花朵、枝条、写梅花的颜色、芳香等俗套，也不致力于点染"疏影横斜"、"暗香浮动"一类优美的词句。她的梅词是从梅花所引起的人的内心活动上构思立意的。在这首词中，作者不断地在抒情：她写自己早晨起来即"无佳思"，"情怀如水"；写她对着小风疏雨而流下"千行泪"；写她因无人同倚楼而断肠；最后写因折得梅花"没个人堪寄"而悲伤。整首词始终以写人为主体，写人对周围事物的观察和反应，而不是单纯地咏物。所以说李清照这首《孤雁儿》，实际上是一首优秀的含有悼亡性质的抒情词。（《李清照词鉴赏》）

二、徐培均：词调本名《御街行》，《古今词话》

载有变格一首,云:"霜风渐紧寒侵被。听孤雁,声嘹唳。一声声送一声悲,云淡碧天如水……"遂又名《孤雁儿》。词人不取前者而取后者,盖亦以自况;词的情调也深受后者影响。这首词的艺术特点归纳起来大致有四:一是活用典故,以故为新。如将"笛声三弄"、"吹箫人去"以及折梅赠远等组织在词中,浑化无迹,犹如己出;二是将咏梅与悼亡冶于一炉,恰到好处地寄托了悼念亡夫的哀思;三是环境描写与心理刻画达到和谐的统一,特别表现在两片起首之中;四是语言通俗,音调凄婉,像"说不尽,无佳思"、"一枝折得,人间天上,没个人堪寄",全系口语,以之入词,又能以俗为雅,符合音律。词人通过这种种艺术手法,塑造了一个有血有肉、内心充满无限痛苦的孀妇形象,在宋代词坛上,可算是独特的。(《唐宋词鉴赏辞典——唐·五代·北宋》)

三、平慧善《李清照诗文词选译》:此词是悼念亡夫之作。通过日常生活中触景生情的描写,抒发悲凉凄苦的感情。香断炉寒与情怀如水,情景交融。梅花初放的景色,本应使人喜悦,但词人却用"惊破"、"多少春情意"来抒发感情。"惊破"两字用得很妙,表面上是写惊破梅心,梅花初绽,实际上是词人被轻快的笛声惊醒,笛声勾起她对往事的回忆。本词抒情有层次,哀情由淡而浓。从"无佳思"到"情怀如水",到"春情意",到"千行泪",到"肠断与谁同倚",则是痛极之语,但是下面词人将痛断肠的感情及时收住,以"一枝折得,人间天上,没个人堪寄"收束全篇,其孤苦凄凉可想而知。所以,末三句不仅回到咏梅这一题材上来,而且抒情委婉含蓄,耐人寻味。

四、罗忼烈:易安《孤雁儿》咏梅词序云:"世人作梅词,下笔便俗。予试作一篇,乃知前言不妄耳。"

此意大类薛能《折杨柳》诗序,而其词不过云:"略。"词语陈熟,内容单调,且其所以病少游者皆有之,周济《介存斋论词杂著》,谓其词"究苦无骨"者是也。不识何以自负至此?(《百家唐宋词新话》)

五、靳极苍:李清照《孤雁儿》:"伴我情怀如水。"按如水一词,可有多种解释。《诗·齐风·敝笱》:"齐子归止,其从如水。"如水是众多的形象。《礼记·表记》:"君子之接如水,小人之接如醴,君子淡以成,小人甘以坏。"如水是淡然的形象。《旧唐书·张蕴古传》:"如水如镜,不示以情,物之鉴者,妍蚩自在。"如水是明知而不表态的形象。温庭筠《瑶瑟怨》:"碧天如水夜云轻。"如水是清静已极的形象。这儿的"如水"当是淡然的意思,承上"无佳思",开下句"笛声三弄"就"多少春情意"了。(《百家唐宋词新话》)

六、罗敏中:这是一首悼亡词。其时赵明诚已逝世几年,李清照痛定思痛,哀感转为深沉涵蕴,哀思绵绵不绝,任何一件细小的事物都可以勾起她对亡人的怀念。因此,从室内的藤床纸帐、玉炉沉香到室外的阵阵笛声、潇潇春雨都被她借用来作了抒发感情的"道具"。寒炉断香是正面借用,表达思春情意的笛声是反面借用(反衬),形成了这首词在表现方法上借物(景)抒情的最大特色。(《中国文学宝库·唐宋词精华分卷》,朝华出版社1991年版)

七、祝诚:首先,清照此词在题材内容上,克服了世人梅词的浅俗之弊。她不是仅仅停留在一般咏梅词的托物言志或即物寄情上,而是将所咏之物与所抒之情融于一体,达到了物我合一、水乳交融的境地。她咏的是眼中所见之梅和手中所折之梅,然而更是心中所想之梅——那白梅一般纯真高洁、红梅一般炽烈真诚的对亡夫的深切悼念之情。如此说来,那"折得"的"一枝"

梅,简直就是女词人的一片心。而这首词,则可说是女词人献给亡夫的心香一瓣了……展读全词,我们仿佛看到一幅以词人为轴心,以她的视听为界定,所描绘出的全方位的多维立体画面。较之一般咏梅词之或堆砌典故以夸学,或雕章琢句以炫才,或穷形尽象以逞能,均不能免俗,确是不可同日而语。《重辑李清照集》在为这一首词所撰的"校记"中,曾确认"此词乃悼亡之词"。然而,却以为此词之"序文与原意无涉",故而删去小序。愚意以为,这一序文不仅与词意至为密切相关,而且是启迪读者解开这一词作感情绳结的一把钥匙。若果真如此,又怎能掉以轻心,乃至于略而"不录"呢?(《李清照作品赏析集》)

八、孙崇恩《李清照诗词选》:在此词的小序中,李清照不仅批评前人咏梅词平庸无味,流入俗套,表明她对咏梅词的艺术创作观点,而且说明她在咏梅词创作实践上不主故常,力求创新。《孤雁儿》与上述咏梅词又有不同,一不写梅花姿质神韵、孤标俊格;二不写梅花暗香浮动、疏影风流,仅以梅作为女词人的感情引发,以多种艺术方法抒写她亡夫后的孤苦凄绝之情。从词意词情来看,这可能是李清照于建炎三年赵明诚死后的悼亡之作。全词寓情于景,情因景发。上阕写景由室内而室外,言情由"无佳思"到"情怀如水",再折到"春情意";下阕写景由室外而室内,言情由"千行泪"到"肠断",直到"没个人堪寄",女词人孤独、悲凉、凄绝的情怀,随着寂寞、冷落、萧索的环境气氛的变化而变化,层层写景,步步言情,层层开发,步步深入,使这首词委婉曲折,波澜起伏,使其真实而深切地表现了女词人难以克制的哀恸和凄楚的心情。

添字丑奴儿[1]

芭蕉

窗前谁种芭蕉树，阴满中庭[2]。阴满中庭，叶叶心心，舒卷有馀清[3]。　　伤心枕上三更雨[4]，点滴霖霪[5]。点滴霖霪，愁损北人，不惯起来听。

笺注：

[1] 添字丑奴儿：一作《添字采桑子》。《丑奴儿》、《采桑子》同调而异名。

添字：在本词中具体表现为——在《丑奴儿》原调上下片的第四句各添入二字，由原来的七字句，改组为四字、五字两句。增字后，音节和乐句亦相应发生了变化。

[2] 中庭：我国旧式建筑物阶前的空地，即院子。三进院落中间的院子叫中庭。

[3] 舒卷："舒"和"卷"分别形容蕉叶和蕉心的形状。"卷"，有好看的意思。　　馀清：此据王学初《李清照集校注》和吴熊和《唐宋词通论》。"馀清"，今本多作"馀情"，"情"字在此其意似欠妥，因此词上片旨在咏物并非简单的拟人之法。馀清，意谓蕉叶舒卷；蕉心贻人以清凉舒适之感。视"清"字为"情"字的谐音，其意似胜于径用"馀情"二字。

[4] "伤心"句：这里或许对杜牧《雨》诗的"一夜不眠孤客耳，主人窗外有芭蕉"，温庭筠《更漏子》词的"梧桐树，三更雨，不道离情正苦。一叶叶，一声声，空阶滴到明"，无名氏《眉峰碧》词的"薄暮投村驿，风雨愁通夕。窗外芭蕉窗里人，分明叶上心头滴"等句，有某种借取和隐括。

[5] 霖霪：本为久雨，这里指接连不断的雨声。

译文：
是谁在窗前种的这丛芭蕉树？树阴遮满了前后院之

间的中庭。树阴满中庭,蕉叶、蕉心舒展又卷曲,美观又令人感到气爽风清。　　夜晚枕藉间本叫人伤感,偏偏半夜三更又下起了那种没完没了的霪雨。雨打芭蕉滴滴答答,接连不断——霖霖霪霪,霖霖霪霪。这声音使我这个南渡的北方人又更加忧愁伤感,无法入眠,只得爬起来,无奈地倾听。

心解:

此词应是"南渡"后,作者的自我写照。她的这处住宅、庭院,或是半途购置,或是临时租赁。窗前那丛高大的芭蕉树,也不知是哪年哪月谁人所种。只见芭蕉以其身高叶大的浓阴,遮盖了中庭的整个院落,炎夏酷暑中,犹如热中送扇,使人感到格外清凉适意。这丛芭蕉树的绿叶是那么舒展,蕉心卷曲又那么好看。叶叶心心,总是给人以清新舒坦之感。

在夏日的白昼,词人倍感蕉叶蕉心的清凉宜人,但是一到夜晚,尤其是雨夜,这丛芭蕉树真是造孽啊!下片起拍的"伤心"二句,尽管可能对上文注释中所引前人的一些有关的诗词佳句有所借取和化用,但是,李清照这一首的词旨和词艺均远胜于上述诸作。原因是女词人平生所经历的一件又一件的"伤心"事,一则不是一般人所能想象和承受的,更不是放荡不检的杜牧和儇薄肆行的温庭筠侪辈所能体察得到的,所以他们和她所描写的不同时代的同类生活感受,其真实性和感人程度显然是大不一样的;二则词人自己的"伤心"事虽然大都已成过去,随着时间的推移,"伤心"的程度也会逐渐淡化,但另一种"伤心"事,亦即忧国伤时之感,却与日俱增。南宋"绍兴议和"期间,随着主和派的得势、主战派的退避,李清照这个一向竭力主张抗战复国的血性女子,能不忧心如焚!

添字丑奴儿

正当词人为国家的前途以及自身的命运忧心忡忡，夜不能寐，辗转反侧之时，窗外却下起了"三更雨"。雨声淅淅沥沥，接连不断。这接连不断的雨声，使得正在"伤心"失眠的词人，再想入睡更是难上加难！

词的下片"愁损北人"句的意思是说，被国忧乡愁折磨得已经体损神伤、羸弱不堪的"我"这个彻夜失眠的北方人，最不愿意听到半夜三更雨打芭蕉的凄厉之声。因为芭蕉树使得雨声音量加大，从而更加触动"北人"的乡愁。所以这里一转上片对于种树人的某种感念之意，似含有对种植芭蕉树的人的一种埋怨情绪。当然这种情绪是为"北人"的乡情所驱动，因其思乡心切，通宵难眠，故对无辜的芭蕉心怀怨悒和不满。

结拍的"起来听"，是指词人坐起来倾听雨声，此系无奈之词，其寓意当是："北人"不像当地"南人"那样，对雨打芭蕉之声习以为常，照样酣睡，因为他们不像"北人"那样怀有沉重的家国之愁。

选评：

一、蒋哲伦《读〈添字丑奴儿〉》：这首词作于南渡以后。通过雨打芭蕉引起的愁思，表达作者思念故国、故乡的深情。上片咏物，借芭蕉展心，反衬自己愁怀永结、郁郁寡欢的心情和意绪。首句"窗前谁种芭蕉树"，似在询问，似在埋怨，无人回答，也无须回答。然而通过这一设问，自然而然地将读者的视线引向南方特有的芭蕉庭院。接着，再抓住芭蕉叶心长卷、叶大多荫的特点加以咏写。蕉心长卷，一叶叶，一层层，不断地向外舒展。阔大的蕉叶，似巨掌，似绿扇，一张张，一面面，伸向空间，布满庭院，散发着清香，点缀着南国的夏秋。第二句"阴满中庭"形象而逼真地描绘出这一景象。第三句重复上句，再用一个"阴满中庭"进行吟咏，使人如临庭前，如立窗下，身受绿叶的遮蔽，进而注视到蕉叶的舒卷。"叶叶心心，舒展有馀情"，歇拍二句寄情于物，寓情于景。"叶叶"与"心心"，两对叠字连用，一面从听觉方面形成应接不暇之感，一面从视觉印象方面，向人展示蕉叶不断舒展的动态。而蕉心常卷，犹如愁情无极，嫩黄浅绿的蕉心中，紧裹着绵绵不尽的情思。全词篇幅短小而情意深蕴，语言明白晓畅，能充分运用双声叠韵、重言叠句以及设问和口语的长处，形成参差错落、顿挫有致的韵律；又能抓住芭蕉的形象特征，采用即景抒情，寓情于物，触景生情，寓情于景的写作手法，抒发国破家亡后难言的伤痛；用笔轻灵而感情凝重，体现出漱玉词语新意隽、顿挫有致的优点。（《李清照词鉴赏》）

二、喻朝刚《宋词精华新解》：本篇写于南渡以后。词人因见芭蕉而起兴，触景伤怀，抒发了流落异乡、怀念故土的寂寞愁苦之情。李清照这种背井离乡的寂寞凄楚之感，产生于国亡家破夫死以后，不同于平常环境中的羁旅行役和离情别绪，具有深广的现实意义。当金兵入据中原后，被迫离开故土、逃亡南方的"北人"，何止千千万万！作者也是其中的一员。本篇既抒写了词人的感受，也唱出了许许多多难民的心声。这首词篇幅虽短，意蕴却很深，语言浅近通俗，脉络十分清晰，体现了漱玉词的艺术特色。全词以芭蕉、夜雨为背景，写了一天的见闻和感受。上片诉诸视觉，描摹白天窗前所见；下片诉诸听觉，刻画深夜枕上所闻。抒情主人公的情感之波，随着时间的推移和景物的变化而起伏动荡。两片的第三句"阴满中庭"和"点滴霖霪"均用叠句，起到了渲染环境气氛、加强艺术效果的作用。词中还运用了双声叠字，形成错落有致的韵律，使作品的意象显得更为生动，富有艺术感染力。

三、平慧善《李清照诗文词选译》：起首一问句表现了词人对种树者的怀念与对芭蕉长成的喜悦，因此她移情入景，说"叶叶心心，舒卷有馀情"，写芭蕉对人的深情，正是抒发词人自己的深情。上半阕写从室内看芭蕉成荫，下半阕则写枕上听雨打芭蕉。经过国难、家破、夫亡种种打击后，避难客居的人夜不成眠，夜雨不停地敲打着芭蕉，也敲打在词人愁损的心上。"起来听"这一外在的动作，曲折地表现了词人内心的万千愁绪。

四、蔡中民：清照词从白天写起，白天的芭蕉婀娜多姿，日炎独阴，"叶叶心心，舒展有馀情"，给人带来一丝深情的慰藉。下片写夜景，兀地揭起。"伤心枕上三更雨"，本来就夜深不寐，苦不堪言，可偏偏三更头上，又吹来一阵寒风，打下二三滴疏雨。"隔窗知夜雨，芭蕉先有声"，那点滴霖霪的雨滴打在芭蕉上，不啻是打在自己备受创伤的心上。她想起失去的家园，死去的丈夫，想到动荡不安的时局和苟且无能的赵构小朝廷，想到不知何时才能"相将过淮水"，自然是要"愁损北人"，更加没法入睡，只得披衣而起，独抱浓愁到天晓了。白日之情景是铺垫，是"虚"写，目的是为了与下片形成对比，以"虚"见实，孤苦处境中希冀寻求一点慰藉，是"虚"中之实，"不惯听"并非因为惊醒而是本来就忧深愁重，又是实中之"虚"。首句一问，埋下伏笔，结句拍合，醒明题旨，不答已答。"点滴霖霪"一叠，造成空间上和时间上的延伸感，加重了环境凄凉愁惨的气氛，丰富了词语的表现力，使所表之情更加真切，更加深重哀婉。（《百家唐宋词新话》）

五、孙崇恩《李清照诗词选》：这当是李清照南渡后抒发思乡忧国之情的词作。上阕描写白天庭院中的芭蕉。首句奇突一问，似无意，接着描写蕉叶形态宛若含

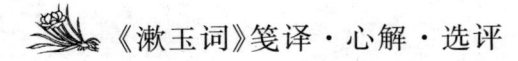

情。叠句"阴满中庭"夸芭蕉枝叶繁茂，衬托环境幽暗；"叶叶心心"句赞芭蕉叶展心舒，含无限眷恋之情。下阕笔锋转折，描写夜深枕上闻雨声的情景。换头句写愁人在床上辗转反侧，枕上听雨；叠句"点滴霖霪"写夜雨淅沥，烘托心绪凄凉。结句点明题旨，突出了深沉的忧国怀乡之情。全词咏物抒怀，运笔轻灵，语意隽永，婉转有致，情意深切。

清平乐[1]

　　年年雪里，常插梅花醉。挼尽梅花无好意，赢得满衣清泪。　　今年海角天涯[2]，萧萧两鬓生华[3]。看取晚来风势，故应难看梅花[4]。

笺注：

[1] 清平乐：又名《清平乐令》、《醉东风》等，其与《清平调》（又名《清平辞》）不同，却往往被混淆。对此，王灼《碧鸡漫志》（卷五）曾加以辨别。作为词调《清平乐》中的"清"、"平"二字之出处：或谓犹如"海内清平，朝廷无事"、"社稷有应瑞之祥，国境有清平之乐"；又谓调名源于南诏清平官。而《清平调》作为唐声诗名，因其乐律在古清调与平调之间得名。

[2] 海角天涯：犹天涯海角，本来泛指僻远之地。此处当有以下三种所指：一则当指"心理"距离和感受，意类"甜言蜜语三冬暖，恶语伤人六月寒"之谓；二则当指"时代政治"距离，李清照内心所向往和亲近的是故都汴京，今居杭州，远离汴京，故谓之"海角天涯"；三则当指"情感"距离，当时一般苟安之辈，称临安为"销金锅儿"，此辈以杭州为"安乐窝"，极尽享乐为能事，而李清照面对半壁江山，为之不胜忧戚倍感寂寞，仿佛置身于边远之地。

[3] "萧萧"句：形容鬓发花白稀疏的样子。

[4] "看取"二句："看取"是观察的意思。观察自然界的"风势"，虽然是出于对梅花的关切和爱惜，但此处"晚来风势"的深层语义，当是喻指金兵对南宋的进逼。因此，结拍的"梅花"，除了上述作为头饰和遣愁之物外，尚含有一定的象征之意，此意比自然界的"梅花"更值得关切，这就是词人时刻无不在关注着的命运和局势。

译文：

　　闺门闲暇时，每年早春飞雪里，绽开的梅花作头饰，插戴发间，那是何等如意又陶醉。身居江宁"老去"时，良人夜不归宿，只得揉搓梅花消磨时间，等待夫君归来，结果则是失望扫兴，没有任何快乐惬意，得到的是沾满衣衫那纯洁的伤心泪。　　如今到了晚年，远离汴京流落天涯，头发稀疏两鬓白花花。春天即将过去又刮起了来头猛烈的风势，因而再也难以观赏到往日那品高韵胜迎春绽放的梅花。

心解：

　　传本《梅苑》收录署名李清照五首咏梅词。其中《满庭芳》、《玉楼春》、《渔家傲》（雪里已知春信至）三首系早期所作，被收入《梅苑》无可怀疑。另两首《清平乐》和《孤雁儿》显系赵明诚卒后的悼亡之作。赵卒于建炎三年秋，那么咏梅兼悼亡之作，最早亦应作于翌年初春梅开之时，而蜀人黄大舆所辑《梅苑》系成书于建炎三年冬。看来，《清平乐》与前述《孤雁儿》一样，均非《梅苑》旧本所载，所以这两首词的写作日期不受《梅苑》成书时间所限。这首《清平乐》便是写于词人晚年的，对自己一生早、中、晚三期带有总结性的追忆之作，即使并非"绝笔"，也不可能是早、中期所作。

　　从文本的具体词句来看，此词上片的时间跨度约有二十六七年。前二句是说词人在汴京待字和出嫁不久，那时每当雪如飞絮，梅吐清芬，她便以应时香梅作饰物插在自己的秀发上，那是多么令人陶醉的情景！"挼尽"以下二句所回顾的是中年时光，"梅花"已由娇贵的头饰沦为在她手中揉搓的遣愁之物。此物遣愁愁更愁,她那沾满泪水的"罗衣"所饱和的正是与班姑相类似的"婕妤"之叹。此词中又一次出现的"挼梅"意象,则是从前代宫怨、闺怨情词中积淀而来。

下片指国破后的晚年境况。她把自己晚年居住的临安叫做"海角天涯",说明故都汴京在其心目中有多么重的分量!"萧萧"句言其鬓发之花白稀疏。"看取"以下二句,是以"梅花"将被寒风侵袭的命运,比喻金兵对南宋的进逼,表现出作者对时局的忧虑。因此,结拍的"梅花",除了在上文分别作为头饰和遣愁之物以外,尚含有一定的象征之意。词人对"梅花"的关切,正是她对故国故家具有一颗无比悃诚之心所致。

选评:

一、王延梯、胡景西《读〈清平乐〉》:词人摄取了三个不同时期的赏梅片段,从早年,经中年,至暮年,次序井然不紊。但三层写来又非平叙。早年是"常插梅花醉",中年是"挼尽梅花无好意",晚年是"难看梅花"。这一"醉",一"挼",一"难",使词意一转再转,跌宕生姿。另外,词的对比衬托手法也很突出。上片以往年梅花开放时节两次赏梅的不同心情作对比,而上片的两次赏梅又有力地衬托了下片的难以赏梅,从而深化了主题。(《李清照词鉴赏》)

二、王延梯、聂在富:这首词处处跳动着词人生活的脉搏。她早年的欢乐,中年的幽怨,晚年的沦落,在词中都约略可见。饱经沧桑之后,内中许多难言之苦,通过抒写赏梅的不同感受倾诉了出来。词意含蓄蕴藉,感情悲切哀婉。最后的"看取晚来风势,故应难看梅花",可能还寄托着词人对国事的忧怀。古人常用比兴,以自然现象的风雨、风云,比政治形势。这里的

"风势"既是自然的"风势",也是政治的"风势",即"国势"。稍后于清照的辛弃疾的《摸鱼儿》"更能消几番风雨,匆匆春又归去",与此寓意相似,都是为国势衰颓而担忧。清照所说"风势",似乎是暗喻当时极不利的民族斗争形势;"梅花"以比美好事物,"难看梅花",则是指国家的遭难,而且颇有经受不住之势。在这种情况下,她哪里还有赏梅的闲情逸致呢!身世之苦、国家之难糅合在一起,使词的思想境界为之升华。(《唐宋词鉴赏辞典——唐·五代·北宋》)

三、平慧善《李清照诗文词选译》:下片叙今。词人飘泊天涯,远离故土,年华飞逝,两鬓斑白,与上片首二句所描女性形象遥相对照。三四句又扣住赏梅,以担忧的口吻说出:"看取晚来风势,故应难看梅花。"表面写自然现象:看风势晚上赏不成花,实指南宋形势甚恶,极不安定,纵有梅花,难以赏玩。将赏梅与家国之忧联系起来,提高了词的境界。

四、杨海明:"梅花"这一意象,在宋人诗词中大致象征着一种"高情雅趣";而在一些品格低下的作者那里,写作咏梅诗词甚至更成了一种"附庸风雅"的手段。不过,李清照的这首《清平乐》,却非一般的咏梅词可比。在它里头,实际上寄寓了深切的身世家国之感,所以堪称是首"寄意"之作。它虽也被收录在黄大舆所辑的《梅苑》一书之中,但却显得迥然不群、别具一格……"看取晚来风势,故应难看梅花。"风吹落梅,片片飘飞,它的"命运"不正同于作者自身的命运吗?所以,同是写梅花,前期的李清照和后期的李清照,其笔下所呈现的梅花形象,其风貌神情却大异其趣。而究其原因,实在于它们凝聚着不同的生活情致,"反照"着不同的身世心情。在这首《清平乐》中,"梅花"已由前期的"高情雅趣"之象征物,"转化"

清平乐

成了晚年飘零身世的象征物。所以梅花似人,人似梅花,两者浑然达成了"谁怜憔悴更凋零"(《临江仙》)的一片可怜意象,从而把作者哀哀无告、只得与落梅"同病相怜"的家国身世之感推向了一个更加引人同情的新的境界。总观全词,从梅花写起,又以梅花作结;从往昔之赏梅写起,到今日之怜梅告终,其中展示了今昔生活之强烈对照,又充分地显示了作者抚今而追昔、怜花而自伤的痛楚心境,寄寓了远较一般的咏梅词所少见的深广的思想内容。所以称它是《梅苑》中超群之作,此言非为夸张。(《李清照作品赏析集》)

《漱玉词》笺译·心解·选评

附录:对于《漱玉词》现存篇目的几点定夺

一、南宋曾慥编《乐府雅词》卷下,收载李易安词二十三首,悉可信从。惟《怨王孙》(湖上风来)之词调应为《双调忆王孙》。此本之所长,除了一无伪作外,其对异文的取舍尤具慧眼,比如《醉花阴》之结拍作"人似黄花瘦"等。此本之不足亦显而易见——或是受到书名中"雅"字所限,凡是编者以为不"雅"的篇目,均被剔除,致使《声声慢》这一最重要的篇目沦为遗珠,从而加深了人们对此篇写作背景及主旨的误解乃至曲解。

二、唐圭璋《全宋词》第二册,收载李清照词四十七首,其中《怨王孙》(帝里春晚)、《浣溪沙》(绣面芙蓉)二首,似宜从王学初本附作"存疑"词。

三、王学初《李清照集校注》,收载漱玉词四十三首,均为可靠篇目;此书"附存疑之作"中的《点绛唇》(蹴罢秋千)、《临江仙》(云窗雾阁春迟)、《浣溪沙》(髻子伤春)三首,实无甚可疑之处,应从多数版本确认为李清照所作。

四、唐圭璋《宋词四考》之《宋词互见考》指出:《菩萨蛮》(绿云鬓上)系牛峤词见《花间集》;《如梦令》(谁伴明窗)系向滈词见《乐府雅词》;《生查子》(年年玉镜台)系朱淑真词;《玉烛新》(溪源新腊后)、《浣溪沙》(楼上晴天)二首系周邦彦词见《片玉词》;《采桑子》(晚来一阵)系康与之词见《花草粹编》卷二;《品令》(零落残红)系曾纡词见《乐府雅词》;《浪淘沙》(约素小腰身)系赵子发词见《花草粹编》;《凤凰阁》(遍园林)系无名氏词见至正本《草堂诗馀》前集卷上;《嫌人娇》(玉瘦香浓)系无名

附录:对于《漱玉词》现存篇目的几点定夺

氏词见《梅苑》卷七;《春光好》（看看腊尽）、《河传》（香苞素质）、《七娘子》（清香浮动）、《忆少年》（疏疏整整）以上四首无名氏词见《梅苑》,第一首《永乐大典》卷2809误引作李清照词,以下三首《永乐大典》卷2810误引作李清照词。又此书《后记》云:"词篇流传,常有互见,不辨真伪,易滋混乱,述互见考,使学者实事求是、明白真相,不致沿讹袭谬,厚诬古人。"

五、《〈漱玉词〉笺译·心解·选评》系据《全宋词》所收李清照词和《李清照集校注》二书加以厘定、补苴而收李清照词四十七首,总数与《全宋词》所收李词相同,而比王学初本多出四首。其中《新荷叶》一首系在《全宋词》问世多年后和王学初先生身后,由孔凡礼先生从《诗渊》中辑于其《全宋词补辑》者。